阿礼姐姐你
真棒啊。

等了很久的哈

爱了很久的朋友

枝玖 著

江苏凤凰文艺出版社

"烟花不断地在她家阳台外绽放,漂亮又短暂,她几乎要掉下眼泪。因为她知道,这是一场只属于她的烟花。

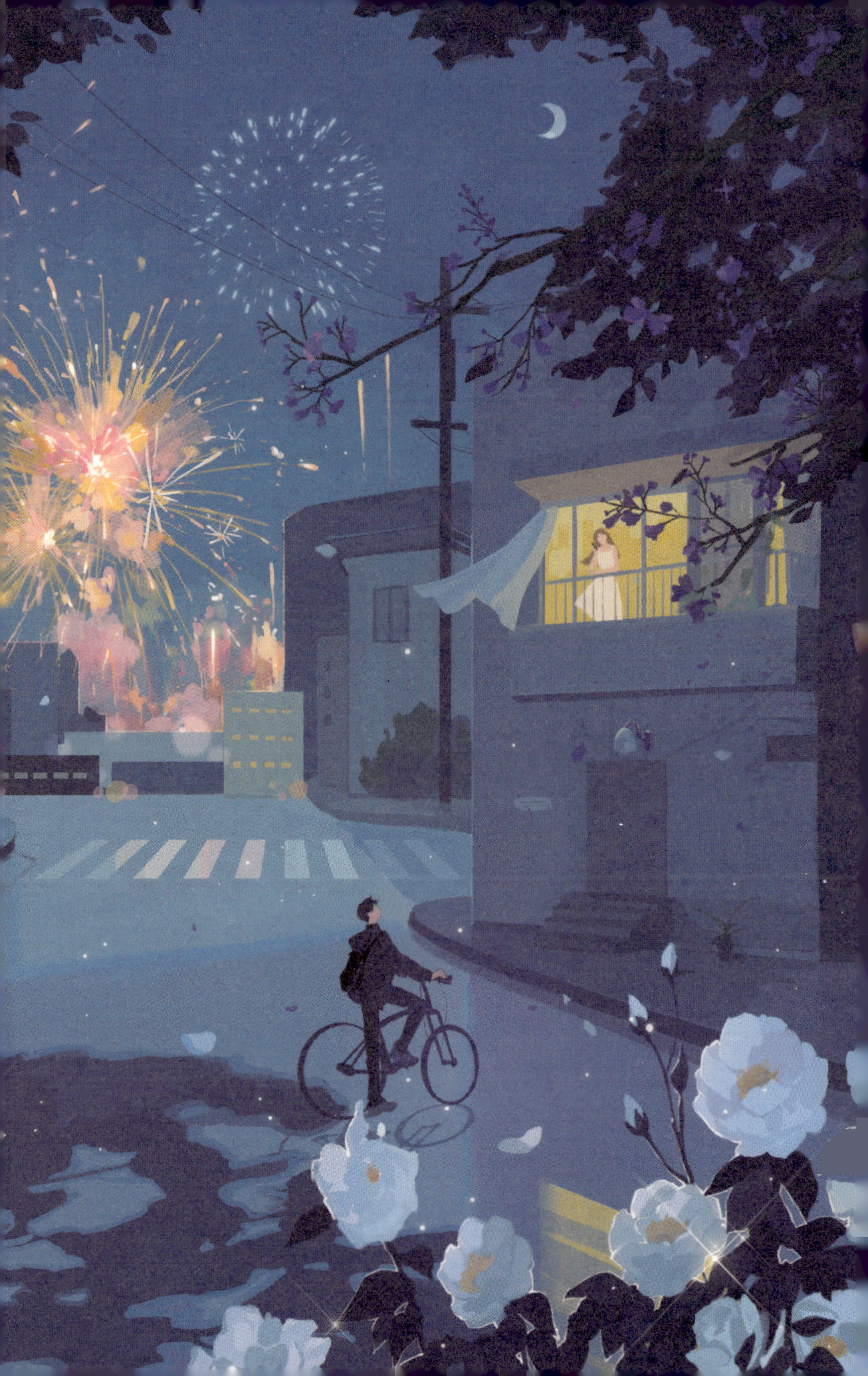

"谈礼。我叫谈礼。"

LIN FUNIAN

"我叫林赴年。'愁与西风应有约，年年同赴清秋'里的赴年。"

第 1 章　遇到了一个太阳　　001

第 2 章　牵着手的影子　　015

第 3 章　他说"别怕"　　031

第 4 章　她的心里有场雨　　051

第 5 章　无声的约定　　075

第 6 章　我的愿望都与你有关　096

第 7 章　无法结束的噩梦　　120

第 8 章　平安镯　　144

第 9 章　她只身走进黑暗里　　157

第 10 章　一片没有尽头的海　　173

目录
CONTENTS

第 11 章　跑向世界末日尽头	200
第 12 章　枯木不再逢春	213
第 13 章　不见海亦不见你	225
第 14 章　爱了很久的朋友	241
番外一　男主视角：一眼便是万年	269
番外二　徐落沉的视角：爱与被爱之外的旁观者	278
番外三　谈礼外孙女视角	282
番外四　回溯	285
番外五　平行时空：我会找到你	288

在风里,少年就在面前,他们好似认识了很多年。

他盯着她,笑得明朗,一如当年。

第1章
遇到了一个太阳

01

2016年夏，苏城的气温达到了前所未有的新高，马路两边的树，叶子都蔫蔫的，知了吵得人心烦意乱。

哪怕到了晚上，也依然炎热。

谈礼抱着自己的舞蹈服回到家，刚打开门就听到一阵争吵声。

她耷拉着眼皮，对此见怪不怪。

摔在门上的陶瓷碗碎裂开来，散落了遍地的陶瓷碎片，耳边一男一女难听的辱骂声相继传来。

"我让你洗个碗怎么了？你没看见我要照顾儿子吗？"

"你怎么跟个泼妇一样，为了这么点儿事至于吗？"

……

每回吵架都是那些话，她听得耳朵都起茧子了。

吵架的是她爸沈鸿和后妈李丽，两个人脾气都很暴躁。

瑟瑟发抖的弟弟和抱紧他的外婆躲在一旁。

两个人的争吵因为推门而入的她被迫停下来，沈鸿不耐烦地看了她一眼，骂道："这么晚才回来，去哪儿鬼混了？"

"学校的舞蹈课一直都是这个点才下课。"她一愣，掩住眼底的情绪，淡淡地回了一句。

其实她每天都是这个点回来，只是他从来没有在意过而已。

"我早就和你外婆说了别学什么舞蹈，学习搞不好，就知道学这些没用的。"沈鸿显然有些心虚，说话的声音都提高了许多。

他总是这样，只要一吵架就迁怒家里的其他人。

谈礼没说话，缓缓地走进卧室关上了门。

进房之前，她和年迈的老人对视了一眼，看见外婆眼底的担忧，她笑了笑："我没事，习惯了。"

习惯了这些年她亲爸的忽视，也习惯地认为那些爱是她不应该拥有的。

可是外面还在继续争吵，她觉得有点儿累。

她突然有点儿怀念，前几年沈鸿夫妻俩不回来的日子了。

那段日子虽然有点儿苦，但好歹就自己和她外婆两个人，过得还算幸福。

"你别听你爸胡说，外婆有钱供你上舞蹈课，只要我们阿礼喜欢，就去学，去做。"老人也有些无可奈何，说话的动作牵动着脸上的褶子。

她老了，头发雪白，背脊弯得不像样，可对谈礼说话的声音永远这么慈祥、温柔。

谈礼望着她，只觉得眼底一热。

在这个世界上，总还有属于她的一份安全感的来源。

她回过神，望向外婆怀里的弟弟，长长地叹了口气，拿出口袋里的糖递给他，安慰着："别怕，吃颗糖能开心点儿。"

窝在老人怀里的小孩子和谈礼差了八岁。

他还这么小，就要承受这些。

小男孩眨了眨圆溜溜的眼睛，望着她，过了好一会儿才收下那颗糖，乖乖地点点头："谢谢姐姐。"

外边的争吵声轻了一些。

估计是邻居被吵到不行来敲门了，他们这儿的房子隔音效果都不太好。

次日，谈礼比家里任何一个人都要起得早，只为了避免和一些人不必要的见面。

她随手从家里拿了几片面包和一瓶牛奶，拎起书包就要往外走，意外地和李丽碰了个正着。

"你怎么起得这么早啊？"李丽看见谈礼，有些诧异。

谈礼自然也没想到会碰到李丽，她瞥见对方胳膊上的淤青，看着就很疼。

谈礼尴尬地笑了笑,道:"今天班上轮到我值日,我得早点儿去。"

"你就吃这些?"

"我随便吃点儿就行了,我先走了。"她像是很着急,先一步出了家门,只留李丽一个人愣在原地。

李丽看着谈礼走远的背影,又抬头望着还没完全亮的天,难过地叹了好几声气。

她们之间的"母女"关系只停留在表面,她平日里也不怎么关心谈礼,谈礼也愿意和她保持着距离。

一大家子人,个个都活得小心翼翼、如履薄冰。

其实连谈礼自己也不清楚她那个后妈到底图沈鸿什么。

早些年就有传言,说她爸妈离婚是因为李丽,至于传言的真假,也没人告诉过她。

虽然说"无风不起浪",但她也懒得管。

毕竟这么多年来自己的亲妈也没管过她。

谈礼一边啃着手里的面包,一边走在去学校的路上,想起李丽身上的伤,还是忍不住叹了一口气。

嫁给沈鸿的人,都幸福不了。

比如她妈,比如李丽。

不过,没关系,母爱父爱这些东西,她也早就不需要了。

谈礼坚信,自己就算没有父母的爱,也照样能生活下去,可往往越觉得无所谓的东西,其实越是让自己难过的——因为足够难过,所以才要用无所谓去掩盖。

喝完最后一口牛奶,她走进江中的校门。

江中,俞镇最好的高中。

她走进高二(1)班的教室,里面黑漆漆的,没有其他人,她开始预习今天要讲的课文。

半个小时后,才有人进教室。

"谈礼,早啊。"

谈礼闻声抬起头,是徐落沉,班里唯一一个和她关系还算得上好的人。

"早上好。"

"你还是来得好早啊。"徐落沉笑了笑,放下书包坐在谈礼的身边,闲聊道,"对了,你知道吗,我们舞蹈课的费用要上涨了。"

听到舞蹈课要涨价这事,谈礼的脸上才稍稍有些表情:"是吗?要涨多少?"

"不知道啊,好像是从下个月开始。唉,我们还好啦,像学美术,简直就是烧钱。"徐落沉完全没把舞蹈课涨价当回事。

反倒是谈礼,表情很不对劲。

她低下头,想起昨天晚上沈鸿的那番话。

沈鸿是不同意她学跳舞的,所以舞蹈班连同读高中的学费一直都是她外婆在出。

她那个亲爹,有和没有也没多大区别。

她沉默地想着这件事情,完全没注意到走廊上路过她窗边的人。

几个男生前后脚走着,走在第一个的那个人喊了一句:"林赴年,你这几天跑哪儿去了,怎么打篮球都找不到你的人啊?"

那个叫林赴年的男生说:"和我爸妈吵架了,我懒得出去。"

"你怎么老和你爸妈吵架,你姐不揍你啊?"

"我姐揍我干吗,我们两个一起和我爸妈吵的架。"他无所谓地一耸肩。

身边一帮朋友笑着骂他:"还是你们家孩子厉害。"

他懒得理会他们,余光扫过一旁的窗户,瞥见里边低头的女孩子,看不见脸,只能看见她白皙的脖子。

林赴年没在意,他跟着一帮兄弟找了个犄角旮旯,学着校外那帮混混的样子,叼着根棒棒糖在嘴里装模作样。

少年人的叛逆期就是这样,总有些说不清的怪异行为。

只是他嘴里的棒棒糖甜得发腻,直呛着他的喉咙。

"喀喀,这糖怎么能这么甜。"林赴年一只手扶着墙,狼狈地咳了好几声,紧蹙着眉看向手里的糖。

扑哧。

林赴年抬头撞上了谈礼的眼睛。

两人对视着,被抓包的女孩也不躲避,那是林赴年第一次正式见到她——是个唇红齿白的姑娘,她皮肤白得几乎在发光,五官长得精致、好看，人又瘦又高，很有气质。

谈礼碰见他也纯属偶然。她们舞蹈课早上有练习，徐落沉拉着她先一步到了舞蹈教室，才在里面坐了没一会儿，她就觉得腰有点儿疼，于是起来活动活动。

没想到，她正好看到了他。

她看了对方一眼，见他想装坏学生可又吃糖被呛到，觉得真是有点儿好笑，没忍住，于是笑出了声。

"同学，上课时间不在教室，被抓住可是要挨处分的。"她好心提醒着，顺势倚在了门上，没有丝毫的慌乱。

林赴年把手里的糖朝着垃圾桶里一丢，没好气地瞪了她一眼，随后扬长而去。

那是他们的第一次见面。

很多年后，他还是会记得自己当时的丢脸和尴尬。

那会儿见她，他只觉得她身上都泛着光，估计是因为人真的太白了，白得只是站在那儿就是天然的打光板。

那时的林赴年觉得她是个傲气又明媚的姑娘。

可后来他又觉得，如果她真的是那样明媚的人，就太好了。

02

上午舞蹈课结束后，除了下午最后一节是体育课以外，其他的都是文化课。

哪怕他们是艺术班，也依旧秉持着文化课不能落下的原则。

谈礼的文化课成绩在班里也就属于中等，但她的舞蹈成绩一直都是第一名，只要好好保持下去，高考考上北舞不是问题。

下午三点，正是最让人犯困的时候，讲台上老师讲的课听得人昏昏欲睡，谈礼强撑精神。下课铃一响，她就趴在桌子上睡着了。

再醒过来时，已经快要上课了，她抬起头揉了揉眼睛，抹了一把额头上的细汗，脸黏黏的，很不舒服。

于是她起身打算去厕所洗一把脸，只是刚走到女厕所门口，就被迫停下了脚步。

"你们说今年的舞蹈比赛，沈老师会选谁去参加？"

"那还用想，肯定是顾画啊，难不成选谈礼？"

"人家舞蹈跳得好着呢，我可比不上。"顾画嘴上是这么说，可脸上满是讽刺的意味。

"她倒是挺用功，估计是太穷了吧，穷人都爱瞎折腾。"

几个女生甩了甩手上的水珠，一下子笑作一团。

谈礼就这么停在厕所门口，听完了这些话。

顾画和几个女生恰好从里面走出来，跟站在原地的谈礼撞上，她们眼神慌乱了几秒，随后又装作没事的样子离开。

谈礼表情淡淡的，走进厕所打开水龙头，洗了一把脸。

一切平静得不像话，她们好像也料定了她不会说什么。毕竟她们也没有说错，她家里的确穷。沈鸿那点儿事，镇上就没有人是不知道的——好事不出门，坏事倒是总能传千里。

她捧了一手的水泼在了自己的脸上，冰冷的水刺激着她灼热的皮肤，她才终于清醒过来。

镜子里的人脸色苍白，眼圈微红，不知道是因为眼睛进了水，还是因为刚才听到的那些话。

下午的体育课在室外上，天气热得足以把人晒化。

谈礼贪懒，等着老师一说解散，就跑到学校后门的矮墙边坐着躲太阳。

她微微闭着眼，此时吹来一阵小风，还有些凉快。

不过好景不长，她在那里还没坐一会儿，矮墙上头就传来一阵嘈杂。

她抬起头，和坐在矮墙上方的人四目相对。

两人就这样大眼瞪小眼地看着对方。林赴年皮肤有些黑，头发有些短，看着痞痞的，但他在那儿不上不下的样子实属有些好笑。

几秒后，她率先打破了僵局："呃，要不你先下来？"

"行。"他尴尬地点了点头，单手一撑，从矮墙上边跳了下来，动作倒是挺潇洒的。

谈礼看他那窘迫样，又有点儿想笑。

"这位同学，一天碰到你两次，你这都是在干吗？"她双臂环抱，坐在矮墙边，挑眉望着他。

林赴年这才发现，她眉心有颗美人痣，好看得让人一眼就注意到了。

他听出了对方话里调侃的意味，也不恼，反倒笑着开了句玩笑："你们艺术生也逃课啊?"

谈礼摇了摇头,简单解释了句:"体育课,我在这里偷懒。"

"跑到这里偷懒,够远的啊。"他抬了抬下巴,目测了一下从操场到这儿的距离,不客气地调侃了回去。

他顺势坐下,没急着走。

"没有你远,还特地从校外跑回来。"谈礼的表情很淡,嘴上的话却是半点儿不饶人。

林赴年一下子就被撑住了,好半天愣是一句话都没憋出来。他无奈地一撇嘴:"今天真晦气啊,怎么我一干不好的事就能遇到你?"

听他这话,谈礼才转过头和他对视,随后笑了笑:"原来你也知道这不是好事啊。"

林赴年看她笑起来,弯着月牙似的眼睛,不知道为什么,他总觉得这笑让人看不透,像蒙着一层雾似的。

他收回了目光,丝毫不在意道:"那我要挨批的事儿可太多了。"说罢,他从校服口袋里拿出了几颗青绿色的果子。

谈礼一看就知道是学校门口树上的。

"吃吗?"他迎着眼前人的诧异目光,把手里的果子递到了她的面前。

见她犹豫要不要接,他又说了一句:"你放心,要是被抓到,我不会供出你的。"

"我好像本来也不是你的同谋啊。"谈礼伸手接过他手里的果子。

"不是,我的意思是,这果子是我摘的,和你没关系。"他意识到谈礼误会了他的意思,又急着解释了一遍。

"你也不怕树上摘的果子有毒。"

"不会!"林赴年笑着拍了拍自己的胸膛表示,"我已经吃了好几个,证明吃这个死不了人。"

谈礼看着少年嘴角深陷下去的梨涡,一时间觉得有点儿好笑。

他明明长着一张硬汉般的脸,看着就不好惹,但实际上特别逗。

那对梨涡长在他脸上,倒是有些违和了。

她想着,不由得笑了笑,出于礼貌还是啃了一口手里的果子,酸甜酸甜的,像是气泡水的味道,但又带着些涩。

味道的确不错。

林赴年的余光无意间扫过她的手腕,她手腕上有几道深浅不一的伤疤。伤早就已经愈合了,只留下一道道粉白色的痕迹。

他一愣,脑海里闪过一些想法,但都无法将那些和眼前这个女孩子联系在一起。

两个人坐在矮墙下啃果子,也不说话。

不断吹来丝丝清风,还算舒服。

谈礼闭上眼靠在墙边,感受着风的温度。

林赴年转过头看着她的侧脸,觉得她这人有点儿奇怪——

在她身上,似乎感觉不到多余的情绪。

于是他主动打破了沉默的气氛:"我叫林赴年,你呢?"

"谈礼。"她听到林赴年的问题,才缓缓睁开眼。

"你姓谈啊?好难得一见的姓氏,那'lǐ'呢,是哪个'lǐ'?"他默默地将这个名字记住,继续询问着。

谈礼低下头像是想到了些什么,过了好一会儿才回答:"礼物的礼。"

说完,她自嘲地轻笑——这名字的确和她不太配。

她算哪门子的礼物。

林赴年大概没注意到她的不对劲:"那你爸妈应该很爱你吧。礼物的礼,看来你对他们来说是上天送的礼物啊。"

他并不知道,自己这段话,字字都踩在谈礼的雷点上。

"不是,随便取的。"谈礼勉强扯了扯嘴角,她也不知道自己为什么会反驳,其实这种事情搪塞过去就好了。可她下意识地认为,不存在的就是不存在。

气氛又因为她的话冷了下来,她不想在自己的名字上多聊,道:"那你呢,名字有什么寓意吗?"

林赴年没想到她会主动问自己,回复道:"当然了,《临江仙·闺思》这首词知道吗,'愁与西风应有约,年年同赴清秋',我的名字就取自它。"

"是个好名字。"她轻笑着点了点头,看向林赴年的目光又多了几分羡慕。

虽然两人第一天认识,但谈礼不难看出对方是个胆大又肆意的人。

她低下头,眼神有些闪烁。

像林赴年这样阳光、热情的人,和她完全是两个极端。

自己在这个本该肆意的年纪里,无论做什么都要瞻前顾后,从小到大那么多想做的事情,她一件都没做过。

现在自己更是要看沈鸿的脸色过日子。

很多时候,谈礼在想,她可能真的是在阴霾里待得太久了,脾气也被磨得越来越孤僻。

03

体育课结束后,谈礼还要赶着去上舞蹈课。

徐落沉知道她喜欢往矮墙这边跑,特地来找她一起去上课。

刚走到距离矮墙不远处,她就看见了靠在墙边的两个人。

"谈礼。"

听到声音的两个人双双抬起头,徐落沉这才看清了谈礼身边的男生。

"林赴年?你怎么也在这儿?"她有些诧异,没想到这两个人居然认识。

"啊?我……"他也没料到能遇见熟人,一时有点儿尴尬。

"你又逃课了。"徐落沉肯定道。

"你也不怕林织姐知道了揍你。"她开着玩笑走近,看了一眼身边的谈礼,问道,"你们两个人认识啊?"

"刚认识。"谈礼抢先回了一句,"对了,你怎么过来了?"

"你又忘记了,我说过以后体育课结束,我们要一起去舞蹈教室上课的。"徐落沉不满地撇嘴。

她走过去拉着谈礼就要走,目光在这两人身上扫了几个来回,最后落在了林赴年的脸上。

不知道为什么,这气氛好像有点儿不对劲啊……

不对,应该是林赴年这小子不对劲。

她冲林赴年挑了挑眉,看破不说破:"那我们先走了啊,再不去舞蹈教室就要迟到了。对了,林赴年,你今天逃课的事情,我回去后一定会告诉林织姐的。"

"欸,徐落沉,你这就没意思了啊!"一听她这话,林赴年终于急了起来。

他倒也不是怕他姐揍他,主要是逃课这事如果被他姐知道,他的生活费就会被扣光。

其他都不是大事,但没钱是真的不行。

"那老样子,一百块钱封口费。"徐落沉像是早料到似的,得意地转过身,用手指比画了一个"1"。

林赴年无可奈何地妥协:"狮子大开口是吧,没问题。晚上回家转给你。"

"好的,那我就先带着你的新朋友走啦。"徐落沉转身拉着一脸蒙的谈礼离开。

林赴年看着两人离开的背影,谈礼比徐落沉高出半个头,她的背挺得很直,脖子白皙修长,是漂亮的标准天鹅颈,扎着高马尾,随着走动,发尾轻轻扫过后颈。

林赴年第一次觉得,原来有人的背影也能这么好看。

是因为学跳舞的人气质都好吗?他想了想,可他那发小,他也没看出有什么气质啊。

果然还是得看人。

他的确对谈礼很好奇,因为他总觉得她身上藏了很多秘密,不像表面看上去那么开心。

已经走远的谈礼本人,并不知道这一码事。

她还觉得自己装得挺好的——好一点儿就会给人留下不爱说话、有点儿冷的印象,坏一点儿就会留下孤僻的、不会聊天的印象。

对她来说都一样。

去舞蹈教室的路上,谈礼被徐落沉炙热的目光盯了一路,她有些无奈地开口:"你要是想问什么,就问吧。"

徐落沉见状"哎呀"了一声:"其实也没什么啦,就是……你一点儿也不好奇我和林赴年是怎么认识的吗?"

徐落沉瞥了眼一旁表情淡淡的谈礼,一路上她都已经想好说辞了,可没想到对方真的一点儿都不好奇,都快走到舞蹈教室了,还是没等到谈礼开口。

于是徐落沉自己就憋不住了。

"不好奇啊,这是你们之间的私事。"谈礼轻轻地摇着头,她没有那么重的好奇心,也不喜欢去问别人家的私事。

徐落沉就这么被谈礼一句话给堵住了,她愣愣地看了谈礼几秒,只默默地吐出了一句话："谈礼,你是不是对我的什么事情都不在意啊?"

这话,徐落沉很早就想问了,在这将近两年的相处中,徐落沉能感受到眼前的女生不是一个看上去那么冷漠的人。

所以徐落沉缠着要和她当朋友,哪怕一开始被她拒绝得很直接,但慢慢地,她再也没对自己说过冰冷的话。

只是她们的关系,一直都是相敬如宾的朋友。

每当徐落沉想要把关系拉得更近一点时,谈礼都会悄悄地后退一步,重新回到原来的距离。

徐落沉不明白为什么。

可仔细想想,一直以来都是自己缠着对方当朋友的。

谈礼只会默默地走在一边,听徐落沉吐槽那些高兴和不高兴的事情,然后点点头,偶尔搭上几句话。

久而久之,徐落沉憋在心里的问题开始发酵。

等她意识到自己这句话不适合说出来时,已经晚了。

两人之间沉默了好一会儿。徐落沉慌张地在心里思索着找补的话,可还没等她开口,谈礼便率先打破了沉默。

她笑了笑,难得地说了一句比较长的话:"我只是不想随便去询问你的隐私,怕你会觉得不舒服。"

徐落沉听到她的解释更难过了,一把挽住她的胳膊,开始撒娇:"我才不会介意呢,你什么都不问,我才会觉得你没把我当朋友!"

面对对方突如其来的亲昵,谈礼身体一僵,显然有些难以适应。

不过好在徐落沉也知道她的不适,没一会儿就松开了。

"哎,算啦,你不问我,那我就自己告诉你!"她冲着谈礼笑。

谈礼笑着点点头:"你说。"

"林赴年是我的发小啦,我们从小一起长大,不过关系一般般,因为他总会去我妈那里告我的状。"徐落沉提到林赴年就有些不爽,她眉头一蹙,控诉着他的恶行。

当然,她会避开自己的所作所为不谈。

比如,林赴年只告过她一次状,是因为她高一的时候,把林赴年在学校和其他男生发生矛盾的事情告诉了他的姐姐。

徐落沉发誓,当时的她真的只是出于担心,但后来林赴年被扣光了生活费那件事,的确和她脱不了干系。

011

于是两个人就这么杠上了。

谈礼看着徐落沉滔滔不绝的样子，突然想起了在矮墙边见到的林赴年。这两个人都像太阳一样，但他们的温度不会灼伤别人，带来的只有温暖，为她那支离破碎的生活增添一份烟火气。

其实，像她这样的人，实在太需要像徐落沉和林赴年这样的朋友了。

她向往着，羡慕着。

生活在暗处的人，果然也是最渴望被太阳照耀的人。

徐落沉叽叽喳喳地说了一大堆，然后才问起她今天的事："欸，对了，那你和林赴年是怎么认识的啊？"

"就今天认识的。"谈礼回过神，和她简单地说明了一下情况。

"什么！那小子还干了那么多坏事啊！糟糕，一百块钱要得太少了，我得回去要加倍的封口费！"

对于拿捏到林赴年把柄，徐落沉向来最积极。

谈礼轻声笑了笑，两人走进舞蹈房。

枯燥又辛苦的舞蹈练习又开始了。

课间休息时，谈礼被舞蹈老师刘音拉到了一边的小角落里。

顾画最先注意到，她死死地盯着和刘音说话的谈礼，脸色很是难看。

而谈礼这边，也面临着难题。

"老师希望你这次能和我一起去市里演出，你是我这帮学生里跳舞跳得最好的一个，你好好考虑一下，毕竟能去市里演出的机会很难得。"

这要是换作旁人，此刻立马同意了。

可谈礼有顾虑，因为去市里参加比赛的路费和报名费都需要自己出。

俞镇离市里还是挺远的，而且这次的舞蹈比赛规模很大，报名费肯定不低。

她抿了抿唇，有点儿犹豫。

刘音大概是看出谈礼的顾虑，为她考虑道："你别担心，比赛需要的钱，老师帮你出，你不要有负担，好好练舞就行。"

谈礼家里的情况，刘音心知肚明。

沈鸿赚不到什么钱，家里还有个儿子，没有多余的钱花在谈礼身上。

谈礼的舞蹈课费用一直以来都是她外婆来交的。

想来也是命苦，她有这么好的舞蹈天赋，偏偏摊上这么个家庭。

刘音真的不希望谈礼会被家里的事情拖后腿，她应该有更广阔的一番天地才对。

"不用了，刘老师，需要交的钱，我一定会自己交的，让我再考虑一下吧。"谈礼礼貌地谢绝了。

她知道刘音是为了自己好，可她不愿意接受这样的帮助。

欠别人东西或人情，总是不好的，更何况她不喜欢欠别人。

刘音欲言又止。无奈之下，她只好点点头："那你想好了就给我发消息，我等你的回复。"

"嗯。"谈礼应了一声，随后又想起了今早的事，连忙问道，"对了，刘老师，听说舞蹈课要涨价了，您知道具体要涨多少吗？"

"不会涨太多的，你放心。"刘音的话像是给她吃了一颗定心丸，她悬着的心也终于能放下一点儿。

刘音更加心疼了："你啊，别老想着钱不钱的，你外婆可是托我好好教你芭蕾舞的，现在你就把心思放在学习和舞蹈上，知道吗？"

闻言，谈礼勉强地点了点头，却没把话听进心里去。

怎么能不为了钱发愁呢。

她心疼外婆那么苦，有时候只觉得自己就是个拖油瓶。

谈礼也说不清楚，这一切到底是谁的错。

是脾气不好，对她也不好的沈鸿，还是那个抛弃她、十几年来对她不管不顾的亲妈。

有些人大概生下来就是错的吧，比如她。

舞蹈课结束后，她坐在更衣室外边的椅子上等还在换衣服的徐落沉。

迎面走过来几个人，谈礼抬起头，和顾画对视上。

两人对视的瞬间，火药味逐渐浓重。

谈礼无感地瞥了她一眼，随后又低下了头。

顾画有些不爽，她双臂环抱，语气很傲："谈礼，我劝你也别和刘老师去参加什么舞蹈比赛了，就你们家那情况，你连市里都没去过吧。到时候观众席上坐着那么多人，你还是别去丢脸了。"

顾画居高临下地看着她，目光轻蔑。

谈礼依旧不为所动，坐在椅子上，脸上看不出任何情绪。

顾画还想说些什么，但被走出更衣室的徐落沉抢了先："顾画，你无不无聊啊,在这里搞什么啊?自己没本事,就去多练习呀,在这里威胁人是什么意思?"徐落沉警告着,"要是以后你再来找谈礼的麻烦,我就去告诉刘老师。"

顾画不希望自己在舞蹈老师心中留下不好的印象,于是就和她身后的那帮朋友一起进了更衣室。

四周顿时安静了。

谈礼见徐落沉不说话,忍不住抬起头看了她一眼。

徐落沉有些生气:"你干吗又不回嘴啊!"

"我懒得理她们。"

"我懒得理她们。"

两人异口同声。

两人望着彼此。

谈礼一愣,过了两三秒,两人一起笑了出来。

徐落沉边笑,边打趣道:"我就知道你又要说这句话。"

"其实她也没说错什么。"谈礼敛起笑意——去参加舞蹈比赛,钱是一个问题,她的不自信也是一个问题。

虽然她相信自己的水平。

可是那样的大型比赛,她从未参加过,光是听刘音的描述,她就感觉压力很大了。

她不确定自己能不能行。

"你别听她胡说,要是你都没资格陪老师去参加比赛,那我们江中舞蹈生里就更没人能行了。"徐落沉过来,一把拉住她,眨眨眼道,"我相信你没问题!"

谈礼没有接话,就算徐落沉这么安慰她,可顾画的那些话还是在脑海中回响。

她是不在乎那些话,只是听多了,她也会开始自我怀疑——怀疑自己是不是就像她们说的那样不堪。

第2章
牵着手的影子

04

这次舞蹈比赛的费用，谈礼没打算问家里要。

她在家附近的烧烤店找了份兼职，打算自己凑齐去参加比赛要用的钱。

如果能多挣些，补贴一些舞蹈课费用也是好的。

今天下课早了一些，谈礼出校门时，天还没完全黑下来。她回了趟家取手机，家里一个人都没有。放下手里的书包，她简单收拾了一下，又出门了。

如果按照每天都去兼职能拿到的钱来看，她应该是能凑齐报名费的。

哪怕顾虑有这么多，谈礼心里还是很想去参加比赛的。她和成千上万的舞蹈生一样，也想在更高更大的舞台上演出，让更多人看见自己的努力。

另一边，刚回家躺下的徐落沉突然想起了前几天拿捏住林赴年那小子把柄的事。

可二人的聊天框上一点儿动静都没有，徐落沉不满地咂咂嘴——真是有够不自觉的。

于是她拿起手机，开始催林赴年给钱。

徐落沉：林赴年，我可是从谈礼那边知道你还干了别的坏事，我劝你自觉一些，多给我点儿封口费。

林赴年：?

随后林赴年的电话就打了过来。

徐落沉被突然响起的微信来电铃声吓得一激灵,生气地接起来:"干什么?你要和我讨价还价吗?我告诉你,没门!你敢砍掉一毛钱,我就马上去告诉你姐。"

"不是。"林赴年被她的脑回路给打败了,"我是想问你件事。"

"哦?是关于谈礼的吧。"徐落沉的语气变得八卦起来。

电话这头的林赴年有些诧异:"你怎么知道?"

"如果我是个男的,看到谈礼那么一个大美女,也不免会动心,不过……"徐落沉的话锋一转,"你怎么现在才问啊,我还以为你会当天问我的。"

她知道那家伙要面子,如果自己不主动开口提起谈礼,林赴年是根本不会张嘴问的。

徐落沉想着,感叹了句:"谈礼马上就要和我们舞蹈老师一起去参加舞蹈比赛了。她的舞跳得这么好……林赴年,你肯定不行。"

徐落沉一句话戳在了对方的心窝子上。

"徐落沉,哪里有你这样打击人自信心的。"他没好气地吐槽道。

随后想起刚才徐落沉说过的话,林赴年又问了一句:"谈礼要去参加舞蹈比赛?"

"对啊,就是我妈嘴里老念叨的那个舞蹈比赛,不过她也不一定会去参加。"徐落沉吃着薯片,口齿不清道。

林赴年问:"为什么?"

"唉,具体的原因,我也不知道啊,可能是因为担心自己发挥不好吧。"徐落沉从班里其他人的嘴里了解到了一些谈礼的家境情况。但她没把这些事情告诉林赴年。

"你俩是好朋友?"

一听到电话那头林赴年不相信的语气,徐落沉立刻炸毛了:"对啊,怎么了,她和我不是好朋友,难道和你是好朋友呀?"

"没有,只是我遇到她的时候,她总是独来独往的……"林赴年只是有点儿好奇,毕竟像谈礼那样的性子,能真正接受一个人当朋友,一定不容易。

"我警告你,别想从我这儿套谈礼的信息啊,你肯定没戏。我挂了!"徐落沉在电话那头不耐烦地警告他。

林赴年大概天生反骨,喜欢迎难而上。

"别啊,我请你吃饭,就现在,带上江源一起,送我个人情?"

"哟,你这是要大出血啊。"徐落沉一听这话,瞬间就来劲了。

毕竟能宰林赴年的机会可不多。

"别废话了,老地方,你通知江源。"

"行。"

约好时间没多久,徐落沉和江源就到了林赴年他们家楼下。

林赴年刚洗好澡,从衣柜里随便拿出一件白色短袖套上,搭着一条休闲的篮球裤就出门了。

江源看着正走出来的林赴年,哈欠连天道:"你今天是抽的什么风,怎么突然要请客了。"

林赴年被他的话给逗笑了,脸颊两边的梨涡笑着漾开:"在你小子眼里我就那么小气吗?"

"那不然呢?"江源也跟着笑了起来。

"一边去。"林赴年笑骂道。

三人照常到了一家烧烤店。

林赴年熟络地冲着里头的厨师大叔点头打招呼。

已经是晚上了,不少人过来吃烧烤,每张桌上的烧烤都冒着热气。

这是俞镇晚上常见的情形。

三个人齐刷刷地坐了下来,先点了些喝的。

还没等江源继续八卦,徐落沉像是看到了什么,眼睛突然亮了起来。她指着前面,声音响亮:"是谈礼!"

听到这个名字,林赴年的反应比谁都大,他第一个站起来望着外边。而江源听到这个名字,不免蹙眉,尤其在看到林赴年这么大的反应后,眉头皱得更紧了。

在外边正仔细收拾碗筷的谈礼,显然没注意到他们三个。

"可是……谈礼怎么会出现在这里啊?"

"应该是兼职吧。"江源把有些激动的林赴年一把按得坐了下来。

"没想到你姑姑的店还招高中生啊。"

徐落沉看着外边的谈礼,不确定地问着:"我们要去打个招呼吗?"

闻言,林赴年回了回神。

"不用,估计她也不想我们过去打扰她。"

林赴年的目光落在谈礼的身上,谈礼长得瘦,店里的员工服穿在她的身上,一点儿也不合身。

她低着头收拾着手里的东西,路边冷白色的路灯光照在她挺直的背上,影子被拉得斜长。

林赴年的心像是被什么东西戳了一下,一股难以言说的情感涌了上来。

"阿林?"江源伸出手在他面前挥了挥,才把他从那股难以言喻的情绪里拔出来。

"嗯?"他淡淡地应了一声,声音听不出情绪。

江源直接开门见山道:"你别对她好奇。"

"什么?"听到这话,林赴年的脸色严肃了下来。

两人对视。

"她家里情况不好,她爸是咱们这儿出了名的浑蛋,喝醉了酒就喜欢耍酒疯。而且她也是个冷血怪,谁对她好都没用。你看落沉就知道了,为了那种人,没必要。"

江源就住在谈礼家的附近,算半个邻居。他在自己家里,总是能听到从谈礼家那边传来的瓷片破碎声和打骂声。

至于谈礼,他对她的印象也不太好。

印象中,对方总是冷着一张脸,像谁欠她几百万似的,她和徐落沉完全就是两个世界的人。

江源每次都在学校看见徐落沉缠着谈礼,而谈礼总是一副冷淡的模样,像耍着徐落沉玩似的,这让他很不爽。

他劝过徐落沉,但不顶用。

眼下他是绝不会让自己另外一个朋友也去跳这个"火坑"的。

像谈礼那样的人,一个人孤单就算了,没必要去消耗身边人的快乐能量。

只是江源不知道,他对谈礼的认知里一大半信息是错的,只有最后一句和谈礼的想法对得上。

谈礼也明白,自己这样一个负能量满满的人,不适合和任何人成为朋友。

所以,就算和徐落沉在一起玩,她也没有讲过自己的事情。

那些烂事,说出来不过是从一个人不开心变成两个人不开心罢了。

"江源！你胡说八道什么啊！"徐落沉一听江源的话就急了，她就是看不惯有人说谈礼的坏话。

"我没说错吧，你天天和那种人待在一起有什么意思？"江源说出口的话也是字字戳心。

他们已经因为谈礼的事吵过很多回了。

"江源。"一直沉默的林赴年开口打破他们之间剑拔弩张的气氛，他的声音冷得像冰，"你说得有点儿过了。"

林赴年是很少会在朋友面前甩脸色的人。徐落沉和江源都因他的话怔住了。两人突然意识到，林赴年这次是认真的。

徐落沉从一刹那的错愕中回过神，还是忍不住生气地指责道："江源！我和你说过很多次了，我不允许你这么说我的朋友。"

她越想越气，觉得这顿饭难以下咽。

徐落沉白了江源一眼，起身跑出了店里。

江源见状不妙，连忙去追。

林赴年再将视线往谈礼那边投去时，他才惊讶地发现，她竟然在看着自己。

谈礼也没想到林赴年会突然抬头，脸上难过的表情都没来得及收回去。

她慌乱地低下头，抿嘴收敛情绪。

她应该是听到他们刚才的对话了。

于是林赴年开始坐立不安，想做些什么，却又不知道自己能做些什么。

林赴年没有着急走，他就坐在位子上，看着一桌又一桌的客人离开。

临近九点半的时候，店里已经走了一大批顾客。谈礼看着墙上的钟，她快要下班了。她的余光落在还没离开的林赴年身上。

他坐得很直，低着头不知道在想些什么。谈礼离他挺近的，近到能看见对方又长又密的睫毛，在眼下打出了一小片阴影。

其实他们进店没多久时，谈礼就看到他们了，只是并不打算过去打招呼，本意也是不想打扰到他们。后来她听见江源的话，就更觉得没有打招呼的必要。

无论怎样都是尴尬的。

她收拾完外边的那一桌就准备下班。

"服务员,这边帮忙打一下包。"

谈礼连忙拿着打包盒过去,仔细帮他们打包了剩下的食物并递了过去。

接过打包盒的是个三十几岁的中年男人,他瞥了谈礼一眼,突然伸出另外一只手拽住了她的手腕,道:"小妹妹,要不要一起喝一杯啊?"

谈礼一愣,随后闻到对方身上的酒味,不悦地提醒道:"您喝醉了,麻烦您放手。"

"我就让你陪我喝一杯怎么了?又没让你……"

男人的话还没说完,就被旁边踢来的椅子砸个正着。

他痛得松手,直捂着被砸的腿。

谈礼被吓得一激灵,一转身,就看见了面色不爽的林赴年。

他说:"要不要我陪你喝一杯?"

05

少年慵懒地扭了扭手腕,冷白色的灯光落在他瘦削的脸上,他的样子看起来并不好惹。

和谈礼一起愣住的还有在场的其他人。

她低头看了一眼自己的手腕,对方力气不小,手腕已经红了一圈。

没等她的下一步动作,林赴年就冲了过来,拉过她另一只手的手腕,将她拉到了身后。

她还没来得及说话,少年的话语就轻飘飘地传了过来:"没事,你别害怕,躲在我身后就行。"

他的声音很温柔又坚定,让人很有安全感。

其实谈礼压根不害怕,以前她为了贴补家用在别的地方兼职时,也会遇到这样的事。

不过她一般都是咬咬牙不理会,也就过去了。老板也不会为了她这个无关紧要的人去得罪客人。

这么久以来,林赴年是第一个为她冲出来的人,她说不感动是假的。

她还在走神时,两边的人都快要打起来了。

那个喝醉酒的男人无故被砸了一下自然不爽,骂骂咧咧就要朝林赴年动手。

少年动了动眉,挑衅似的继续道:"怎么着,气急败坏想打人啊?"

谈礼有些着急地抓住了林赴年的衣角,少年回头看了她一眼。

"你别和他们打架,我这也不是什么大事。"

"这还不是大事?"他看着谈礼的脸,语气诧异道,"今天他敢在众目睽睽之下调戏你,下次就会有更过分的事情发生。"

谈礼当然也清楚。

可她不想让林赴年为自己打架。两边的人针锋相对,周围也聚集了不少看热闹的人。

林赴年正要动手时,店里的人才匆匆忙忙地跑出来:"你们干什么呢!"

谈礼回头一看,是烧烤店的店长林文初——一个四十多岁的女人,一头鬈发,穿得很潮。

林文初第一眼就注意到了身边的侄子以及被他护在身后的女生。

她没好气地瞪了林赴年一眼,随后双手一叉腰,吼道:"搞什么啊,我没说过来吃饭别欺负我底下的员工吗?你喝酒把脑子喝坏了是吗?!"

闹事的具体原因,林文初在赶来的路上也了解了一些,她火急火燎地赶过来,连鞋子都没来得及换。

她的脸色很不好看:"在老娘的地盘上欺负我的人,你信不信我马上报警啊!"

说完林文初就把桌上的打包盒塞进那人怀里,给他个眼神,让他赶紧离开。

男人自知理亏,只好灰溜溜地走了。

见事情解决,围观的人也四散而去。

林文初回过头,看了一眼憋着笑的林赴年,笑骂他:"臭小子,就喜欢给我找事。

"还有你啊,小女生,以后遇到这种事就赶紧找人去叫我,别自己吃亏。"她冲着林赴年背后的谈礼安抚道。

谈礼则是一愣,有些不确定地问:"那样不会失去客人吗?"

"失去就失去呗,我又不差他们那么点儿钱。人品有问题的,我还不乐意招待呢,恶心我的店。"林文初说着还一撇嘴,用手扇了扇空气,"好了,今天的事情也是我的错,没及时过来。这么晚了,林赴年,你就请人家小姑娘吃点夜宵吧,记我账上,也算奖励你英雄救美了。"

"行嘞。"林赴年闻言笑了起来,露出那对好看的梨涡。

"你小子也真是,也不怕对方来真的。"林文初对自己的侄子也是没办法,管不住又只能宠着。

"那就来呗,我一拳能打倒两个。"林赴年没在怕的。

林文初听到这话就站不住了,她一挥手在林赴年的头上打了一下,警告道:"你要是敢打架就完了。"说罢,她气冲冲地离开了。

林赴年吃痛地揉头,转身冲谈礼扬了扬下巴:"你想吃什么,随便点。"

"不用了,今天是我给你添麻烦了。太晚了,我得回家了。"谈礼看着老板和林赴年的相处方式,不难看出两个人的关系。她摆了摆手,脱掉宽大的工作服,泛白的短袖后背已经被汗浸湿。

夏天的衣服本来就薄,更何况她的短袖还湿透了一大片,在灯光下有些透明。

林赴年比谈礼先注意到,他礼貌地先一步转过头,尴尬地咳嗽了声:"喀,那你等我一下。"

他抛下一句话就跑进了店里,谈礼没注意到,少年的耳根一下子变得通红。

她坐在外边的椅子上等了一两分钟,看到林赴年从店里出来,手里还拿着一件外套。

"给。"

"嗯?"大热天让她穿外套?

撞上对方疑惑的目光,他有些不自然地转开眼,解释着:"那个……你的衣服后背有点儿透。"

"嗯……哦。"这次换谈礼不好意思了。

她接过那件外套,三两下穿在了身上。

还好这件外套不算厚,而且外边起了风,也就没那么燥热了。

"不过……店里怎么会有外套?"

"你不知道吗,烧烤店后面就是你们店长住的房子。"

谈礼顺着他手指的方向看了一眼,又问:"这是你的衣服吗?"

"嗯,是啊,我忘记告诉你了,你们店长是我姑姑,我以前在她家里住过一阵子,所以有我的衣服。"

林赴年这才明白过来谈礼为何疑惑,连忙解释着。

她闻言,点了点头,也没有太意外。

"那我……"

"我送你回家吧。"

"这么晚了,你一个人回去不安全。"他笑了笑,又补了一句,"反正我顺路。"

"你知道我家在哪儿吗?怎么就顺路了?"谈礼听他胡扯,还是忍不住反驳了一句。

林赴年不好意思地一笑,硬撑道:"欸,你别管了,大晚上的,你一个女孩子多危险啊。其实我是觉得我自己回去也挺危险的,咱们搭个伴吧,都安全点儿。"

很好,这是一句让人难以相信却又没办法拒绝的话。

谈礼看着他一脸认真的样子,忍不住笑了起来,然后她也没有拒绝,而是点了点头,随他去了。

见她同意了,林赴年才真的松了一口气。

两人并肩漫步在马路上,路边的灯光很亮,照在两人的身上。

林赴年比谈礼高出一个头,在灯光下,地面上拉长的影子紧紧地挨在了一起。

迎面吹来的风仍然有些燥热,谈礼低下头,紧紧盯着脚尖走。

晚风吹乱她的发梢,吹动林赴年的衣角。

少年的余光小心翼翼地瞥着身旁的女孩,见她面色如常,没有因为刚才的事情介意,才轻轻地松了口气。

两人走在马路上,却不尴尬。

安静地吹着夏日的热风,看着路边被风吹动的大树枝叶,树上的知了叫个不停。谈礼眯了眯眼,不知道怎的,倏然升起一种岁月静好的感觉。

她在心里感叹,这样的一份安好,居然是在林赴年身边感受到的。

走了好一会儿,在多次看到林赴年欲言又止的样子后,谈礼叹了口气,主动停下脚步。

"你想说什么?就说吧。"

"欸,其实也没什么。"

"那你还这么一副欲言又止的样子啊。"她低头笑了笑,静静地等着林赴年开口。

听见她的话,林赴年愣了愣,随后还是问出了口:"其实就是想问问你,你以前兼职的时候,也经常会遇到像今天这样的事情吗?"

"嗯……只是偶尔会遇到。"谈礼没有说实话,像他们这个年纪的学生,出去兼职都不算顺利。

她不想提,反正也习惯了,就打算随便说几句蒙混过去。林赴年看出她不想多说,也就不再追问。

他点点头,目光看向其他地方,明明心里紧张得不行,可是面上还装作一副不经意的模样。

"欸,反正我经常来这里的,你要是愿意……呃。"话还没说完,他转过头就撞上了谈礼不解的眼神,一瞬间又变得慌乱,"我,我是说,总之,我顺路,要不以后我们一起回去?"话音刚落,他急忙转过头,忐忑不安地等着谈礼的回答。

他自己都没意识到,这两句话听着很矛盾。

但话里话外的意思,似乎都在说,我想保护你。

谈礼不知道他内心的起伏,只是看着他慌乱的样子,心里忍不住想笑。

"不用了,就不麻烦你了。"她抿着嘴,努力控制住想上扬的嘴角,还是摇摇头拒绝了。

等林赴年想再争取一把时,她抢先开口:"你今天已经帮我够多了,谢谢你了。"

其实今天谈礼觉得自己已经够麻烦林赴年了。之前的她早已习惯了忍气吞声。

突然出现一个这么帮自己的人,她反而局促不安起来。

没等林赴年开口说话,她再次抢先一步道:"今天真的谢谢你,我改天请你吃饭吧。"

"今天晚上你真的和我说过很多声谢谢了。"他双手插兜,无奈地调侃了她一句。

看着眼前的女孩,林赴年也觉得自己有点儿魔怔。从第一次见面到现在,其实他们也没认识多久。在学校里路过舞蹈教室时,他会不自觉地探着头寻找谈礼的身影。

她是个很用功的人,林赴年每次在舞蹈教室看见她时,她都在练舞。

和徐落沉说的一样,她的舞跳得很漂亮。

普通的芭蕾舞服穿在她的身上,似乎都自带光芒。

谈礼就像是林赴年小时候经常在精品店内看见的水晶球里跳舞的小女孩，优雅美好，但他又会时常担心这个玻璃球碎掉。

如果水晶球里的小女孩真的是她，那他希望永远都不要碎掉。

而此刻，眼前的谈礼要比舞蹈房里练舞的那个人鲜活得多。

林赴年继续道："好啊，既然要吃饭，那我们是不是得加个联系方式？"

"啊？"她抬起头一愣。

"你说的不会只是客套话吧？"他继续笑着道。

在灯光下，他的眼睛亮亮的，嘴角的梨涡微微凹陷，像一只乖乖的小狗。

谈礼盯着他的梨涡怔了几秒，实在难以把眼前这个脸上有梨涡的家伙和刚刚在烧烤摊上一言不合就要动手的人对上号。

他长着一张硬汉的脸，可是又有一对很漂亮的梨涡。

他好像天生就是这样热烈的人。

尤其是在这样的夜晚，他好像自带一束光芒。

很多年后，谈礼回想起来，才终于发现。

林赴年身上的那束光芒，原来是用来照亮她的生活。

谈礼回神，摇头道："当然不是，我说话一定算数。"

"行。"他听到了自己想要的答案，心情一下子好了几分，刚才被拒绝的郁闷，瞬间一扫而空。

林赴年的嗓音里带着丝丝笑意，对她道："那我们加个微信？我等你请我吃饭哦，谈礼同学。"

谈礼不明白他突然是因为什么高兴，但她还是和林赴年交换了联系方式。

两人一路走到了谈礼家的巷子口，这几天巷子口的路灯坏了，周围黑漆漆的，里面的路仿佛没有尽头，看着很瘆人。

"就送到这儿吧，已经很晚了，你也早点儿回家吧。"谈礼在巷子口停住了脚步。

林赴年不免有些担心她："你们这的路也太黑了吧，我还是送你进去吧。"

"这路灯坏了好几天，就不麻烦你了。"她有所顾虑，不想林赴年送自己到家门口。

这个时间点,她不确定沈鸿有没有回家睡觉,万一他又在发酒疯……那场面,谈礼光是想想都觉得头皮发麻。

"对了,你的外套,等我明天洗好了还给你,明天你什么时候有空发信息给我就好。"

"哦,好。"林赴年点点头,目送着谈礼离开。

少女单薄的背影慢慢融进黑暗里,风声大起来,那已经坏掉的路灯,发出了嘎吱声。

谈礼正走着,她手机里的微信电话铃声响起。

寂静的夜里,突然的来电铃声吓了她一跳。

她瞥了一眼来电显示,是个英文单词。

Sun。

林赴年的微信昵称。

她还没来得及给这家伙备注,他的电话就打进来了——真是有够自来熟的……

谈礼叹了口气,滑动接听。

"喂?"

"是我,谈礼。"林赴年清润的声音从话筒传来。

"我知道。"她无奈地应了一句,"你有什么事吗?"

"我回家的路太黑了,我觉得我现在很危险,很害怕,你陪陪我吧。"

他的语气倒是很诚恳,她不仔细听的话,还以为是真的。

若不是谈礼知道他走的那条路,路边有一排亮着的路灯,她就真的信了。

可她并不打算拆穿他,戏谑地笑道:"原来你这么胆小啊。"

她把电话开了免提,摁下手机内的电筒开关,在微弱的光亮下往前走。

林赴年那边传来有些气急的声音:"我?我胆小?怎么可能,你别胡说啊。"

他身子微微一歪,懒散地倚在一旁的桥边,停在谈礼家附近的那个巷子口。

半夜三更,路过的大叔听见林赴年嘴里的鬼话,不自觉地先抬头看了眼亮着的路灯,再看了几眼林赴年。

得,这小子有病。

路灯亮得他眼睛都要睁不开了,这小子居然还说黑?

"小伙子,你眼睛没问题吧。"大叔的声音被手机传了过去,谈礼听得真切。她忍不住想笑,林赴年在那头也是有点儿尴尬。

但两人都心照不宣地不提这事,只是静静地听着从对方那边传来的风声。

在这样漆黑的路上,她竟意外地觉得安心。

三分钟后,谈礼才再度开口:"林赴年,我到家了,你到了吗?"

"啊,我?快了,还有几步路。"

"那我先挂电话了啊?你一个人可以吗?"她的声音带着笑意,像是在调侃他。

林赴年自然听出了她的言外之意,无奈地咬牙:"放心,我现在觉得自己很安全了。"

"那最好了,我挂了啊。"

"欸,谈礼。"

"又怎么了?你不会又觉得自己危险了吧?"

"不是,我是想说,早点儿睡啊,晚安。"他耳朵贴着手机,目光落在桥下的湖水上,月光照得湖水波光粼粼。

电话那头的人愣住了几秒,才开口:"嗯,你也是,晚安。"

过了几秒,他们大概都在等对方先挂断电话。

林赴年没有动,最后是谈礼挂断了这个奇奇怪怪的电话。

电话被挂断,林赴年这边彻底安静了。

晚风刮起他前额的刘海,他伸手理了理头发,才终于站直了身体,双手插兜悠闲地往回家的路上走。

06

第二天,谈礼又是起了一个大早,出门前还特意看了一眼手机,上面没有任何消息。她只好将手机塞进柜子里,把晾了一晚上的衣服收好,穿好校服、背起书包就出了门。

她打算等放学后再给林赴年打个电话,将衣服还给他。

而此时的林赴年正慵懒地靠在学校旁的小卖部门口,思索着自己什么时候发消息比较合适。

现在太早?说不定人家还在睡觉。

"还是得晚点儿。"林赴年想了想，自言自语道。

江源显然对林赴年很无语，他沮丧地坐在小卖部门口的位子上，一边吃着手里的早饭，一边叹气。

"唉……"

在他第三十次唉声叹气后，林赴年终于听不下去，转过头来，用幽怨的眼神盯着他："你小子干吗"

"唉……林赴年，你快帮哥们支支着儿，昨天落沉一晚上都没理我。"江源可怜兮兮道。

昨天他已经道歉过很多次了，可徐落沉还是不理他，还直接把他拉黑了。

江源才终于意识到，徐落沉是真的生他气了。

"我知道我昨天说的话不对，但是我也的确……"

"停。"林赴年及时打断，"如果你要和我说，你说的都是事实，我劝你省省，不然你可能会失去两个朋友。"

江源一听，更郁闷了："我是真不知道，你们都喜欢谈礼什么，一个抢着和她做朋友，一个抢着维护她。"

"那人家谈礼也没做错什么，怎么就要被你说成那样了？"林赴年听着江源的抱怨，眉头紧蹙。

这家伙到现在都没意识到自己的问题。

"我劝你赶紧去和徐落沉真心道个歉，就你这个态度，鬼才愿意原谅你。"林赴年看他那样，一下子就明白了徐落沉把他拉黑的原因了——

道歉还不诚心，有病。

"还有，我不管别人怎么说，总之别再让我和徐落沉从你的嘴里听到昨天那样的话，如果一切的事情都是从别人的嘴里得知的，那么这个世界的谣言，早就能杀死无数人了。"

林赴年冷冷地看着他，成功堵住了江源所有的反驳。

江源不情愿地点点头，心里其实也有些羞愧。因为他的确不了解谈礼，关于她的传闻也是众说纷纭，真假参半。可是又有谁真的在乎呢？旁观者只是图看个热闹，真相对于他们来说并不重要。

或许谈礼真的不像别人说的那样，不然他的这两个发小，怎么会那么护着她。

"行了，我知道了，以后不会再说了。不过……阿林，你要是真想对人家好,我劝你上点儿心。"

"什么意思?"

"以前我就听落沉说过,他们班里有几个女生,因为跳舞的事一直和谈礼不对付,你要是真想护着她,那就注意点儿。"

他站起身,瞥见林赴年此刻的手机界面。

一个聊天对话框,微信备注名是:不高兴同学。

不用猜都知道,能让林赴年这么犹豫不决的,不会有第二个人了。

"要发微信就给人家发,瞧你那尿样。"江源拍了拍他的肩膀,一副戏谑样。

"谁尿了?你别胡说!"林赴年一听这话就急了,有些恼地拍开对方的手。

江源见状笑了声,边说话边走远了:"行了,行了,你抓紧吧,哥们虽然不太支持你,但出于朋友的立场,还是很看好你的。你加油,我要去找落沉道歉了。"

林赴年敷衍地点了点头,目光又重新回到了手机界面上。

刚刚江源说的那些话,让他此刻的心里有种怪异的感觉。

他想,今天有时间还是得去问问徐落沉。

林赴年磨磨叽叽了好一会儿,才把消息发出去。

十几分钟后,没有回复。

他垂眸,见早自习快要开始了,才恋恋不舍地把手机揣回兜里。

讲台上,数学老师李南侃侃而谈。

林赴年往椅子靠背上一靠,手指夹着笔,熟练地转着,目光看向窗外。

李南朝班内看了一眼,一大片学生已经趴在了课桌上,窗边的林赴年正伸长脖子往窗外看。

下一秒,一个粉笔头就径直砸向了他的脑袋。

"都给我醒醒,那个开小差的,也回回神。"李南站在讲台边,用力敲了好几下桌子,学生们才迷迷糊糊地抬起头。

林赴年被砸得一蒙,他回过头对上李南犀利的眼神,有些讨好似的笑了笑,安分地端正坐姿抬头。

李南看他这样,才稍微满意地点了点头。

但林赴年的心思早就飘远了。

下午的最后一节课结束,走读生开始收拾东西回家。

林赴年斜挎着一个运动小包,下课铃响起,他就迈开腿第一个跑出了教室。

下楼的时候路过谈礼的班级,他特意看了一眼,门窗紧闭,还是没有人。

他靠在墙上,看了一眼手机上的时间,忍不住蹙了蹙眉。

这个点,每个班应该都下课了。可他还是没找到谈礼,也没有收到她的回复。无奈之下,他打算去舞蹈教室跑一趟。

说不上来是什么原因,林赴年倏然觉得有点儿烦躁,在去舞蹈教室的路上,步子都急了不少。

一路上,不少学生从舞蹈教室里走出来,三三两两地走在一起,他唯独没看见谈礼的身影。

跟舞蹈教室还有些距离,林赴年有些着急,随便叫住了个女生问道:"你好,同学,我想问一下你们的舞蹈课都已经下课了吗?"

那女生被他问得有些发愣,缓了几秒才回过神,点了点头:"对,我们几个班都下课了。"

"那你知道舞蹈教室里还有人吗?"

"没有了,我们是最后一批走出来的,舞蹈教室那边的灯都关了,门也已经锁起来了。"站在女生旁边的人突然插了一嘴,好心地告诉了他。

那个被询问的女生明显脸色一变,没等林赴年反应过来,就看着她被旁边的朋友拉走了。

她们在后面窸窸窣窣地说着什么,林赴年不太听得清。

"可是舞蹈教室不还……"

"好了,这件事情,你就当不知道。"

……

林赴年停在去舞蹈教室的路上,犹豫地看着前边的路,想了想刚才那个女生说的话,转过身走出学校。

他想着既然谈礼不在舞蹈教室,那应该早就离开学校了,可她还是没回自己的消息。

他不由得叹了口气,看了一眼手机上边的时间,这个点,谈礼应该是去烧烤店打工了。

林赴年打算去那边找找她,碰碰运气。

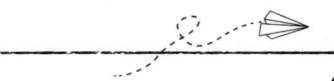

第 3 章
他说"别怕"

07

林赴年骑着车到烧烤店的时候,已经是晚上六点多了。

夏天天黑得晚,六七点的天依旧还是亮的,天边一大片绚丽的晚霞,像是画师临时起意在洁白的画纸上,洋洋洒洒铺上的水粉。

马路上的路灯才刚刚亮起,烧烤店就忙得热火朝天,烧烤的烟雾在空气中升起,又被风轻轻吹散。

林赴年停下自己的运动单车,在不远处等了几分钟。

店里人来人往,可就是没有看见谈礼的身影。

他不由得蹙了蹙眉,从一开始单纯就是想给自己找个理由来见谈礼一面,到现在,他隐约觉得有些不对劲。

林赴年听林文初说过,从谈礼到烧烤店兼职开始,就没有缺勤过一天。

林文初很少见到这样的姑娘,也难免多留意了一些。

又过了几分钟,还是没有等到谈礼出现,林赴年吹着风,终于按捺不住了。

他拿着手机,拨打了自己姑姑林文初的电话。

"喂?你小子难得啊,居然打电话给我。"

电话一被接通,林文初调侃的声音就从手机那头传了过来。

一般这时候,林赴年多半会跟着一起开个玩笑,可此时的他没那个心情,忽略了林文初的话,开门见山:"姑姑,今天谈礼去你那儿兼职了吗?"

"谈礼?"过了会儿,林文初才想起来,"哦,你问的是你那个女同学?"

"嗯,对,就是她,她今天去烧烤店了吗?我好像没看到她。"

"谈礼是吗?我帮你问一下吧。"

"欸,老刘,谈礼今天来了没有?"林文初坐在店里,冲着后厨的厨师老刘问了一嘴。

老刘的声音从电话里传过来:"谈礼吗?欸,那小姑娘今天没有来啊,我还以为和你请假了呢。"

"那奇怪了,也没和我请假啊。怎么……"林文初有些不解地嘟哝着。

林赴年的眼皮一跳,他开始变得越来越不安。

他刚要开口,林文初打断道:"阿林啊,那女孩子是你同学是吧。"

"嗯,是。"

"欸,老刘他们给她打电话也打不通,你说该不会是昨天那帮人去找事了吧?"照现在的情形来看,这种情况是比较有可能发生的。

万一那帮人真的怀恨在心,那谈礼可就麻烦了。

她越想越怕,但她现在忙得不可开交,腾不出空来,只好拜托林赴年:"这样,我把谈礼家的地址发给你,你帮我去看看她在家没。"

"好,那姑姑你抓紧点儿。"林赴年心情沉重地点了点头,脸色有些难看。

如果真的是那样,那么这件事还是怪他。

是他出的风头,那些人想报复,要找也应该来找他。

林文初说完就挂了电话,开始翻阅手机里的员工个人信息。

林赴年在这头也没闲着,他打了个电话给徐落沉。

好一会儿,徐落沉才病恹恹地开口:"喂?林赴年,你找我干吗?"

"谈礼有没有和你在一起?"林赴年听她的语气,稍稍一愣,又问,"你怎么了?"

"我昨天晚上着凉发烧了啊。谈礼?没有啊,我今天一天都没去学校,她怎么可能和我在一起啊。你找谈礼有什么事啊?"徐落沉现在的状态很不好,并未在意为什么林赴年会突然打电话过来问她关于谈礼的事。

"没什么,你没见过她就算了,你好好休息。"林赴年不自觉地叹了口气。

他想着这件事情也只是他和林文初的猜测,如果告诉了徐落沉,还不知道她会急成什么样。

他低下头给江源发了条微信,叮嘱他去看看徐落沉的情况,也算是变相地给这两人创造一个和好的机会了。

他给江源发完消息后,林文初那边的消息也刚好发过来。

林文初从微信上发过来一张照片,上面是谈礼填写的信息。

谈礼的字是标准的正楷,很好看。她写得很详细,唯独在家庭信息那一栏,只淡淡地落下了一个字:无。

林赴年看着这个字一愣,随即才看向谈礼填写的家庭地址那一栏。

他简单地回复了林文初几句,就开始按着那个地址找了起来。

地方不算难找,就在昨天他送谈礼回家时的那个巷子里,左拐第三家。

他问了几位大爷大妈,大爷大妈们听到他是在找谈礼家,显然眼神有些不对劲。

有个大妈好事,一把拉住了林赴年的胳膊,问了他一嘴:"小伙子,你找沈家人啊……可别怪我没提醒你啊,他们家那个男人哦,真的是凶得要死,你小心点儿,万一碰上那个酒鬼,可有你受的。"

"就是啊,小伙子,我看你长得眉清目秀、瘦瘦弱弱的,你要是碰上那个人……"

……

林赴年蹙着眉,顿时感觉有些不舒服。

几位大妈见他这样,说完就撒开了他。

林赴年看着那几位大妈走开的背影,长长地吐了一口气,不自觉地想起江源说过关于谈礼家里的事情。

他有些难以想象,周围流言四起,邻里关系不睦,家里关系也水深火热,这样的生活,她该怎么过下去。

直到很久之后,他才知道,在那种压抑的气氛和不幸福的家庭里生活了十八年的谈礼,被压垮了千千万万次。

谈礼家的大门是一扇木门,深褐色底边已经有些腐烂,门上挂着两个黄色的"狮子头",用来敲门。

林赴年小心地敲着门。

一分钟后,屋里传来声音,有人打开了门。

开门的是一位老婆婆,目光和蔼地看着林赴年,轻声问道:"你是谁啊?"

"啊,外婆好,我是谈礼的同学。"林赴年显然看到谈礼的外婆后一愣,半晌才想起来江源说过,谈礼的爸爸回来前,谈礼就是和她外婆一起生活的。

"阿礼的同学啊,你找阿礼是有什么事情吗?不过,她还没有回家,你要不晚点儿来。"老人在听到他说自己是谈礼的同学后,眼睛稍稍亮了一些。

林赴年听到谈礼不在家的消息,心又紧张地吊了起来。

他叹了口气,又不想让老人家无故担心,就撒了个谎:"没事,我找她没什么要紧事,等她回来了,我再来吧。"

"好,不过她估计得很晚才回来呢。她们舞蹈班不是加课了吗,现在每天都要晚上十点半后才回来,今天你可能是见不到她了。"

十点半……

林赴年抿了抿嘴,江中的学生,最晚放学的是高三生,可他们也只上课到十点钟。

像他们高一、高二的学生,下午六点不到就放学了。

谈礼是和家里人撒了谎,因为她下课后就要去兼职。

兼职结束的时间是十点半。

林赴年想着,他之前还好奇为什么谈礼那么晚回去,家里人都不会过问,原来她早就想好对策了。

真是够拼的……

"没事的,那我能留个电话号码吗,等她回来了,能拜托您让她给我打个电话吗?"

"行,没问题,那我去拿纸,你写下来。"

林赴年点点头,在纸上写下了自己的电话号码和名字。

他希望谈礼能赶紧回来,然后打电话给他。

最好他和林文初都只是胡思乱想。

谈礼外婆眯着眼睛,才勉强看清了上面的名字。

"你放心,等阿礼回来了,我会把这个给她的。"

"那麻烦您了。"林赴年礼貌地点点头,对着面前的老人家微微鞠了一躬,就打算离开。

只是他手机不停震动,他瞥了一眼,是林文初发来的消息,多段语音消息,还有一张照片。

他连忙停下脚步,点击"语音转文字",等他看清上边说的是什么后,才打开了那张照片,他的脸色也没刚才那么凝重了。

他已经转身要走了,却被谈礼的外婆叫住。

"那个……小林啊,你是谈礼的同学,对吧?"

他抬起头,看见了老人家脸上的担忧和犹豫。

好像从打开门后,她就一直想问林赴年一些事情。

"是的。"他点点头,耐心地回着。

老人家踌躇了好一会儿,才再次开口:"那你平时和阿礼的关系怎么样啊?你们玩得好吗?"

"嗯……"林赴年没想到外婆会这么问,他想了会儿,才硬挤出两个字,"还行。"

"那你知不知道她在学校过得怎么样啊,身边有朋友和她一起玩吗?那孩子从小脾气也不这样,只是这几年变得越来越孤僻了,她又什么都不和我说,就叫我不要担心。所以我想问问你,她在学校过得好不好。"谈礼外婆语气里满是担忧。

林赴年站在原地,一时间不知道该怎么接话。

可看着眼前这么担心自己孙女的老人家,他勉强笑了笑,不敢说实话:"外婆,您放心,谈礼在学校过得挺好的。她身边……有朋友啊,我不就是吗,而且还有其他人和她一起玩呢,您别担心。"

08

"嗯嗯,那就好,阿礼那孩子性子冷,也不爱说话,但她心是好的。你们多带她一起玩玩,麻烦你们了啊。"

大概是因为听了林赴年的话,眼前的老人这才松下一口气。

林赴年见状,笑着接话:"您放心,谈礼她人很好的,我们关系挺好的。"

当然,这只是他单方面这么认为的。想到这里,他不禁在心里唏嘘一阵。

不过,成为好朋友嘛,也只是早晚的事。

听他这么说,谈礼的外婆终于笑了起来,她眼角的皱纹很深,是岁月刻下的痕迹。

在林赴年的眼里,这是一位可爱又和蔼的老人。

她一定很爱谈礼。

还好,这世界上,还有人在爱着她。

随后,谈礼的外婆和林赴年说了很多关于谈礼的事情,林赴年礼貌地听着,全程没有半点儿不耐烦的神色,时不时还附和着问。

直到话题突然转向谈礼初中时的事情,谈礼的外婆才不好意思地收住了嘴,脸色突变。

林赴年自然也注意到了,他没有去细问,只是对这事上了心。

谈礼的外婆巧妙地转开了话题。

老人家都是比较健谈的,林赴年不愿意扫了老人家的兴致,就陪她聊着天,顺便也想等等谈礼,说不定她一会儿就回来了。

可到了晚上九点,谈礼还是没有回来。

他终于待不住了,匆忙和谈礼的外婆道歉,说自己有事,得先回去了,这才离开。

走了大概有十几米远,他打开手机,点开那张照片。

照片是在烧烤摊拍的,昨天那个恶意滋事的男人正坐在椅子上吃烧烤。

林文初发过来的语音大概内容就是,那个昨天惹事的男人刚才过来吃烧烤了,还不好意思地要和谈礼道歉。

所以,谈礼失联,应该和那人没什么关系。

知道谈礼不是因为他出手帮忙而惹上麻烦,他显然松了口气。

可眼下,他还是不知道谈礼跑哪儿去了,打过去的电话,依旧还是没接通。

林文初半个小时前又发了条语音过来:"你要不要再去学校找找谈礼啊,你不是说她是舞蹈生吗,说不定是一个人在学校练舞呢。你再去找找,要是找到了,记得发个消息告诉我,免得我也担心。"

林赴年望着已经彻底黑下来的天,狂风摇晃着大树,路灯光照在树上,枝干和树叶的影子诡异地"砸"在了墙上,看着怪瘆人的。

他现下彻底没了方向。

无奈之下,他只能听从林文初的话,再去学校碰碰运气。

他本来是不抱希望地走到学校门口的,可还没等他想好下一步去哪儿,旁边就传来了声音。

林赴年步子一顿,转身躲在了柱子后面。

"我们这样会不会不太好啊,要不还是和老师说一下吧?"

"你怕什么,又出不了事。"

"可是学校停电了啊,舞蹈教室肯定也是,把她一个人关在里面,不太好吧。"

他莫名觉得这两个声音很熟悉,他微微探头望了一眼——是刚才在学校路上,他问过话的那两个女生。

只是,这话里……似乎有些不对劲。

学校今天停电了,舞蹈教室里还关着人。

一瞬间,他脑海里闪过一些可能,倏然冒了一身冷汗。

等他再回过神的时候,那两个说话的女生早就走远了。

他从柱子后边走出来。

林赴年看了一眼紧闭着的保安室门和周围的环境。

下一秒,他几乎没有犹豫,用手机的手电筒照了一下栏杆,然后一个助跑,轻轻松松地翻了进去。

他脚步落地的声音,在寂静的校园里显得格外刺耳。四周很黑,他只能借着月光才能稍微看清些路。

他打开手电筒,大概走了四分钟,才到了舞蹈室的门口。

他扭了扭门把手,发现打不开——被人锁住了。

"谈礼,你在里面吗?"林赴年只能蹲在舞蹈室门口,拍了拍门,冲里面小声地喊着。

门那头的人愣了一会儿,才不确定地开了口:"林……赴年?"

"谢天谢地,你真的在这儿啊。"林赴年听见熟悉的声音,一晚上紧绷着的心情终于放松了下来。

"你是怎么知道我在这儿的?"谈礼听见他如释重负的声音,更是不解。

"你先别管我怎么在这儿了,你先说说你是怎么被锁在里面的。"林赴年没立刻解释,他很快站起身,调整好了自己的情绪,用力地扭着门把手。

037

因为不知道时间,谈礼也不清楚自己被困在这里多久了。

她甚至以为自己得一晚上待在这冰冷的舞蹈室了,可让她没想到的是,林赴年居然会来找她。

"你别白费力气了,这门被人用钥匙从外面锁上了。"外边的人越来越用力,谈礼能感觉到林赴年的不耐烦和心急,连忙劝着他。

可别门还没弄开,他手上先划一道伤口。

林赴年听着她的话,这才意识到自己多么蠢,也慢慢地感觉到了自己手掌上传来火辣辣的刺痛感。

他居然想用这种笨方法把门把手弄坏。

他真是快疯了。

"那你知道钥匙在哪儿吗?"

门外头的动静终于停下来后,谈礼这才松了口气,她无力地靠在门上,摇了摇头:"应该被她们还给保安了。"

舞蹈房的钥匙,一把在刘音那边,另外一把……

因为每个晚上都会有人留下来加练,所以为了方便学生练习,钥匙一般是由最后一个离开舞蹈教室的学生去还给保安室的。

可今天晚上停电了,整个校园一片寂静,这么晚了,保安大叔估计也已经下班离开了。

谈礼认命地叹了口气:"算了,就在这儿待一晚上吧,也没事。"

她的语气算不上难过,只是无奈地妥协。

反正对她来说,这也不是第一次被关在某间教室里出不去了。

"那怎么行,我都来了,一定要救你出去。"

林赴年坚定的声音从门外边传过来,谈礼忍不住笑了笑:"算了吧,你会拆锁吗?还是你打算找个开锁师傅来啊。不过,学校不是都关门了吗?你是怎么进来的啊?"

"呃……我当然是用自己的办法进来的啊。"林赴年显然没想到她会突然这么问,一下子愣住了。

谈礼听着他结结巴巴的声音,心里了然:"你又翻栏杆啊,问题少年。"

她笑了笑,还有心思调侃他,看来不算太糟。

林赴年想着,也没回嘴:"那你呢,你还没回答我,是被谁锁在里面了。"

"啊,这个啊。"谈礼低下头想了想,其实也是她自己不注意吧。

下午放学时，因为徐落沉生病没来练舞，她就想着把今天学的舞蹈动作再多练几遍，明天能好好教徐落沉。

她没想到，自己被顾画那几个朋友摆了一道，等她反应过来的时候，舞蹈室的门已经被关上了，门外传来窸窸窣窣的锁门声。

谈礼听到锁门的声音，不知道是想起了什么，她的胸口像是被压了一块大石头，压得她喘不过气来。

她蹲在地上缓了好一会儿，这种奇怪的不适感才慢慢消失。

只是那会儿顾画她们都走远了。

这间教室只有一扇窗户，打开那扇窗户，就能看到下面的河水，谈礼逃不出去的。

没用多久，她就接受了这个事实。

谈礼抹了一把额头上的冷汗，她背靠着门，不知道想起了什么，自嘲地笑了笑。

她想，可能是真的过了太久舒坦日子，自己一点儿警惕心都没有。

她只是简单地和他说了个大概情况。

半晌，门外的他都没有说话。

谈礼自嘲地笑道："怎么不说话了？是不是觉得我的人缘真的很差啊？"

而林赴年自从听到谈礼说自己被人锁在舞蹈教室后，脸色就没有好过。

"但我觉得她们一定是……"

"一定是因为我这人性子太讨厌了，对吧。"谈礼抢先答道。

不知道为什么，如果这种话是从林赴年的嘴里说出来的，她可能会有些难过。

那样一个太阳般的人，如果说她孤僻、冷漠，对她来说该是多大的打击啊，就像是在众目睽睽之下被凌迟处死一样。

更何况，林赴年也算是她半个朋友了吧。

她想想，与其为难他说，还不如自己开口。

林赴年一愣，随后紧蹙眉头，语气也变得严肃、认真起来："你胡说八道什么呢。我是说，她们一定是嫉妒你太优秀了，嫉妒使人发疯，知道吗？"

谈礼反倒没说话了。

林赴年真的着急了起来,生怕她否定自己:"欸,谈礼,我是说真的,你不要觉得自己性格不好啊,每个人的性格都不一样啊,要是全天下每个人都一模一样,那多没意思啊。正是因为我们各自不同,才是独一无二的自己。我就很喜欢你的性格啊,你不要想那么多,不要去否定自己,知道吗……"

他有些语无伦次地说着。

谈礼听得脑袋晕乎乎的,本来阴霾的心情散去了一大半:"欸、欸、欸,好了,我知道了,你也太唠叨了。"

看似谈礼对林赴年唠唠叨叨很是无奈,可只有她自己知道,那样的一番话对她来说的意义是什么。

她觉得自己心里最柔软的地方,被人狠狠地戳动了一下。

已经很久没有一个人,语气这么坚定地告诉她——你真的很好。

我们常常因为很多事情、很多人而轻而易举地否定自己,认为先堵住对方没说完的话,先一步自嘲,就不会受到更多的伤害。

你可能会因为很多人轻描淡写的一句话而否定了自己的全部。

但你也要坚信——

爱你的人,永远是你最忠实的朋友。

那时的谈礼也说不清林赴年是不是属于这一部分的人。

但很多年后,她再回过头,想起彼此隔着这块门板,他曾对自己说过的这番话。

她能坚定地说——他是属于的。

09

两人背靠着门沉默无言。

半晌,门外面又传来细碎的声音。

谈礼不用想都知道,林赴年一定又在找办法开锁。

她叹了口气:"你别为难自己了,要不你就坐下来陪我一会儿吧。有你在这儿,我安心不少了。今晚谢谢你了啊,还特地来找我。"

外面的人还是没有说话,谈礼下意识地抿了抿唇,外头的风越来越大了,吹起窗边的帘子,在微弱的月光下,像是身姿优美的少女在风中翩翩起舞。

风似乎也有了形状。

她抬眼盯着窗边好一会儿才开口:"林赴年,天已经很晚了,外面风挺大的,你赶紧回去吧,别着凉生病了。"

她说完没几秒,听见了门外传来一声轻微的叹息。

要不是这声叹息,谈礼大概会以为他已经离开了。

门外,林赴年盯着紧锁的门锁,眼底翻涌着不明情绪。

他像是做了什么决定,叹了一大口气,才终于舍得开口:"谈礼。"

"嗯?"

"里面是不是很黑,你害怕吗?"

谈礼被他问得一愣,她抬起眼睛打量着周围,四周黑乎乎的,只有窗边照进来一点儿月光。

教室里那一面偌大的镜子,在夜里显得格外瘆人。

如果林赴年不说,她还没有注意到。

眼下,她看着那面镜子,还真是有点儿奇怪又灵异的感觉。

"还行。"她的声音无意识地有些发颤。

林赴年闻言,低头轻声笑了一下,笑声在安静的夜晚显得异常清晰。

谈礼听得一蒙,忍不住问:"你笑什么呢。"

"笑你总是逞强啊。"林赴年无可奈何地给她解释着,"但好奇怪,我好像每次都能听出你的逞强。你说这算不算是另一种心有灵犀?"

"……"谈礼被他调侃得有些恼,"你别胡说行不行啊,我才没有逞……"

没等她把话说完,林赴年打断道:"拿着。"

她一怔,没明白他是什么意思,但门缝下,突然被塞进来一部白色手机。

手机的手电筒还没有关,林赴年把手电筒亮起的地方扣在地面上,把手机给谈礼塞了进来。

"谈礼,今天我要是不把你救出去,我是不会走的。你等我回来。"

林赴年甩下这么两句话,就起身离开了。

谈礼想拦住他,可是又不知道该说些什么。

她只好把从门缝塞过来的手机拿起来,稍稍照亮了自己身边。

风吹动河水,月光洒在上面,波光粼粼的。

风声、河水流动声、窗帘被吹动,下面的穗子拍打着墙壁。

谈礼垂眸没说话，抓着手机的力气又添了几分。

很快手机上就跳出了电量不足百分之二十的提醒。

她不知道林赴年找了自己多久，也不知道他为什么会在学校停电关门后，依旧溜了进来。

今晚好像发生了太多事情，她脑袋很晕，一时半会儿反应不过来。

比起迷糊着的谈礼，林赴年目标明确。

他摸黑走在学校的小路上，好不容易才走到保安室门口。

他沿着矮墙旁边找了一圈，才终于找到了一块比较大的石头。他拿起来掂了掂重量，重新走到保安室门口。

下一秒，少年毫不犹豫地抬起胳膊，将手里的石头朝着保安室门旁的玻璃窗砸了过去。

砰的一声。

他用的力气很大，玻璃碎了一地，飞溅出来的几小块划过了他的眉骨，留下了一小道伤口。

年少轻狂，荒唐又合理。

那一年的他，有着用不完的力气和勇气，想到什么就去做什么，对后果丝毫不在意。

林赴年走到窗边，侧身伸手进去，轻而易举地打开了保安室的门。

舞蹈室的那把门钥匙，就挂在保安室墙上。

拿到钥匙后，他急匆匆地转身，迎着月光朝着舞蹈室跑去。

他一刻都不想让谈礼多等。

门外又传来一阵窸窣声，谈礼站起身，还没来得及问他刚才去做了什么，她就听到了钥匙插进锁里扭动的声音。

她没反应过来，门已经被外边的人着急地打开了。

门外的人气喘吁吁地站在月光下，红着脸，神色紧张。

从外头吹进来的大风，吹起她耳边的碎发。

谈礼抬眼看着眼前的人，眼神诧异。

手机电量告急，林赴年打开门的那一刹那，手机便自动关机，手电筒的光也瞬间暗下来。

林赴年就这么站在门外，眉骨边的伤口还在流血，他嘴角轻扬，脸两边的梨涡跟着深陷下去,他说:"怎么样,我是不是很快?"

谈礼愣愣地望着他,门打开的那一刹那,她居然觉得眼前的人身上好像发着光,比今晚的月亮还要亮。

"你……怎么找到钥匙的啊?"她努力平复着自己的心情,眼角却莫名有些湿润。

在谈礼无数次习惯身边那些糟心事时,她从来没有想到过,自己会像今天一样——

有一个才认识不久的朋友,明明和她没有什么羁绊关系,可他会愿意想尽一切办法去拯救她。

那是2016年六月五日晚上十点半,谈礼第一次真正看到了眼前这个人身上的光。

因为他身上的光,照亮了整个夜晚。

那个笑起来嘴角带着梨涡的少年。

有个人,为了拯救她而来。

"我……拿石头,把保安室的窗给砸了。"林赴年倏然心虚了起来。

"林赴年,你……"谈礼吸了吸鼻子,掩住心底的感动的同时,她又不知道该怎么说他。

砸学校的玻璃肯定不对,可要不是因为自己,他也不会做出这样出格的事。

想着,谈礼低下头,有些愧疚。

"欸,你不是都说了,我是问题少年吗?没事,以前我干的事比这还严重得多呢,能救你出来就好了。"

他轻松地摆了摆手,想让谈礼宽心,不希望她为此感到不好意思和愧疚。

这本来就是他自己心甘情愿这么做的。

10

谈礼听见他的话,愣了会儿才开口:"我之前说那些话都是开玩笑的,你别当真。"

说罢,她低下头,继续无言。

林赴年听得一怔,好一会儿才明白过来谈礼说的话是什么意思。

他瞥了一眼身边内疚的姑娘,轻轻笑了笑:"我知道啊,这时候在你心里，我是不是超帅。"

他露出嘴角的梨涡，笑得恣意。

谈礼无语地一撇嘴，心里的那些愧疚、自责感，瞬间荡然无存。

林赴年见她这样，忍不住低下头轻笑："好了，好了，我都把你救出来了，我们快点儿出去吧。"

"嗯，好。"

谈礼应了一声，和林赴年一起并肩往外走。

两人停在了保安室前，门边的窗玻璃碎了一地。

"林赴年，这事，明天……"

她的话还没有说完，就被林赴年给打断："唉，别想了，管他呢，明天的事情就交给明天吧。反正今天我的任务就是把你给救出来，我已经完成了啊。"

谈礼抬头撞上他的眼睛，他轻轻一挑眉，下一秒拉住她纤细的手腕，把她拉到了学校的矮墙边。

他先一步轻松地跳上了墙，坐在矮墙上，冲她伸出手："走吧。"

皎洁的月光落在他的身后，他嘴角轻轻勾起，静静地等待着谈礼伸出手。

可谈礼只是抬眼淡淡地看着他。

林赴年身上有一股"明天的事全部抛给明天"的豪爽。

谈礼想到这，心里又忍不住感叹了一句——

活在当下的人，最厉害了。

于是她把刚才没说完的话，狠狠地吞进了肚子里。

"谈礼？"林赴年见她怔在原地不动，以为她还在想保安室的事，于是不确定地轻轻喊了她一声。

下一秒，谈礼动作轻盈又熟练地跳上墙，在林赴年诧异的目光下，先一步轻轻松松地跳了下去。

林赴年收回手，掩住眼底的惊讶，撑着手臂，也跳了下去。

"看不出来啊，你还有这本事。"他调侃着，眼底含笑。

别说，刚才谈礼熟练的动作，还真让他惊讶。

毕竟她又高又瘦，看着弱不禁风，林赴年都觉得她像瓷娃娃一样易碎。

但如今看来，是他想多了。

谈礼知道他在调侃自己什么，随意地瞥了他一眼，懒得和他说话。

林赴年跟在她身后，不停地问她是什么时候学会翻墙的。

她被烦得没办法,道:"初中的时候。"

"看你那熟练的动作,老手啊。"

这话本身也就是一句玩笑话。

可谈礼听到这句话的下一刻,像是想起了什么,抬起头望着那一轮看似就在眼前、实则遥不可及的月亮,说了句话:"没有,就以前翻过几次。"

她的情绪肉眼可见地变得低沉。

林赴年意识到自己说错了话,一时有些不知所措,握着刚才被谈礼无意识地胡乱按着的开机键。

但不管他怎么按,手机都没有亮起屏幕。

"你手机没电了。"她好心提醒了一句。

"哦,怪不得。"他小心翼翼地看了谈礼一眼。

"不过,是什么时候没电的?是我去找钥匙那会儿吗?"他一边在外套的口袋里摸着什么,一边问着她。

谈礼摇摇头:"不是,就在你刚好打开门那会儿。"

"那挺巧啊。"他说着,心里却松了口气,然后从口袋里拿出一个小型充电宝,给手机充上电。

她看得一愣,问了一嘴:"你怎么还随身带着充电宝啊?"

"因为担心手机没电啊。"

"?"他好像回答了,可是又好像没有回答。

"我寻思着要是今天晚上真的找不到你,我就报警。"林赴年解释道。

谈礼没想到他会突然这么说,怔了会儿,才有点儿不好意思地开口:"可是失踪时间不满二十四小时,公安局是不管的。"

"嗯,是啊,所以如果我在学校没找到你,我就打算跑你家门口去睡一觉了。你要是回来了呢,肯定会把我叫醒;你要是还没回来,等明天一早,我就去报警,反正在我这里,我就是二十四小时没见到你了。"

他佯装无所谓地随口一说,实际上心里紧张得都有些发慌。

他说出这样荒谬的想法,也不知道谈礼会怎么想。

她没有很快接上话,外头起了风,还有些冷。

他们依旧并肩走在路上,谈礼低下头,盯着自己的脚尖,走得缓慢:"林赴年,你还真是个好人啊。"

半晌,她才憋出这么一句话。

林赴年尴尬地咳嗽了几声:"咯,那……那不是因为我发现你不见了吗?总不能我都发现了,还要装作什么都不知道吧,万一你出事了,我也不好和你外婆交代的。"

林赴年就这样结结巴巴地解释着,掩盖一下自己心里真正的想法。

他觉得自己也不是什么单纯的大好人,主要还是因为她是谈礼。

但谈礼没有感受到他的不自然,而是敏感地抓住了他话里另外的重点,立刻停住了脚步:"你见过我外婆了?"

她转过身,不似方才那副淡淡的样子,慌乱的情绪蔓延至她的眼睛,声音都有些提高。

林赴年愣愣地点点头。

"你和我外婆说了什么?"

她的样子看着有点儿急,天已经很晚了,这个点,不出意外的话,她老人家已经睡下了。

万一林赴年和她说了自己不见了的事,怕她又要整宿睡不好。

老年人的睡眠很重要的,她实在是不想让外婆再为她担心。

"放心,我什么都没说。"林赴年很快意识到谈礼在紧张什么,连忙安抚她,"我只是说了我有事找你,你不在的话呢,我就明天再来。我没和你外婆说你不见了的事,你别担心。"

听见他这么说,谈礼才松了一口气。

"怎么了?怕你外婆担心吗?"

"嗯。她年纪大了,本来该是好好养老享福的年纪了,我不想让她再担心任何事情了。"

这么多年,不管是小事还是大事,谈礼能瞒则瞒,只有瞒不住了,才会告诉外婆。

他们家里太乱了,沈鸿不爱她这个女儿,也没有半点儿本事能让自己的家人享福。

而她呢,午夜的噩梦,崩溃的眼泪,那些不堪的情绪总会在第二天太阳升起来时被统统藏起——太阳下,就看不见黑暗了。

可黑暗永远不会消失。

她的外婆已经很累了,她唯一能做的,就是尽量不要再让外婆担心、操劳。

其实谈礼也很厉害的,这几年里,瞒住了不少事情,唯独有一件大事没有瞒住……

她抬头看了一眼夜空,繁星璀璨,像是无数颗钻石。

她的眼睫轻颤着,转移话题:"林赴年,能借用一下你的手机吗,我想看一下现在几点了。"

"好,不过还得再等一会儿,这会儿还开不了机。"

林赴年一直在斟酌措辞,刚要开口,便被谈礼避过去。

她大概也不想提这些事情。

林赴年干脆跟着她一起装傻。

很多时候,如果对方不想说,那就不要继续问。

不要揭开她的疤,疤痕永远都是疤痕,会一辈子都存在——起初会很疼,后续会麻木,但永远不会消失。

在未来的某一个瞬间、某一个时刻,它会像一把无形的利刃,扎进她的心窝,她不会流血,不会死去,但是会疼上很多年。

哪怕林赴年不了解谈礼过去经历了什么,可当他看见她手腕上的疤,看见她所生活的环境,就知道了大概。

他能看出来,谈礼也有那样的一道疤痕——是无形的,也是致命的。

那道伤疤也许会被一道更痛更深的伤口取而代之。

前面是一家商场,门口暖白色的路灯光下,有一张大大的木头靠背椅子。

他们临时决定在那里坐一会儿,等手机充些电后再开机,让谈礼给家里打个电话。

走在路灯下,谈礼才终于看清了林赴年眉骨上的那道伤口。

伤口不小,还有点儿深,血珠凝在他的眉毛上。

"你,疼不疼啊?"谈礼忙从口袋里拿出一包纸巾来递给他。

"还行啊,这点儿疼算什么啊。欸、欸、欸,哟,你轻点!"

谈礼见他还嘴硬,拿出一张纸巾来,毫不留情地一把拍在了他的伤口上。

估计是她力度没控制好,眼前这个人疼得龇牙咧嘴的,她见状,连忙收手:"你,没事吧?"

她本来就是开个玩笑,谁叫他硬要逞强。

"没,没事。"林赴年紧咬着后槽牙,强装镇定。

谈礼无奈地摇着头,把手里的纸巾递给他:"疼,你就说啊,硬撑着干吗。给,把血擦擦吧。"

"没啊,我一点儿都不疼。"林赴年嘴硬着,手上动作倒是很诚实,接过纸巾擦起来。

只是他每擦一下,纸巾就摩擦到伤口,让他忍不住地倒吸上一口气。

谈礼看着他,这道伤口这么深,怕是要留疤了。

林赴年随便擦了擦眉骨上的血迹,回过神来就接收到了谈礼投来的目光。看她的样子,他又一次心领神会,猜到面前的人在想什么:"不是什么大事,就只是一个小口子而已。"他笑了笑,自嘲似的活跃气氛,还不忘贫嘴,"不过,谈礼,你说要是我这伤口留疤了,你是不是得对哥负责啊。"

谈礼一时间眼睛瞪得老大,心里的愧疚又消散了大半。

她无语地瞥了对方一眼,长长地吸了口气。

"你放心,你要是留疤了,我就算借钱,也会带你去除疤的。"她没好气地说。

"欸,你别急眼啊,我不就是开个玩笑吗。"见她状态好了一些,林赴年这才松了口气。

恰好,手机已经能开机了。

他把手机解锁后递给了谈礼,让她赶紧打电话给家里:"快打吧,已经很晚了,别让你外婆担心了。"

谈礼接过手机,轻轻说了声谢谢。

她熟络地按着电话簿里的数字键,电话打过去没几秒,就被接通了。

"外婆,我是阿礼。"

"哎哟,囡囡啊,这都十一点了,你怎么还不回来啊?真是担心死外婆了。"

外婆担忧的声音传进她的耳朵,明明应该是责怪的语气,可是她听出了外婆的不安。

这么晚了,沈鸿他们三口人估计早就睡了,如果她今晚一直被关在舞蹈室里,还不知道外婆得多无措。

她总是这样,总让爱她的人担心。

谈礼稍稍昂起头,望着头顶上的路灯,声音有些沙哑:"您放心吧,我没事,就是今天学校舞蹈班有场临时考试耽搁了时间,考完我就借了同学的电话来告诉您一声。您快睡觉吧,我一会儿就到家了。"

她对着电话那头的人"嗯"了好几声，这才挂断电话。

电话挂断后，谈礼低下头，撞上林赴年盯着她的目光。

她把手机还给他，扯着嘴角勉强笑了笑："谢谢了啊。"

林赴年见状，收回目光，没有讲话。

两人齐齐起身，他打算先送谈礼回家。

谈礼这次终于没让他在小巷子口止步。

两人走到离谈礼家不远处时，就看到了坐在家门口昏昏欲睡的老人。

"外婆！"谈礼加快了步子跑过去，林赴年也紧跟其后。

"我不是说了我马上回来吗，您怎么还不回去睡觉，都这么晚了，您……"

"你个傻丫头，吓我一跳。"外婆被她突然的一嗓子吓得一惊，这才清醒了些，连忙站起来，"你一个女孩子家家的，这么晚还没回来，你外婆我怎么可能还有心思睡觉啊。"

外婆责怪了她几句，随后瞥向了她身后，看见是林赴年，不禁笑了笑："看来你找到她了。"

林赴年听着一怔，反应过来后笑了笑："是的，外婆。"

"那你找阿礼要说的事情都说了吗？"

"嗯……说过了。"他继续笑着。

谈礼听着两人的对话，一头雾水。

她也来不及细问，就赶忙扶外婆进屋子休息："好了，好了，这么晚了，我扶您进屋休息。"她说完，还不忘让林赴年在门口等她一会儿。

外婆忍不住笑了笑。

谈礼听着外婆笑，更是不解："外婆，您笑什么啊。"

"外婆替我们阿礼高兴啊，我们阿礼终于交到新朋友啦。"

"朋友？"她一怔，意识到外婆嘴里的"朋友"指的是林赴年。

"对啊，那小伙子长得蛮帅嘛，他今天来找你，你不在，他和外婆说了好多你在学校的事情哦。看得出来，你这位新朋友对你的印象很好啊。"

外婆欣慰地笑了笑，见谈礼一副愣愣的样子，伸手轻轻地敲了敲她的脑袋："还愣着干吗？别让小林那孩子在冷风里站着了，快让人家回去。"

"啊，哦、哦、好。"谈礼有些蒙地点着头，走出外婆的房间，她才想起来自己要干吗。

049

于是她连忙跑进自己的房间,熟练地从床底翻出医药箱,顺带着把放在桌上的手机揣兜里,又急匆匆地跑出去。
　　出去的路上,她经过了沈鸿三口人的房门。
　　里面沈鸿鼾声如雷,她们刚刚就站在门外说话,都没吵醒他半分。
　　谈礼下意识地望向挂在客厅墙上的钟。
　　已经是晚上十一点半了。
　　她不由得低下头轻轻嘲笑了自己一声。
　　当她被困在舞蹈教室里时,脑子里也闪过了那么一丝想法,她想,沈鸿会不会也在担心她——担心她这个女儿,那么晚了都还没有回家。
　　想到这里,她心里泛起了一阵阵的苦涩。
　　原来,就算已经习惯了,伤口也还是会痛的。
　　自作多情才是最伤人的。

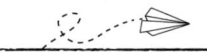

第4章
她的心里有场雨

11

林赴年就这么乖乖地倚在门边等着谈礼,看她从里边走出来,手里还拿着一个箱子。

还没等他反应过来,谈礼就已经拉着他的胳膊在一旁的椅子上坐下,打开医药箱,用镊子从瓶子里面夹出一块消毒棉。

他看着眼前的姑娘,没想到她对自己的小伤口这么重视,心里有些雀跃。

不过欢喜还没一会儿,就被疼痛给代替了。

谈礼小心翼翼地给他擦拭着眉骨上的伤口。

这口子目测有四五厘米长,像是被尖锐的东西划伤的。

伤口依旧在往外冒着血,她细心地一遍遍擦拭,才稍稍止住血。

"不是什么大伤口,你别担心。"见她紧蹙着眉的样子,林赴年笑着活跃气氛。

谈礼却不这么认为:"你这道伤口这么深,而且还不小,你能不能重视点儿,也不怕毁容。"

她无奈地叹了口气,从医药箱里拿出一块创可贴。

"你记得伤口别碰水啊,小心点儿。"

"好啦,我知道了。"他笑着,露出嘴边的梨涡,"你别担心,以前我受的伤比这严重多了,不照样活得好好的。"

"你因为我受伤,万一伤口发炎恶化,我会过意不去的。"

"啊,行、行、行,你是个好人,行了吧。"林赴年阴阳怪气道。

谈礼罕见地没和他生气,只是轻轻地笑了笑,下一秒她像是想起了什么,突然有些支支吾吾:"欸,林赴年……"

"嗯?"

"你来我家的时候,到底和我外婆说了什么啊?"

"哦——这个啊——"林赴年见她明明好奇又不好意思问的样子,故意拖长了语调,卖着关子。

他故意要逗谈礼,身子懒散地往后一靠,环抱手臂,就冲着她笑,然后不讲话。

直到快把谈礼的耐心耗光了,他才连忙恢复一本正经的样子:"欸,其实我也没说什么啊。我就和你外婆说,我是谈礼的好朋友,你外婆还让我多带着你一起玩呢。"

"好朋友?"谈礼转过头,直勾勾地盯着他。

"嗯?怎么着,你看我今晚都这样了,我俩还不算好朋友啊。"他伸手指了指自己眉骨上的伤口,神情淡然自若地看着谈礼。

谈礼低下头,眼睫轻颤,不知道在想些什么,半响才开口:"做我朋友可不是什么好事。"

林赴年听着她的话,懒散地靠在椅子上的身体终于重新坐直。眼前的女孩低着头,情绪不明。

明明他就只是开个玩笑而已,谈礼却好像陷入了自己的情绪里,挣扎不出来。

可他是谁啊,他可是林赴年啊。

如果谈礼注定要堕入黑暗,那他林赴年一定是那个要把她拉出来的人。

他对谈礼的话不以为然,笑道:"对我来说,和你做朋友就一定是件天大的好事。"

谈礼猛地抬起头,目光和他的撞在一起。

少年冲她轻轻地挑着眉,笑得灿烂。

月光洒在他的身上,他说:"谈礼,你听好了啊,不管别人怎么说,反正我林赴年觉得当你朋友很开心,所以你也开心点儿啊。"

他没说假话,他是真的很开心。

从认识谈礼的那一天开始,他就被她身上的神秘感所吸引,不知不觉地想要找她,认识她。

但林赴年想，只要是真正去了解或认识谈礼的人，就没有人会不喜欢她。

因为她本身就是个值得人去喜欢的女孩啊。

林赴年的声音很轻，却好像几道惊雷，震得她几乎耳鸣。

记忆里总有一个人的声音，与林赴年最后说的那句话重叠在了一起——模糊又熟悉。

她的脑子很乱，像是掉进了一座巨大无比的深渊，周围漆黑一片，寂静得让人压抑。

有人的声音传进来，像是春天的一阵清风。

于是，她原本封闭的心，照进来一点亮光。

谈礼摇了摇头，努力压下心里的奇怪情绪。

她再回过神来时，目光撞上了林赴年的。

他的眼睛亮亮的，眼神蕴含着认真和真诚。

谈礼的眼眶不禁有些热，可又有点儿不好意思。她转过头，酷酷地丢了句："随便你。"

"行啊，那我们以后就是朋友了啊。"林赴年看她别扭的样子，也不生气，反倒还是乐呵呵的，"不过，作为朋友，下次能不能回我微信消息啊。"

他有些控诉的意思。

"你给我发消息了吗？"谈礼一愣，她打开手机，并未显示有未读消息。

"嗯，我一大早就给你发了啊，可没等到你回复我。"他打开微信聊天界面，把发的消息给谈礼看。

谈礼这才反应过来。

"啊，不好意思啊，我昨天给你的是我做兼职的微信号，我今天没登那个号，所以没收到你的消息。"

她有些尴尬地笑了笑，不好意思地瞥了一眼林赴年的脸色。

他倒是面色如常，只是稍挑了一下眉，出言调侃道："你怎么还有两个微信号呢？"

"因为兼职需要，平日里手机放在家里，我怕手机弹出店里的消息被我外婆看到，我做兼职的事情就瞒不住了。"

突然她整个人一惊，这才想起被忘记的事情："糟了，我忘记和烧烤店老板请假了，今天弄得这么晚了，我都旷工了。"

她正踌躇着要不要现在打个电话过去解释时，林赴年先一步开了口："放心吧，我姑姑她知道了，她也让我出来找你呢。"

林赴年简单地把自己找她的经过说了一遍，特地说了林文初嘱咐自己的事情，让她别担心。

他这才想起来要给林文初报平安，于是在手机上打了一行字发过去，让她放心。

林文初那边是秒回复的："找到就好，还好没出事。不过，我看你小子对那姑娘挺上心的啊，记得弄弄清楚到底是怎么回事，既然要帮她撑腰，就撑到底。"

林赴年回复了一句："您放心，我一定撑到底。"

回复完，他才抬起头，问了面前的人一句："谈礼，你说我今晚帮了你这么多，你是不是要行行好，让我把你的微信大号也给加了？"

谈礼看着眼前人有点儿幽怨的表情，忍不住轻笑，点点头："那我加你吧，今天谢谢你了啊，改天我请你吃饭。"

林赴年闻言，突然笑了："那你可是已经欠我两顿饭了啊。"

谈礼听了，并未否认："那找个时间我一起还了。"

"那不行，哪有你这么省事的啊，还是一顿一顿来吧。"林赴年笑着拒绝。

两顿饭呢，两次见面机会，傻子才把两次机会并成一次呢。

谈礼听他这话，忍不住一撇嘴，低头看了一眼时间，已经快十二点了。

于是，她催着他："天都这么晚了，你快回去吧。"

"欸，你也太没良心了，说着吃饭的事呢，就要催我走了啊。"他笑谈礼转换话题的生硬。

不过今天是真的很晚了，他是该回家去了。

"你放心，说好两顿，那就两顿，等有时间，你找我就行。"谈礼无奈地认下，"不过现在真的很晚了，你再不回去，家里人该担心了吧，我送你……"

说罢，谈礼就要起身送林赴年回去，却被他一把按回了木椅上："你别送了，我一个男子汉，走夜路不算什么。你要是送我回去，那我肯定会不放心，还要送你回来的。"

"可是，那你……"谈礼被他的动作弄得一怔，可是仔细想想，他没准还真能做出再从自己家送她回来的事情。

"我自己回去就行，你要是担心我的话，等会儿路上我们打个电话？"他晃了晃手上的手机，另一只手的指尖轻轻碰了碰手机屏幕。

谈礼看着他，点了点头。

林赴年见状，倒是有点儿诧异。

今晚的谈礼也太好说话了吧。

他低下头，嘴角轻扬，站起来拍了拍自己衣服上不知从哪里蹭到的白墙灰："那我走了啊，记得接我电话。"

林赴年把一只手放在耳边，细长的手指做了一个"6"的手势，然后长腿一迈，双手插兜，酷酷地走了。

谈礼盯着他走远的背影愣神。他的电话是在一分钟后打进来的。

她很快接通了电话，两人一时无言。

透过手机，他们都能听到对方手机里传过来的风声。

今晚的风很大，马路两旁的树枝都被吹得摇摇晃晃。

终于，林赴年在那头开口："谈礼。"

"嗯。"

"你还在外面吗？起风了，早点儿进屋子里吧，别着凉了。"林赴年的声音低沉、好听，让人的耳朵酥酥麻麻的。

谈礼又"嗯"了一声。

只是，她没有急着回家。风吹着她耳边的碎发，听着对方关心的话语，她垂下眼，目光闪烁。

她再开口，声音已经变得清冷："你要到家了吗？"

"快了，还有几步路，等到了我告诉你，你快进屋子里去吧。"他明显听到了谈礼那边的风声很大，猜到她肯定还在外边，连忙催促着。

"嗯，好，我进去了。"她应了一声，迈着步子走进家里，轻轻地关上了大门。

只是这扇木门有些年头了，哪怕轻轻去关，都会发出不小的吱嘎声。

等谈礼关好门，林赴年也正好到家了。

"谈礼，我到家了。你早点儿休息吧，晚安。"

"好，晚安。"她就这样挂断了电话。

她在外头耽搁的时间有点儿久，又加上关门的声音响起，房间里的沈鸿被吵醒了,在屋里大骂:"大晚上还睡不睡觉了,不睡觉就滚出去,别吵着老子!"

谈礼被吓得一惊,她没有讲话,只是瞥了一眼手机上的通话记录。

她突然有点儿庆幸——幸好这个电话挂得刚刚好,没有让林赴年听到这些。

林赴年挂断电话后,从口袋里找出家门钥匙,打开了门。

客厅里漆黑一片,他随手打开客厅的灯,偌大的房子里,只有他一个人。

不知道为什么,他一下子就想起了谈礼说的那句话。

其实他早回来晚回来都没差别,家里没人等着他,也不会有人担心他。

林赴年的父母常年在国外工作,过年之类的节假日才偶尔回来一趟,故而他和自己父母的关系并不亲近。

他和他姐姐林织最亲,不过最近林织工作挺忙的,也没空回家来管他。

说白了,他们这个家,就是个放养式家庭,一家人一年都见不到彼此几面。

像是习惯了这样孤寂的生活,林赴年随意地往沙发上一躺,忽视内心的孤单。

客厅所有的灯都被他打开,照得这栋房子灯火通明。

他从兜里拿出手机来,通过了谈礼的好友申请,然后好奇地点进去瞥了一眼她的朋友圈主页。

她的微信昵称是 deepsea。

——深海的意思。

她的朋友圈没有内容,昵称下面一条直直的横线,背景图是一片漆黑的大海,透着一股压抑的感觉。

谈礼的微信个性签名上有着一行字:不会再有海了。

没头没尾的一句话。

林赴年看着这行字,蹙了蹙眉头——苏城是没有海的,也是看不见海的。

但在苏城的邻市——江城就有海,路途不远,坐高铁两个小时就能到。

海一直都在,从来不会消失。

12
第二天一早,谈礼就给他发了消息。
谈礼:"林赴年,你的衣服,昨天忘记还你了,今天去学校,我拿给你吧。"
林赴年这才想起自己那件外套。
他也不扭捏,简单地回了一个字:"行。"
不过,比起这件事,他还有更重要的事情要去面对。
想着,林赴年忍不住揉了揉本来就乱七八糟的头发。
虽然把很多棘手的事情丢到明天去解决,只注重当下,是一个很爽的行为,但明天还是会到来。
林赴年思来想去,最后决定直接承认错误,反正他也不是第一次犯这种错。
虽然这次的错,的确有些大……

等在教室里坐下后,他开始斟酌措辞,还没等他想好,他的班主任刘琛先把他叫出去了。
旁边的江源不知道他又惹了什么事,不停地冲他使眼色。
林赴年一副上刑场赴死的样子。
"哈哈哈,老刘,那个……"
"你小子还敢笑!"刘琛一看他这副玩世不恭的样子就来气。
"呃,老刘,我承认,这件事情是我错了,但是我……"
"好了,好了,我知道你是见义勇为,但有必要把学校保安室的玻璃给砸碎吗?你就不知道打个电话给我。"
刘琛骂他不开窍,明明他手机上有自己的联系方式,却偏偏选了最出格的办法去做。
"哎哟,这不是我当时着急,给忘了吗。"林赴年也是听刘琛这么说,才突然想起。
不过,这会儿他无暇顾及这些,看见面前刘琛无奈地摇着头,他壮着胆子问:"不过,老刘,你是怎么知道我是见义勇为的啊?"
"哼,你还好意思问啊。"刘琛白了他一眼,"一大清早,楼下一班的那个小姑娘就去找教导主任了,把这件事清清楚楚地说了一遍。她再三强调,你是为了救她才做出砸窗的行为,自己把所有错都给揽下来了。"

林赴年听了这话,脸色一变:"什么?她把错都揽下来了?不是的!玻璃是我砸的,人也是我要救的,要罚罚我啊,她是受害者,怎么能罚她呢?"

林赴年挽了挽衣袖,就要往教导处去:"我得去找主任说清楚,这事是我自己干的。"

见他这样,刘琛连忙拉住他:"欸、欸、欸,你急什么啊。这事主任当然不会怪人家女孩子啊,主任已经把那几个女生叫过去教育了。本来也是要叫你过去的,但因为一班的那个女孩子再三为你说情,你等会儿课间交一份检讨给我,顺便把窗户钱赔了就行。"

刘琛说完,拍了拍林赴年的肩膀,看着眼前比自己高出一截、血气方刚的小伙子:"下次再遇到这种事,来找老师,听到没?别再冲动了。"

"嗷,知道了。"林赴年听见谈礼没事,悬起来的心这才放下去。

见此,刘琛也不再多说什么,就回办公室去了。

刘琛刚走远,林赴年班里就炸开了锅。

几个和他玩得好的兄弟相继起哄:"哦哟,林哥,你英雄救美啊,这么了不起。"

"我就说你昨天晚上怎么都不回我消息,原来是有更重要的事啊。"江源说着,后背往椅子上一靠,嘴上啧啧了几声,一副欠揍的样子。

林赴年懒得理他,余光瞟了一眼走廊的另一边,不知道看到了谁,嘴角不自觉地向上扬。

见江源那张嘴还在调侃,他不耐烦地冲江源坐的椅子踹了一脚,江源本来就坐得不稳,差点儿摔下去。

"林赴年,你干吗呢!"江源惊魂未定地坐好。

林赴年还没来得及回他的话,整个班倏然安静了。

林赴年顺着众人的目光望去,只见谈礼正站在窗外的走廊上,她的脸很白,阳光落在她的背后,她看到班里所有人都盯着自己,心里有些发毛。

"呃,我找一下林赴年。"她的目光在教室里环视了一圈,最后落在了林赴年的身上。

于是，林赴年便在众人的目光中走出教室，出门前还不忘对着班里这群只敢对自己起哄的家伙阴阳怪气道："欸，你们没事干啊，盯着我干吗。"

不知道是不是因为背后调侃被谈礼抓了个正着，几个男生都十分尴尬地佯装有事做。

尤其是江源，上次在烧烤摊说她坏话，这次又在背后调侃人家，他难堪地低下头，直直地盯着自己的书桌。

谈礼看向走近的林赴年，愣了会儿，才开口问："他们……怎么了？"

"没事。"林赴年看见江源吃瘪的样子，心情格外好，"就是说了不该说的话，尴尬呢。对了，你们班昨天找你事的那几个女生，学校怎么处理的？"

他的话锋一转，谈礼还没反应过来，下意识就回答道："你都知道了啊，我还打算上来告诉你的。学校给了她们通报批评的处分，还找了家长，她们暂时不会再找我麻烦了。"

"那就行。"林赴年点点头，心里却有另外一番打算，不过他嘴里的话还是不着调，"不过我还是要谢谢谈礼同学啊，我听老刘说了，要不是你再三帮我说情，我多半也会得个处分。"

"你少来了。"谈礼忍不住白他一眼，"你本来就是为了帮我才做出那样的事情，我也只是说明了情况，你不用谢我的。"

她的话也不假，学校也想把这件事情给压下去，毕竟传出去的话，对学校的声誉会有一定的影响。当然，学校也是为了安抚她，很快就同意了对林赴年从轻处理。

"那好吧。"林赴年饶有兴致地看着谈礼。

他每次开她玩笑，吃瘪的永远都是自己。

要是换作别人，此刻早就不好意思了，可偏偏谈礼不是，她压根不吃这一套。

"好了，不和你说了，快上课了，你的外套还给你。"谈礼并不知道眼前的人在想什么，她把手上的外套扔进林赴年的怀里，说完就想走。

"欸，等等！"林赴年见她要走，连忙喊住她。

谈礼有些无奈地转身问："怎么了……"

"你今天还要去烧烤店吗？"他问。

谈礼看着他，不解地点了点头。

"正好,我今天也要去,你们班什么时候下课,我去找你,我们一起去吧!"

"为什么?"她冷淡地问道。

"呃。"林赴年一时语塞,三秒后立刻开始装惨,道,"唉。"

他先佯装难过地叹了口气,再开口,声音已经变了个调:"谈礼,你昨天还说我是你朋友呢。今天怎么顺路一起去烧烤店都不行啊,你到底有没有把我当朋友啊。"

少年原本期待的表情一下子消失,现在的样子像一只沮丧、失意的小狗。

谈礼还是第一次看见有人的情绪能变化得这么快的。

似乎发现说不动她,林赴年清了清嗓,道:"唉,我知道,都是我自作多情,你也不想和我做朋友,我都明白,是我的错……"

"停、停、停。"谈礼觉得自己的太阳穴一抽一抽地疼。

要是比强硬,谈礼一定不服输。可如果在她面前做出一副惨兮兮的样子,她便只能认输了。

"舞蹈班应该下午六点下课,会比你们晚一些,你如果有心情等,那就一起去好了。"

"行!就算再晚,我也一定等。"他听见谈礼妥协的话语,脸色一下子好了起来,他笑着,嘴角两边的梨涡深陷。

这招还是徐落沉教他的,果然好用。

谈礼就这么眼睁睁地看着他,莫名有一种自己被骗了的感觉。

"随便你,我要走了。"她说完,转身就走。

"欸、欸、欸,正好我们下节是体育课,一起走,一起走。"

"林赴年,我以前怎么没发现你这人那么……"

"小心!"

谈礼的话还没说完,走廊尽头就冲过来了一个人,林赴年眼明手快,拉住她的胳膊一扯。

两人之间的距离迅速拉近,后背直接贴在了栏杆上。

铁栏杆常年经受风吹雨打,已经生锈,用力靠在上边,会有些不稳。所以,江中的老师都和学生们再三强调,没事不要靠在走廊的栏杆上。

林赴年不悦地冲那个莽撞的男生喊道:"怎么横冲直撞的,没看到差点儿撞到人吗?"

"不好意思,你们没事吧。"那个男生连忙停住脚步,连声道歉。

林赴年刚想回头问谈礼有没有事,却发现她的脸色煞白,呼吸都有些急促。

"谈礼,谈礼?"他轻轻地晃了晃眼前人的胳膊,也有些被吓到。

谈礼的后背抵在栏杆上,传来微乎其微的晃动。

就在一刹那,谈礼下意识地转过头朝下望去,入眼的是一楼深灰色的水泥地。

她的眼睫忍不住打战,脑子里的回忆像是洪水猛兽般朝她扑过来。

她的脑袋又开始疼,疼得她直冒冷汗。

好一会儿,她才因林赴年的呼唤回过神来。

谈礼猛地抬起头,眼角已经有些湿。

"没事,没事。"她缓了一会儿,才面色苍白地笑了笑,"我就是有点儿恐高。"

林赴年也朝着楼下望过去。

这里只是二楼而已,算不上高。而且就算是恐高,也不会是谈礼刚才那个反应。

可谈礼实在是不想说话,她也不管林赴年是否相信这个理由,眼下她只想赶紧回到一楼去。

"林赴年,你不是要去上体育课吗?我们赶紧一起下去吧。"

他几乎是第一次从谈礼的话里听到了有些祈求的意思。

林赴年连忙答应,眼下的他也不好再问些什么。

"嗯,那走吧。"他轻轻拉住了她的手腕,带她走过二楼的走廊。

一路上,他注意到谈礼眼神闪躲——她不敢朝楼下看。

他稍稍用力些,把谈礼往里面拽了拽,让她走在靠教室的一侧,自己则是挡着她的视线。

谈礼注意到他的细心,垂下眼,不自然地抿了抿嘴。

两人一路无言。

她低下头,那天好像过去了很久,可是她的心里好像一直都在下着雨。

13

下午五点半,天气很好。

林赴年一下课就抛下江源,准时出现在谈礼上课的舞蹈室门口。

此时的舞蹈室大门紧闭,里面还在上课。

他靠在外头的墙上安静地等着。

二十几分钟后,舞蹈室内的音乐暂停,里面传来窸窸窣窣的声音。

闻声,他抬起眼皮朝里看去,看见了站在第一位的谈礼。

她应该也在找他,先是环顾四周,随后看见了站在角落里的他。

林赴年和她对上视线,轻轻地挑了一下眉,他朝着她招手,张着嘴无声道:"我在这儿。"

谈礼抓起放在旁边的书包,就朝他走过来。

"走吧。"她走到林赴年的面前,说道。

他轻轻地"嗯"了一声,然后垂下眼睑,仔细看着眼前的姑娘。

她的气色比上午那会儿好了很多。

两人一路并肩走着,默契地对早上的事情闭口不提。

刚刚他们离开舞蹈室时,顾画几人就站在门口。

她们吃了处分,表情自然不爽,只能用眼神狠狠地剐谈礼。

谈礼脸色如常,根本没把这种挑衅放在眼里。

林赴年则用余光冷冷地扫了她们一眼。

顾画大概也认出了他,她慌乱地眨着眼,低头避开他的目光。

心虚成这样,装什么呢——林赴年想着,不由得嗤笑出声。

听见身边的动静,谈礼这才有点儿反应:"你笑什么?"

"笑你那几个同学,没本事还要找你事,这下吃瘪了,都心虚成什么了,还要来装。"林赴年的声音不大不小,却足够被顾画她们听见。

谈礼抬起头,淡淡地看了他一眼,接着笑了声:"也许是吧。"

谈礼的回应,倒是林赴年没料到的。

不出意外,顾画几人的脸色更难看了。

两人走在校道上,两边的香樟树枝繁叶茂。

迎着风,林赴年开口:"我发现你也挺会气人的啊。"他转过头,望着身边的人调侃道。

"是吗?"她抬眼瞥了他一眼,无所谓道,"那算她们倒霉了,因为今天我心情不好。"

"哈?"林赴年一个没忍住,就笑出了声。

他发现自己还是真的不了解谈礼,否则怎么每次见到她,她都会给自己留下一个不同的印象。

"你又笑什么?"谈礼低头走着,看着被风吹落的叶子躺在路面上,林赴年的笑声就这样从她的耳边漾开,她的耳朵一阵酥麻。

林赴年努力憋笑,没回话,只是摇了摇头。

谈礼也不在意,干脆就随他去了。

等他们走出学校时,谈礼才发现校门口的樱花树开花了。

太阳晒了一整天,柏油路被晒得发烫,散发出一股难闻的味道。

谈礼闻到这个味道就直蹙眉,但眼下她更在意的是那几棵樱花树。

"今年的樱花开得好晚啊。"她本来都以为今年看不到樱花了。

没想到江中门口这几棵樱花树,居然到现在才刚刚开花。

"今年苏城的樱花都开得晚。"林赴年回着话,抬手扇了扇,试图把空气中那股难闻的味道给扇走。

他突然发现,谈礼早早停下脚步,目光直直地落在不远处的樱花树上。

她喜欢樱花吗?

可是这里的樱花也太少了。

林赴年想着,便开口问:"你喜欢樱花啊?"

"不是。"听见他的问题,谈礼才稍稍收回目光,心口不一地回答道。

她应该是喜欢的。

在很多年前,她应该是家里除了那个人之外也喜欢樱花的人,但现在应该是不喜欢了。

林赴年没管她的口是心非,望了一眼那几棵树,继续说:"这边的樱花开得不够繁密。不好看。你要是喜欢的话,我知道有个地方……"

"不用了,我不喜欢樱花。"他的话还没说完,就被谈礼冷淡地打断。

她收回目光,催促他:"快走吧,这个点烧烤店要忙起来了。"

林赴年被她催着,一边走,一边用不解的眼神盯着她——她明明就是很喜欢樱花的样子。

谈礼自己都不知道,她看到樱花那会儿的眼睛有多明亮。可他不知道为什么她要否认。藏在她身上的秘密实在太多了——上午莫名其妙说自己恐高,还有现在对樱花口是心非的态度。

林赴年一时摸不着头脑,但直觉在告诉他,那些事情对谈礼来说,不是什么太美好的回忆。但可惜,他们之间的关系,还没熟到能让她敞开心扉的地步。

像谈礼这样什么事都憋在心里,迟早得憋坏。于是他又想起,那次在矮墙边上,无意看见她手腕上的疤——一道又一道,分不清哪一道更深。虽然都是结痂掉落后留下的浅色疤痕,可他依旧觉得触目惊心。

想着这些,林赴年心里觉得他一定要和谈礼再熟一些,然后帮帮她。谁叫他林大帅哥就是这么个善解人意的人呢。帮帮自己的这位好朋友,他在所不辞。

到烧烤店门口后,谈礼抛下他,跑去后厨换员工服,开始准备工作。

今天林文初难得坐在店里,看见她是和林赴年一起来的,连忙笑着站起来:"谈礼。"

"嗯?怎么了,老板?"她刚换好衣服,走出来就发现林文初盯着自己。

谈礼下意识地以为是自己没做好什么事,立马变得紧张起来。

如果不是昨天发生的乌龙事件,她绝对不会请一天假。

她很需要这份工作。

舞蹈比赛就在八月份举行,她得快点儿把钱凑齐。

"欸,你别紧张,昨天你没事吧?"林文初看眼前的小姑娘如临大敌似的,忍不住笑着安抚她。

谈礼没想到她会问这个,怔了半晌,才缓缓摇头:"我没事,谢谢您的关心。"

"没事就好。"林文初笑着说。

林文初见她有些不好意思的样子,抛下一句话就往外走了:"小姑娘嘛,正值大好青春,开心一点儿多好啊,不要老是死气沉沉的啦,关心你的人会难过哦。"

林文初虽然跟谈礼接触不多,但大家都在一个镇子上,她要是想去了解,就是分分钟的事情。

这小姑娘可怜,才这么点儿大就自己出来赚钱,也是懂事得让人心疼。

想着,林文初无奈地吐了口气,走到门口就瞥见林赴年这小子。

他一脸好奇又怀疑地看着她:"姑姑,你刚刚和谈礼悄悄说什么呢?"

"关你小子什么事,你不是说要来干活吗?麻溜地进去,别耽误我做生意。"林文初见他这副样子,就气不打一处来。

和谈礼一比,自家这小子真是要多不懂事就有多不懂事。

"欸,知道了,知道了。怎么还生气啊。"林赴年不好意思地咧嘴笑了笑,生怕林文初下一秒抬起巴掌要落到他的头上,说完就赶紧跑进去了。

他跑进店里,和正要走出来上菜的谈礼撞上。

"你……"谈礼看了他一眼,刚想开口问他待在这里做什么。

她以为林赴年说的有事过来,是过来吃烧烤的意思。

不料还没等自己把话说完,林赴年就接过她手里的一大盘烧烤:"我来吧。"

然后他也不等谈礼喊住他,自顾自地端着手里的盘子出去,熟练地放在了那桌客人的桌上。

谈礼看着他一系列的动作。

这是什么意思——抢活吗?

没等她再开口,后厨又有人喊她上菜。

谈礼又返回后厨去端下一桌的烧烤。

林赴年上完那一桌烧烤后,就从旁边没人坐的桌子上随便抽了张纸巾,擦了擦手。

他朝着店里望了望,这会儿还早,烧烤店外只坐了一桌,店里人也不多。

谈礼忙着上菜,一个人还算应付得过来,没空理他。

看她没注意到自己,他也就放心了。

接下来,他还有件事情要去办,等办完那件事情后,他再回来帮谈礼。

想着,他低头盯着自己手里早已揉烂的纸巾,将它揉成一团,耍酷地朝不远处的垃圾桶里一丢。

那团纸被他轻而易举地丢进了垃圾桶里。

接着,少年抬头,朝着通往江中的那条路走去。

谈礼是他们舞蹈班里走得最早的,当林赴年返回舞蹈室门口的时候,里面还有人在练习。

他勾起嘴角笑了笑,盯着舞蹈室里的人,心生一计。

顾画这会儿并不知道外边有人正盯着她。

她今天本来就不爽。

平日里看谈礼一副与世无争的样子,她没想到谈礼居然会去把那件事告诉老师,害她受了处分不说,又被她爸妈骂得狗血淋头,刘音也对她大失所望,还罚她和另外几个合谋的女生,下课后加练半小时。

刘音一向对学生都是温柔、宽容的,这下是真的生气了。

顾画几个人也只好乖乖照做。

但她越练越烦。

"顾画,你还要继续练吗?"外头的女生问她。

"不练了,你们要回家了吗?"她自暴自弃地将手里的舞蹈服摔在地上,她才不要继续。

"嗯,我们先去上个厕所,你快点儿整理好,我们在外面等你,反正时间也差不多了,天都黑了。"

"好。"她应了一句,看了眼外边的天色。

她练习的时候没注意,这会儿才发现已经晚上六点多了。

此时的顾画有点儿心虚。因为今天可没人来接她回家,她得抓紧点儿。

看着地上的舞蹈服,顾画生气地捡起来。

她这边正收拾着东西,突然一阵风吹过来,舞蹈室的大门砰的一声关上了。

下一秒,舞蹈室内的灯突然全灭了。

顾画被吓了一跳,连忙想摸黑去开门,屋子里黑漆漆的,微弱的月光照进来,落在镜子上。

她能看见镜子里模糊的自己,害怕得腿软。她扶着墙,嘴里不停地喊着朋友的名字。好不容易摸到了门边,她疯狂按着灯的开关,见没用,又慌乱地去摸门把手。

等她将门把手一拧,才绝望地发现,门被锁上了。

她用力地拍打门板:"放我出去!放我出去!"

外面没有任何回应。

她喊得嗓子嘶哑,手掌心生疼,在无尽的黑暗里,恐惧被无限放大,像是挤光了她肺里的空气,她觉得自己快要喘不过气来。

就这样熬了十几分钟,顾画的几个朋友来找她,才发现她在舞蹈室里发疯似的不停拍着门。

她们这才注意到舞蹈室里的灯全灭了,连忙从外面打开门。

"顾画,你干吗呢!大晚上又喊又叫吓死人了。"

"就是啊,你干吗啊,还有,舞蹈室的灯怎么关了?"其中的一个女生一边说着,一边摸黑摁下了开关。

舞蹈室里重新亮了起来,顾画这才如梦初醒,她被吓得浑身颤抖,直接瘫坐在地上,说话都哆嗦:"刚刚……突然灯就灭了,而且无论我怎么拧门把手,我都打不开!"

"怎么可能啊,这门不是能打开吗?"

"就是啊,顾画,你快点儿收拾吧。"

其他人都不相信她的说辞,催着她快点儿收拾。

顾画又气又害怕,声音强硬起来:"我都说了,刚才我打不开门!肯定是有人故意想吓我。"

"谁没事要故意吓你啊,再说了,就算真有人那么做,你昨天不也是把谈礼关在这里,怎么不说自己不对。"

站在一旁的几个女生忍不住生气。

本来昨天的事情就是顾画挑头的,因为她,她们受了处分不说,现在还要看她脸色,这换作谁,谁都不愿意。

"你这是什么意思?难道昨天那件事你们没有参与吗?"

顾画哪里受过这种气,她咬着牙,呼吸都急促起来。

"顾画,说句难听的,就算真的是谈礼要报复你,你不也是活该吗?昨天那件事可是你自己要做的。"

几个人互相推卸着责任,又提到了谈礼。

她听到谈礼的名字,脸色一白,脑海里倏然闪过了林赴年的那张脸。

少年站在谈礼的身边,摆着张冷脸,眉骨上还贴着块创可贴。他抬眼,冲她挑衅地一挑眉,冷笑,大有一副"等着瞧"的意思。

顾画是认识林赴年的——江中出了名的问题学生,和处分通报挨边的事情,他没少干过。

高一那一年,她经常能听到楼上班级的学生说关于林赴年的事迹——事情的真假,她不知道,总之传遍了整个高中部。

谈礼不在乎这些八卦,自然也就不知道,但其他人都会默认林赴年不好惹。

也不知道谈礼是怎么和这种人认识的。

想起他下午的那个表情，顾画就忍不住胆战心惊。

另一边，林赴年戴着一顶不知道从哪儿找来的黑色鸭舌帽，动作利索地拉下舞蹈室的电闸，从外面锁上了舞蹈室的大门。

听着舞蹈室里顾画崩溃的叫喊，直到她声音嘶哑，他才松了手。

舞蹈室大门的钥匙就插在锁上，他麻利地将锁恢复成刚才的样子，随后把电闸给推了上去，转身离开。

谈礼不知道林赴年是一个特别记仇的人，这次顾画她们这么过分，区区一个处分怎么可能就此罢休。但他知道谈礼不想多生事，所以他决定给顾画个教训，让她以后离谈礼远一点儿。

等顾画她们在校门口分道扬镳后，她一抬头，就看见了对面站着的林赴年。

他站在黑暗里，微弱的路灯光照在他身上，他死死地盯着她，盯到她头皮发麻。

顾画确定刚才的事就是林赴年干的，可眼下她只好装作没看见，转身就走。

一步、两步、三步、四步……

林赴年就这么望着她害怕到颤抖的背影。

他不由得摸了摸鼻尖——原来自己在外的名声这么差啊，就只是站着都能把人吓得够呛。

他想着，无所谓地一耸肩。

这样也好，顾画肯定没胆子把这事说出去了。

宽以待人可从来不是他林赴年的风格。

欺负谈礼，在他这儿就是过不去。

14

林赴年回到烧烤店的时候，时间刚刚好。

谈礼刚将烧烤放在桌上，转过身就看见了林赴年站在自己旁边。

"你刚刚做什么去了？怎么还戴了顶帽子？"谈礼看着他。他将帽子摘了下来。

林赴年笑了笑:"没干吗。我来帮忙。"

他说着,就自觉地跑去后厨帮忙。

眼下店里很忙,谈礼没时间去追问他,只好随他。

晚上九点,人很多。

接近十点时,天空忽然乌云密布,没过几分钟,就响起了雷声。

这场雨下得突然,路上的行人行色匆匆地赶着回家。

烧烤店里没有什么新来的客人,工作人员才终于能休息一会儿。

林赴年忙完了手里的事情,看了一眼店里的时钟,刚好九点半。

林文初在家里看到外边下着倾盆大雨,下一秒就给林赴年发了条消息。

"林赴年,你小子还在不在店里?"

"在的,怎么了?"

"这雨这么大,你和那个小姑娘都早点儿回去吧,你和老刘说一声,今天就营业到这个点吧。"

林赴年看着消息,简单地回复了个"好"字。

他扫视了店里一圈,没见到谈礼的人影。

"刘叔,姑姑说今天可以歇业了,等店里的客人吃完,我们就关店吧。"他侧着个身子,朝后厨里喊着。

"欸,好,没问题。"

"对了,刘叔,你看到谈礼了吗?"

"谈礼吗?她刚刚说自己有点儿不舒服,想去后边休息一下,要不你去找找?"老刘正在洗锅。

他听见林赴年问谈礼,洗锅也不忘八卦:"你小子,怎么这么关心人家啊。"

"欸,刘叔,你怎么和我姑一个样子。"林赴年有些不好意思地说,"我先去找谈礼了啊,等我找到她,再过来和您一起收拾。"

"好,行、行、行。"老刘随便应了几声。

林赴年面红耳赤地去后边找谈礼。

烧烤店的后边就是休息室,此刻大门紧闭。他站在门外敲了敲门:"谈礼,你在里面吗?"

半晌,里面都没有回应。

林赴年这才推开门,探头朝里面望了望。

他看见了谈礼。

她趴在桌子上,安安静静地睡着了。

见她睡着,林赴年的步子都放轻了些。

他走到谈礼的身边,看她还是一点儿反应都没有,忍不住想笑。

他也不知道谈礼今天是怎么了,好像一直都不在状态,现在居然直接睡着了。

他想起上午的事,忍不住蹙了蹙眉。

他垂下眼帘看着面前熟睡的姑娘。

外头的大雨没有半点儿要停的意思。砸在树叶子上、尘土里和屋檐瓦片上,声音不小。

休息室的窗户没有关严,留下一条细缝,少量的雨滴也砸进室内。

林赴年走过去轻轻地关严了窗。

虽然已是初夏,但现在还是有些冷。

他脱下自己身上的外套,小心地给谈礼披上。

睡着时的谈礼很安静,和平日里的样子丝毫不同。

林赴年在她旁边坐了会儿,手撑着头看着她,嘴角不受控制地上扬。

她的睫毛轻微地颤着,像是卸下了冷冷的外壳,整个人看上去比醒着的时候柔和多了。

还是安静的谈礼最好,他笑着想了想,至少不会撑他。

想到这,林赴年也难免郁闷。

他以前虽说也没多厉害,但也不至于每次都在同一个人身上败下阵来——真是输给她了。

或许从他打算要保护她开始,他就注定会输得一败涂地。

但他是自愿的。

如果说,谈礼是那个被拖进黑暗深渊无法挣扎着离开的人,那林赴年就是那一束照进来的光亮。

只是很巧,这束光只为了一个人而来,甚至吝啬地不肯分给别人一点儿,每一分每一毫都是她谈礼的。

店里还有事情要做,他没在这里待很久。

林赴年看着睡得安稳的谈礼,想让她再多睡一会儿,于是出去跟着店里的其他人一起收拾。

"阿林,谈礼呢,你找到她了没？"老刘看见他从休息室那边走过来,问了句。

闻言,他点点头:"找到了,刘叔,您别担心,但她好像很累的样子,在休息室睡着了。她那份活,我帮她一起干了就好,别叫醒她了。"

"你这小子,平日里怎么没这么积极啊。"老刘忍不住调侃几句,"不过店里也没什么事情,一会儿就收拾好了。谈礼这小姑娘啊,也不容易,才这么点儿大,就天天过来兼职。"老刘说着,不由得叹了口气。

负责后勤的阿姨附和着:"是啊,一个小姑娘,哪儿有还在上学就出来兼职的。她那个爸爸哟,真的不是个人。"

"可不是吗？哪儿有亲爸不给自己女儿交学费的,也是真的好意思哦。"

"谈礼……她爸爸不给她交学费吗？"林赴年忍不住问。

"是啊,小林,你不知道啊？学费都是谈礼的外婆交的,她爸爸什么都不管的。"阿姨对林赴年说。

谈礼家那点儿事,在俞镇算不上什么秘密。

沈鸿酗酒成瘾,喝醉后做的荒唐事数都数不过来。

小镇子里就是这样的,好事未必传出门,但坏事一定传千里。

"实在可怜谈礼了,你说多好的一个小姑娘,命怎么这么苦啊。"老刘也跟着说。

店里所有人都知道谈礼家的情况。

他们家里也都有儿女,因此对谈礼更是心疼。

从他们的话里,林赴年才终于了解了谈礼家的情况。

那是一种他完全无法想象的家庭情况。

父亲酗酒家暴,母亲不知去向,家里有个后妈,还有个弟弟,光是听着就足够让人窒息了。

林赴年不敢想,如果没有谈礼外婆的话,她会怎么样。

怪不得她要自己挣钱,不想再给外婆增加负担。

这是他们这些同龄人都无法理解的。

虽然林赴年的爸妈常年不着家,但他总有用不完的零花钱。

但谈礼不一样,她靠不了自己爸爸,也不想给自己的外婆增加负担。

店里收拾起来挺简单的,他们一群人很快就收拾好了。

老刘他们几个人走之前,还特地嘱咐林赴年:"阿林啊,你记得把谈礼叫醒,让她赶紧回家啊,都这么晚了。"

林赴年应了下来。

店里其他人已走光,谈礼才迷迷糊糊地从梦里醒过来。

她抬起脑袋,有些不解地看着披在身上的外套。

她缓了几分钟,才意识到自己居然睡着了。

谈礼急忙起身,还不知道店里的情况怎么样,后面有没有来客人,有没有很忙。

她急匆匆地跑出休息室,手里还拿着那件外套,和林赴年撞了个正着。

"你醒了啊。"自己正好来找她。

谈礼看见林赴年还在,悬着的心才放下来,她点点头,看着已经空了的店子,问:"大家都走了吗?"

"嗯,今天下雨,早点下班。"

"我本来只是想休息会儿,没想到居然睡着了。"谈礼知道自己错过了收拾店里的事情。

"我说你啊,要是真的那么累,就给自己喘口气的时间。"林赴年看她自责的样子,有些无奈,"你放心吧,你休息的时候,已经没有客人来了,今天来的客人没平时多,收拾起来也不麻烦。你还是要照顾好自己的身体,别总是硬撑着。"

谈礼抬起头看着林赴年。

这人话里话外全部是关心自己的意思。

她不由得心底一热。

其实换作以前,她也不会那么累的。

但是,上午发生的那件事……

她脑子里又开始不断蹿出很多东西,这些东西像是梦魇般缠着她不放。

所以她也不知道自己怎么就在休息室睡着了。

"想什么呢?怎么最近老看你走神。"林赴年看她不说话,伸手在她眼前晃了晃。

谈礼勉强地笑了笑,摇着头:"没事,今天让你们受累了。"

"好了,你也别自责了,每个人难免都有不舒服的时候。"林赴年安慰着她,从书包里拿出一把黑色的伞,"走吧,外边的雨下得很大,我送你回家。"

"不用,我有伞……"她下意识地想摆手拒绝,这才意识到自己手上还有一件外套,"这件外套是你的吗?"

"啊,对。我看你睡得挺沉的,就没叫你。"

"以后要是再有这种情况,你直接叫醒我就好了。"其实在谈礼看到外套的那一刻,她就猜到是林赴年的了。

也只有他,才会在看到自己上班偷懒睡觉,没有喊醒她,而是让她继续休息。

她想着,将手里的外套递给他:"谢谢。"

林赴年笑着把外套接过,然后一把塞进包里。

他像是没听到谈礼的拒绝,和谈礼一起将店门锁好后,打开了那把伞。他的黑伞很大,足够罩住两个人。

"天这么黑,一起走吧?"他转身对着谈礼说。

不是询问,更像是请求。

"不用,我和你又不顺路。"

"刘叔他们可都交代我了,得把你送回家,不然你要是路上出事了,他们可要骂我了。"林赴年脸不红心不跳地瞎扯。

他听谈礼的拒绝,听得耳朵都快起茧了。

要送谈礼回家,可真不容易啊,他心里想着。

"可是……"谈礼还在犹豫。

林赴年干脆一把拉过她:"谈礼同学,俞镇就这么大,无论我怎么走都能到家。再说了,我不都和你说过了,天这么黑,我也挺害怕的。"他笑着,冲她轻轻挑着眉。

谈礼想:就算是拒绝他了,估计他也会悄悄跟在自己后面,看她安全到家才会走。

这么想着,她也没办法再说出拒绝的话了。

算了,那就一起走好了。这么晚了,一个人走的确挺吓人的。

"你不说话,我就当你同意了啊。"林赴年看她没再拒绝,瞬间眉开眼笑。

两个人就这样并肩撑着一把伞,走在夜色里。

今晚的雨下得很大,雨滴打在伞上。

一大半的伞面都在谈礼那边。

谈礼转头看着他被淋湿的肩头,有些无奈。

她抬起手,握住伞柄。

突然的触碰,让林赴年一愣。

谈礼的手很凉,他的耳朵和脸上却很热。

"怎,怎么了?"

"这伞这么大,不要全往我这边偏啊。"她没注意到少年的异样,只是把伞柄扶正,见雨水不再砸到林赴年的身上后才收回手。

谈礼没意识到自己的动作有何不妥,反倒是另外一个人,在这漆黑的雨夜,耳根莫名通红。

谈礼家所在的巷子,灯已经被修好了。

路过巷子口时,林赴年抬起头,看着那盏亮起的路灯,虽然还是有点儿黑,但已经能看清路了。

"对了,林赴年,你的伤口怎么样了?还疼吗?"身边的女孩突然开口。

"疼啊,可疼了。"

"你少来,哪有被问起来时伤口才开始疼的。"

"啊,真的突然就疼起来了。"

"……"

风雨交加的夜里,少年像是有讲不完的话。

路灯光像是专门为两人打的一束光。

第 5 章
无声的约定

15

在接下来的日子里，林赴年一放学就会去找谈礼，然后一起去烧烤店。烧烤店内两人一起工作，偶尔谈礼忙不过来的时候，他也会去搭把手。

谈礼问过他，为什么突然来做兼职了。

林赴年笑了笑，随便扯了个谎："因为我爸妈把我的生活费停了啊，我没钱了，这不得来兼职谋生啊。"

他说这话时，林文初刚好从他身边走过，不禁笑了声。

林赴年没理，也不管谈礼到底信不信。从今往后，他们就要在一起工作了。

最近苏市的天气变得越来越热，江中马上要举行期末考试，然后放暑假。

期末考试前几天，谈礼就向林文初请了假，她得专心复习。

林赴年则不同，他反正怎么着都考不好，但也意思了一下，看了几眼书。

在炎热的天气里，江中期末考试考了三天，江中的学生们叫苦连天。身为舞蹈生的谈礼她们还有一场额外的舞蹈考试。

前段时间徐落沉请了几天假，全靠谈礼教她，才勉强跟上班里的进度。

直到舞蹈考试结束，所有人才松了口气。

刘音在班里细说着放暑假的注意事项，用同往年一样的话嘱咐着所有学生。

假期在刘音的最后一句话说完后开启。

江中的学生们争先恐后地收拾东西,都想要第一个冲出学校。

徐落沉格外激动,拉着谈礼一个劲地催着她。

谈礼没她这么着急,应了几声就继续慢条斯理地收拾着自己的东西。

"谈礼,你今年暑假有什么打算吗?我们要不要一起出去玩啊?"徐落沉随口问道。

谈礼淡笑地回了句:"不了,我还要去做兼职。"

"唉,也是哦。"徐落沉这才想起谈礼在做兼职的事情,不好意思地闭了嘴。

这时,刘音朝谈礼走了过来,道:"谈礼。"

谈礼闻声抬起头,见是刘音,马上站起来:"刘老师。"

"欸,你别紧张。老师就是想问问你,上次和你说的舞蹈比赛的事情,你考虑得怎么样了啊?"

"是这样,下个星期报名就要截止了。"

谈礼在听到她说下星期报名就要截止后,眼睫微乎其微地颤了颤。

她还没拿到工资,怕是要赶不及报名了。

"老师,我……"

刘音看她欲言又止的模样,明白她在犹豫什么,于是贴心地告诉她:"你如果担心报名费的话,老师可以先帮你交,等你有钱了,再还给老师,这样可以吗?"

谈礼看着刘音,她眼前的这位老师,已经为她做得够多了——知道她担心钱的问题,也明白不能直接给她交,所以为她想了最好的解决方法。

只是她除了钱的问题以外,还纠结着其他的。

半晌,连站在边上的徐落沉都着急了,她拽了拽谈礼的衣服袖子:"阿礼,这个比赛可是千载难逢的机会欸!如果获奖了,说不定对艺考都有帮助,你还犹豫什么呢?"

谈礼沉默不语,心里有自己的顾虑:"刘老师,我今晚回去考虑一下,明天给你回复可以吗?"

"你好好想想,老师是真的希望可以带你一起去比赛。"刘音见她还有顾虑,也不再逼她。

刘音是真的很喜欢谈礼这个学生，谈礼的天赋很高，综合条件也很好，更何况……谈礼的妈妈和她也有些交情。

虽说这么多年，她也没见谈礼的妈妈再回来，可她们到底是母女，骨子里流着一样的血，也是一样优秀。

刘音欣慰地看着谈礼这张稚气的脸，她皮肤白，五官精致又漂亮，人又高又瘦，和她妈妈年轻时的模样如出一辙。

想到这儿，她又莫名觉得惋惜，谈礼的妈妈是遇人不淑吧。

刘音压下心里的那些想法，转移了话题："那你俩也快点儿收拾吧，好不容易放暑假了，回去好好休息，不过还是要记得抽空练一练舞蹈。"

"放心吧，老师！我的舞蹈水平一定会在这个暑假突飞猛进的！"徐落沉自信地拍了拍胸口。

刘音被她逗笑："好，老师相信你们。"

谈礼也笑了笑。

刘音离开不久，谈礼就收拾好了所有的东西。

下一秒，林赴年出现在教室门口，他敲了敲门板，喊着她："谈礼。"

"你收拾好了吗？"他肩上挂着自己空荡荡的书包，走了过来。

"欸，林赴年，你眼里是不是只有阿礼啊。"徐落沉没好气道。

"你怎么过来了？"谈礼看着眼前两人又要斗嘴，连忙开口。

"寻思着你要收拾的东西会有点儿多，想着来给你搭把手，反正等会儿我们还要一起去烧烤店嘛。"他瞥了一眼徐落沉，不理她。

"我没多少东西的，不麻烦你了。"

"什么麻烦不麻烦的，谈礼，你就让这小子搬，难得看他主动要干苦力。对了，还有我的这一份，你帮着一起搬算了。"徐落沉才不会错过任何一个坑林赴年的机会，用胳膊肘捅了谈礼一下，还冲她疯狂地眨眼。

她的东西可比谈礼的多得多。

林赴年眼皮直跳："你可别奴役我了，我可不傻。谈礼的东西和你的一比，简直是九牛一毛。给你搬东西的大冤种在外边呢。"

他下巴轻轻一抬，徐落沉顺着他的目光看过去，发现江源就站在外边。

见几人的目光都集中在自己身上，江源不解地眨了眨眼，冲徐落沉说着："落沉，我来帮你搬。"

徐落沉的眼神暗了暗。

没人注意到她细微的情绪变化。

林赴年单手拿起谈礼手边的包,另一只手冲她打了个响指:"走吧,谈礼同学。"

谈礼这才反应过来,看着眼前的人拿着她的东西就往外走,连忙追上去。

"落沉,我先走了啊。"她匆忙地和徐落沉告别。

徐落沉见状点了点头,目光追随着走廊上的两个人。

两人一路拉扯,林赴年一边笑,一边逗着谈礼。

夕阳的余晖照进来,拉长了他们的影子。

林赴年身材瘦高,少女追逐着他,高马尾随着动作摆动,就连发丝都泛着光。

直到他们跑远,徐落沉才收回目光。

"看什么呢?"江源看她走神,拍了拍她。

"没什么,就是觉得,还是第一次看见林赴年这样。"徐落沉笑了笑。

这些天林赴年的行为,她都看在眼里。

他一放学就过来等谈礼一起去兼职,她和江源偶尔去烧烤店时,还会看见他们两人在工作。

谈礼忙的时候,林赴年会马上去帮忙。

他们的四周像是形成了什么特殊屏障,将其他人都隔绝在外。

江源摇摇头,一副无可奈何的样子。

因为林赴年,他对谈礼的偏见都少了很多。

徐落沉抿了抿唇,曾经她以为,没人能闯进谈礼的心里。换作以前的谈礼,面对林赴年的无事献殷勤,肯定会拒绝,也绝对不会和他多说几句话。

但现在的谈礼根本没意识到,自己已经给了林赴年足够多的例外。

果然,足够勇敢、足够热烈的人,谁也无法拒绝。

不管谈礼怎么说,林赴年都不为所动——

林赴年还是拿着谈礼的东西,送她回了家。

到谈礼家门口时,谈礼的外婆今天下班得早,正坐在门口乘凉。

林赴年大大方方地抱着谈礼的包走了过去,喊了句:"外婆好!"

谈礼的外婆看着眼前的少年怔住,点了点头,然后又看见他身后跟着的自家孙女。

"你们这是……"谈礼外婆转身看了一眼林赴年怀里的书包,有些疑惑。

"外婆,我和谈礼打赌,我输了,我帮她搬东西回来。"他笑着打马虎眼,额头已经有些出汗,毕竟一路抱着这些东西走过来,还是累的。

谈礼外婆看着他脸上的汗,连忙叫他把东西放下来:"哎哟,你快把书包放下来。"

"没事,我帮谈礼把书包送进去吧。"他摇摇头,不愿意把书包放在满是尘土的地上。

见他坚持,谈礼外婆也只好让他把书包送进去。

于是他就抱着书包进了客厅,将它放在了沙发上。

这还是他第一次进谈礼的家里,家虽然不大,但收拾得很干净。

客厅里摆放着沙发,还有张吃饭的桌子,旁边是酱色的高柜子,上面有不少东西,还有个相框。他没看清相框里的照片。

"小林啊,真是麻烦你了,还给谈礼搬东西。"谈礼的外婆也有些不好意思。

她老人家也是第一次看到谈礼有这么热情的朋友。

谈礼也没料到外婆会下班这么早,还尴尬地和他们撞上。

她觉得自己三叉神经特疼,但看着旁边这人额头还在流汗,于是抽了几张纸给他:"擦擦汗吧。"

本来就是个小动作。

林赴年诧异地转过头,看着谈礼手上的纸巾,过了好几秒,才倏然笑了起来——一副惊喜的样子。下一秒,他嘴角两边的梨涡深陷,眼睛眯了起来,一边接过纸巾擦着汗,一边和谈礼的外婆说话:"外婆,我和谈礼是朋友嘛,这都是小事。"

谈礼不知道他这没由来的高兴是因为什么,她莫名其妙地看了他一眼。

她递几张纸巾给他,他有必要这么惊讶吗?

如果这会儿林赴年能听到她的心声,他一定会说——有必要。

毕竟他心里的确乐得开花了。

鬼知道让谈礼关心一下人有多难。

有时候，林赴年觉得自己很像一个幼稚鬼。

因为她的关心，他就开心得要命。

因为她可是谈礼啊，他冷漠的"好朋友"。

这些天，林赴年能敏锐地感觉到，这块厚厚冰在慢慢融化，他和谈礼的关系在慢慢地变得越来越好。

事情正在朝着他预期的方向发展。

16

本来谈礼和林赴年打算放下书包后就去烧烤店的，但没想到谈礼的外婆回来得这么早。

谈礼只好借着她要去给林赴年补习的理由才离开了家。

谈礼的外婆也没多想，还乐呵呵的："去吧，去吧，记得早点儿回来啊，晚饭还回不回来吃？"

"不了，外婆，谈礼她帮我补课，那我肯定得请她吃饭啊。"林赴年替谈礼接话，少年笑着转头，冲她轻轻挑眉。

谈礼没空理他，见外婆没起疑心，才放下心。

"外婆，那我们走了啊。"

"好，好好学习啊。"

两人走出门后才松了口气。

路上，林赴年都不禁感叹："你外婆也太放心你了吧，也不担心我带坏你？"

"那是因为已经很久没有朋友去我家找我了，所以我外婆很高兴、很激动，自然就顾不上这些了。再说，你帮我的忙，我外婆都看在眼里的。"

谈礼淡淡地解释着。

其实她深知，外婆比任何人都希望她能走出那段过去。

"以前没有人来找你吗，比如你的初中同学？"林赴年也看得出来，谈礼的外婆好像很喜欢他。尤其当他说自己是谈礼的朋友的时候，老人家喜笑颜开。

谈礼没料到林赴年会这么问，她垂下眼，像是想起什么，胸口又开始无间断地发闷。

她努力压抑住这些不适，语气轻松道："没有。"

"那我就是第一个了啊——好朋友。"林赴年没注意到她的不对劲，只觉得自己是她独一个的好朋友，很是骄傲。

谈礼抬起头，却在看到他明亮的笑容后，胸口的那股不适像是海水退潮般乍然散去。

她舒了口气，冲他说："少臭美。"

两个人还没走到烧烤店门口，就发现店门紧闭。

下一秒，两人就一起收到了林文初发的消息。

"今天你们刘叔有事不能来了，后厨没人就不营业了。正好你们两个小朋友刚放假，也出去玩玩，休息休息吧。"

谈礼看着手机上的消息，心想，今天不能上班，就代表没有工资。

她蹙着眉头又想起在学校时刘音说的那番话，心情不是很好。

她和林赴年统一回了个"收到"后，就无所事事了。

他们尴尬地站在烧烤店门口，互相看了对方一眼。

还是林赴年打破了僵局。

"既然今天不用上班，时间还早，谈礼，你之前说好请我吃饭的，还算不算数啊？"

谈礼没想到他会突然说这个，怔了几秒，才点点头："算数，不过我今天没带太多钱，要不还是改天……"

"那就走吧。"林赴年转过身一把抓住她的手腕，往不知名的地方跑去。

他们的身影，穿梭在落日余晖中，在充满烟火气的街上。

谈礼只能下意识地跟着他跑。

直到两人停在了一家便利店门口。

她跑得气喘吁吁，抬起头看见便利店的名字，边喘着气，边问他："你要我请你吃这个啊？"

"对啊，你别小看这种便利店好吗，里面有很多东西都很好吃的。"

"不都是速冻的半成品吗？"谈礼看着他问，"不过，就算你要来便利店吃，也不用拉着我跑吧。"

她的目光落在林赴年拉着她手腕的手上。

他的手倒是很漂亮。

"哈，这不是怕你反悔吗？"林赴年尴尬地摸了摸鼻尖，没好意思说，自己刚刚光听到谈礼说"算数"这两个字了，后面的话一概没听清。

谈礼每次都有很多个"但是"——避免被她拒绝的最好方式，就是当作没听见后面的"但是"。

这次，他就真的没听清了。

"对了，你刚刚说什么来着？"他不好意思地笑了笑。

"没什么，既然都到这儿了，那就进去吧。"她看着林赴年，摇了摇头，下意识地摸了摸口袋里的钱。

希望是够的，要是不够的话，她只好先向林赴年借了。

显然谈礼的担心是多余的——因为林赴年只拿了几样东西。

少年高兴时，常常笑得眼睛都眯了起来，和他硬汉的形象极度不符。

谈礼就站在收银台边上看着他，心里忍不住想，这人怎么能天天都这么高兴啊。

林赴年乐呵呵地从不远处抱着东西跑过来。

谈礼低头一看——两盒泡面、两罐冰可乐。

"你就让我请你吃这个啊？"她和他对视上，目光震惊。

他低头看了看自己怀里的东西，满脸的疑惑不解："怎么了？"

谈礼解释："哪有请人吃泡面的啊。"

"你别瞧不起泡面行不行啊。"林赴年这才明白她是因为什么震惊，不禁笑了起来。

他掂了掂手里的泡面，说着："这个泡面很好吃的。"

他笑得真诚，像是在认真地给她推荐这个泡面。

谈礼看着那两桶黄色包装的泡面摇摇头，付了款。

两盒泡面加上两罐可乐。

她想这一定是她请过最便宜的一顿饭。

本来谈礼还想着，林赴年是不是担心她身上钱不够，所以故意只拿了这些。

然后……她就看到眼前的人，一脸高兴地找了个靠窗的位子，将两罐可乐放下，笑着冲她招手，招呼她过去。

随后，他就开心地去泡泡面了。

——好的，这个可能性排除。

她坐在座位上，看着可乐罐外的水滴和窗外已经黑下来的天空。

星星撒满了夜空，像是无数颗钻石。

她伸手将碎发别到耳后，林赴年刚好端着两盒泡面坐下来。

他转头看她,看着她精致漂亮的侧脸,不禁失神,心里像是被什么东西狠狠地戳动。

此刻,于他来说,真算得上是岁月静好。

他希望时间再慢一点儿。

直到,那个触动他心弦的女孩转头,他们目光撞上,他莫名心虚,第一次不敢直视她的眼睛,当了逃兵。

"咯,怎么不喝可乐啊。"他咳嗽几声,试图掩盖自己的心虚。

"我还以为你会买啤酒呢。"谈礼低头看着那两罐可乐,林赴年刚走过来的时候,她还以为他拿了两罐啤酒。

"怎么可能,学生不可以喝酒好吗?"

谈礼附和着点点头,满脸的不相信。

"你笑什么啊,我说认真的呢。"

他拉开两罐可乐的拉环。

便利店里不知道什么时候换了歌。

悠扬婉转的前奏响起,飘散店里的每一个角落。

总在闭上双眼之后
才能看见你
这是一个心中秘密
偷偷在爱你
你却不知道
……

夏天、歌声,冒着热气的泡面;可乐、少年,外头扬起的风。

谈礼没有回答他,只是拿起手边的可乐猛地喝了一口,冰得她牙齿泛酸。

林赴年也不例外,他喝得眉头直皱:"哒,这可乐怎么这么冰。"

谈礼转过头,看他露出痛苦的表情。

耳边的歌依旧放着。

她又喝了一口可乐。直到此刻,她才蓦然觉得,夏天真的来了——带着旁边的少年一起来了。

"欸!谈礼,面可以吃了。"林赴年的声音把她拉回了现实。

眼前的人,将那盒方便面推到她面前。

她就这么奇怪又荒唐地和他一起坐在便利店里，吃着这一顿有些随意的晚饭。

她掀开盒盖，将叉子朝面里捅了捅，随便一翻——她才发现，自己的面里竟然有两颗卤蛋。

想都不用想，她回过头，林赴年正撑着脑袋看着她。

他笑得露出了牙齿，脸上挂着一副"惊不惊喜、意不意外"的表情。然后，他说："我不喜欢吃里面的蛋，麻烦谈礼同学帮我解决了吧。"

说罢，他就低下头开始吃面，心里却在隐隐期待谈礼下一秒会说些什么。

"林赴年，我感觉你这个行为特别像一个家长，说着自己不喜欢吃，然后把好东西都留给自己孩子。"她被他那拙劣的谎话逗笑，忍不住调侃道。

林赴年没料到谈礼会这么说，直接被面呛着了："喀喀喀。"

他觉得尴尬，连忙拿起旁边的可乐喝了一口，才缓过来。

刚想开口说她这是什么奇怪的说法，结果一抬头，他看见她在笑。她笑起来很好看，说不上来哪里特别，但总能让他目光停住。

于是他也不急着反驳她了，只好佯装没事人一样，甩了一句："你开心就好。"

谈礼见他吃瘪的模样，笑得更欢了。

最后还是林赴年听不下去了，催着她抓紧吃面。

她这才收起笑，安静下来。

吃完晚饭后，谈礼手里拿着没喝完的可乐和林赴年一起走出便利店，被他拉着在马路上散步。

他们走在马路上，路边大树的叶子被风吹得沙沙作响，樱花开得更盛了，比一开始漂亮得多。

灯光照着两人的背影，将他们的影子拉得斜长。

他们就在马路边闲晃，默契地没有说话。

谈礼一口一口喝着手里的可乐，她觉得今晚自己心情还算不错，可能碳酸饮料真有能让人开心的作用。

林赴年看着地上两人的影子，有一种奇怪的错觉。

他笑了笑，开启了今晚最重要的话题："谈礼，你现在开心吗？"

"嗯？"她被问得一愣，步子都停了下来。

"挺高兴的，怎么了？"她怔了会儿，才点头。

"开心就好，就是看你这几天都闷闷不乐的，想问问你，是不是有什么心事。"他歪着头问她，"如果有的话，方便和我这个好朋友说说吗？"

谈礼抬起头，看着眼前小心翼翼的少年。

不知道为什么，她盯着林赴年的脸，突然说不出拒绝的话，又或者，她一时不知道从哪里开始说。

她的心事吗？

有太多了。

"没什么，就是一个月后市里有场舞蹈比赛，我们舞蹈老师想带我一起去比赛，但我还有点儿犹豫。"

她抿了抿唇，只说出了这一件事。

"是……你在担心什么吗？"林赴年没想到谈礼真的会说，毕竟今天晚上他的目的就是让她开心。

"嗯，我还没拿到工资，不过也就几天的事情，我老师说能帮我先垫着，等我拿到钱了，再还给她。还有的话……就是……"她说到这里，突然觉得有些难以启齿。

"就是，什么？"

"就是……我有点儿担心，因为我这次去的是市里的比赛，我万一跳得不好怎么办。"她低下头，见林赴年不说话，空气里安静下来，手指不自觉地攥紧，"是不是挺搞笑的，我的担心和害怕。"

她尴尬地笑了笑，突然有点儿后悔把这些话说出口了。

"这算什么啊，原来我们的谈礼同学也会不自信啊。"

林赴年知道她原来是在担心这件事，倏地松了口气——至少不是一件难以解决的大事。

他玩笑的语气，让两人间原本僵住的气氛一下子就变了。

"我……"

"我相信你，相信你一定可以的。"不等她说完，林赴年真挚又确定的话就被风吹到了她的耳边。

"为什么？"她没反应过来，抬头看着他问。

这件事，她自己都没把握，可眼前人竟然说得这么确定。

"因为你是谈礼啊,我以前老是听徐落沉夸你跳舞很厉害,能让那家伙服气的人可没几个。再说了,如果你不去试一试,怎么知道自己不行呢?勇敢地迈出那一步,就已经是接近成功的一大步了。但如果你连试都不愿意去试的话,那岂不是输在原地了吗。"

林赴年的声音很轻,但有着一种蛊惑人心般的力量。

"谈礼,我相信你一定可以,而且,我们都不要做困在起点的人,要往前走,走得越来越好。"

风乍起,他的声音带着些笑意,格外好听。

这些话,就像是鼓声,缓缓落在她的心里。

谈礼看着他,莫名觉得眼角有些湿。

原来被人鼓励是这样一种感觉。

"谢谢你啊,林赴年。"她笑着点头,眼睛亮亮的,分不清是眼泪还是什么,她说,"我会努力去试一试的。"

"行啊,那你到时候别忘了给我张票,我一定过去支持你。欸,不对!要拿三张!给我一张,徐落沉一张,还有江源那小子也要给一张。他要是敢不来,我就把他绑来给你加油。总之,你放心啊,排面上,哥一定给你弄得足足的……"

听到谈礼愿意去试一把,他又开始唠唠叨叨。

"谈礼,我和你说啊,我觉得你的舞跳得真的很厉害,虽然我就见过那么几次,但我觉得你一定能拿到冠军的……"

……

他说了一路。

谈礼难得没有嫌烦,回头看着他,半晌才说话:"林赴年。"

"嗯?我在,怎么了?"听她喊自己,林赴年立马安静下来。

"谢谢你,我想,这是我近几年来过得最开心的一个初夏了。"谈礼说着,忍不住揉了揉眼睛。

她没有夸张。

这真的是她过得最开心的一段时光了。

但她想,未来岁月,也一定无法超越了。

这么多年,她都沉浸在夏天的梦魇里。

原本那么美好的夏天,对她来说,更像是一场噩梦。

像今天这样,能开心地笑,能诉说很多事情的那种日子,好像已经过去好多年了。

她想着，不免有些哽咽。

林赴年这才发现她不对劲。

"谈礼，有我在，你今年这个夏天，一定会过得越来越开心的。当然不止初夏开心，而是一整个夏天，更是……未来！你一定会越来越开心的。"

在这个燥热的初夏，少年郑重地许下了这个承诺。后来过去很多年，这个约定被谈礼一直记着。承诺大概只有在说的时候，才是最真诚的，往后记得与不记得，都无法预知。只是……后来有人失言了。不过这都是后话了。

此刻的谈礼看着许下承诺的少年。在十七八岁的年纪，他热烈得像一束正午的阳光。灼热的、让人无法靠近的太阳，却注定了为你而来。

那是专属于她一个人的太阳。无论真假，她都笑着点了点头。

这或许就是被她遗忘的答案。她答应了，也记着了。

两人一路说着话，走到了谈礼家门口。

"我到家了。"

"嗯，早点儿休息。"

谈礼应了声，刚要转身离开，却被他拉住。

"谈礼。"林赴年叫她。

"怎……"她回头，话还没说完，怀里就被塞了一瓶热牛奶。

"我看你最近黑眼圈挺重的。"他看着眼前依旧心事重重的人，"我听说喝牛奶对睡眠好，你放心啊，这是我请你喝的。"

林赴年很早就注意到谈礼眼下的黑眼圈，可自己又不敢唐突地问，生怕一个不小心就问到"雷点"上。

"希望你睡个好觉。另外，我最近的睡眠也挺差的，你要是哪天睡不着，愿意的话，就打个电话给我。"

"打电话给你，然后我们一起失眠吗？"谈礼说完，有点儿想笑。

手里的牛奶还是温热的，不知道之前被他藏在了哪儿，她一路上都没发现。

"欸，两个人失眠总比一个人在深夜睡不着好啊，还能说说话呢！"林赴年硬扯着。

他知道,谈礼就算睡不着,也不会主动去找谁,还得是他来。

"反正你别管了啊,这就当我们说好了,说不定我哪天晚上睡不着就给你打电话了,你到时候可不许骂我!"他见谈礼不讲话,有点儿心虚,连声音都小了不少。

"欸,哪儿有你这样的。"

"好了,好了,你赶紧回家吧,我要睡觉了。"林赴年不理会她的话,一边催她,一边逃走。

他跑远了,突然想起来自己忘了说晚安,又回头冲她喊着:"晚安啊,谈礼,我走了。"

谈礼被他那憨憨的样子弄得哭笑不得,只好点点头:"晚安,路上小心,到家了记得给我发条消息。"

不远处的人又催促着她进家门。

直到看着他走远,谈礼才收回目光,打开家里的大门。

刚走进客厅,一个陶瓷碗就朝着她脚边砸了过来,摔得粉碎,她原本笑着的脸,瞬间僵住了。

家里的争吵又是一触即发。

沈鸿又喝醉了酒,今晚不知道在发什么疯,不停地砸着家里的东西。

谈礼还是一如既往面无表情地走进客厅,她真的见怪不怪了,甚至累得一句话都不想说。

她后妈又在拦着沈鸿,惹恼他的话,还可能会被扇一耳光。

外婆和她弟弟沈仪也在慌乱地拦着沈鸿。

沈仪这么小的孩子,被吓得满脸泪水,硬是死死咬着嘴唇不敢哭出声。

谈礼叹了口气,再砸下去,家里能砸的东西就要被砸光了。

谈礼小心翼翼地把手里的牛奶放在了一边,想上去帮忙。沈鸿踉踉跄跄地绕着桌子转,来到那个高柜子面前,伸手胡乱拿东西。

谈礼是在看见他拿起那个相框后脸色突变,她不知道为什么那个相框会出现在那里。

下一秒,沈鸿拿起相框就要把它砸碎,谈礼毫不犹豫地冲了上去。

她用力抱住沈鸿的胳膊,声音颤抖:"爸,你不能砸这个东西!"

此刻的她,双眼通红,身体也在打战,她知道拦住沈鸿的后果会是什么,可她必须这么做——

这个相框不能坏掉。

沈鸿喝醉了酒，又看见谈礼敢这么大逆不道地拦着自己，眼前的这张脸和记忆里的那个女人的脸重合在一起，他的脾气瞬间上来了。

他用力甩开谈礼，骂骂咧咧道："你算个什么东西，敢上来拦着你老子，和你那个妈一个样子，晦气死了。"

谈礼被他甩到一边，狠狠地撞在后边的柜子上，发出巨大的响声。

她疼得直冒冷汗，眼泪不受控制地掉了下来。

外婆和李丽被这个动静吓了一跳。

"你干什么啊！"李丽气急，用力推了沈鸿一把。

沈仪看着姐姐受伤，眼泪掉了下来。他和外婆连忙过去询问谈礼："姐姐，你没事吧。"

"阿礼啊，要不要紧啊？"外婆急得手都在发抖，她不知道自己该碰谈礼哪里。

而谈礼讲不出话来，连一句安慰的话都说不出来。

谈礼死咬着牙，她觉得自己浑身都疼，可她要把那个相框拿回来。

这么大的动静，让沈鸿清醒了一些。

他摇摇晃晃地看着手里的相框，脸色也有些难看。

"东西……还给我。"谈礼咬着牙，几个字艰难地从嘴里挤出来。

李丽听到她的话，连忙将相框从沈鸿手上夺下来，一边哭，一边走到她身边，把相框给她。

谈礼拿着手里的相框，瞬间泪如雨下。

她第一次对李丽说了"谢谢"。

说完，她低下头，不断查看着相框，确定没事后才松了口气。

她的眼泪一滴接着一滴掉在相框的玻璃上，模糊了照片上的两个女孩子的样子。

一个是她，另一个女孩子拽着谈礼，两人一起比"剪刀手"。

她们穿着不合身的校服，却笑得明媚。

谈礼看着照片上的人，眼泪止不住地往下掉。

"没事就好，没事就好。"她将相框抱在怀里，已经顾不上疼。

她哭得崩溃。

她能留住的，也只剩这么点儿东西了。

17

等李丽几个人将谈礼扶进卧室,帮她抹好药时,已经是深夜了。

她这次伤得有些严重,后背磕青了一片。

她侧躺在床上,动一下都疼。

谈礼的外婆坐在床边,眼泪不停地滑过她沧桑的脸。

谈礼安静地躺着,怀里紧紧地抱着那个相框。

"谈礼,这个相框是阿姨前几天收拾你卧室时摆放出去的,阿姨和你道歉。"李丽走进卧室,满是歉意地和她道歉。

"没关系,今天要不是你的话,这个相框也保不住了。"谈礼没有生气,她只是愣愣地看着怀里的相框,声音淡淡的,"不过我很早之前就说过了,我的卧室,我自己会收拾的,就不麻烦你了。"

李丽和外婆想安慰她,又不知如何开口,她才主动说:"我没事。大家都习惯了不是吗,放心吧。我有点儿困了,想休息了。"

她笑了笑,佯装出轻松的样子。

老人家叹了口气,拉着李丽走出卧室。

等卧室的门被轻轻关上后,谈礼才强撑着身体坐起来。

她小心翼翼地拆开相框,像是对待什么珍宝。

拆老旧的相框应该很快,可谈礼花了很久的时间。

直到里边的那张照片被她拿在手里。

照片的像素不是很高,上面有很多模糊的光点,还有几道刮痕。

谈礼愣愣地看着照片上的人,等她回过神来,手覆上脸,才发现自己早已经泪流满面。

这个相框一直被她放在柜子里锁着。

记不清是哪天,她打开了那个柜子,又一次看见了照片里的人。

然后那股难受的情绪又浮上心头。她忙着摆脱脑海里的一切,一时竟然忘记锁上这个柜子了。

她很少会主动去看这个相框,因为她害怕再见到这张脸,害怕面对过去的一切。

她看着手里的相片,笑着笑着就哭了。

原来,不知从何时起,她也成了一个爱逃避的胆小鬼。

她哭了很久,久到快要虚脱,久到泪腺干涸,她才终于抹了一把脸上的泪水,重新把相片放进相框里,将相框锁进柜子。

等做完这一系列的事情后,她才终于躺回床上,进入更深的梦魇。

梦里像是有几个声音在对她说话。

"谈礼,你和你那个妈一个样子,晦气。"

"谈礼,这一切都是你的错。"

"谈礼,生下你,是妈妈做的最后悔的事情。"

"谈礼,你为什么不救她?你们不是最好的朋友吗?"

"谈礼……谈礼!"

声音嘈杂,她听不清。她在梦里,像被掐住脖子,有什么想要置她于死地。而她,也曾经挣扎过,试图逃离那些声音,但都失败了。于是她想,那就这样吧,这样世界就安静了。可是梦里的画面又变了。她看见了外婆和外婆身边的林赴年。少年正笑着和外婆说着话,时不时地提到她。

"我和谈礼啊,是特别好的朋友啊!"

……

"谈礼?谈礼?"

远处有人喊着她,声音很轻又熟悉。她闻声回过头。原来,她又梦见那个人了……那人的笑容和照片上一样灿烂。

她站在原地,笑着:"恭喜我们阿礼,交到新的好朋友啦。"

她的眼前一片模糊,所有的画面都重叠在一起。他们都在喊着她的名字。林赴年的声音格外响亮,快要穿破她的耳膜——他在喊着她的名字。

"谈礼,我希望你永远都开心。"

她看见外婆泪眼婆婆地看着自己,她看见那个人,也在不停地冲她摇头。看来,这个世界上,还有人会为了她的死而难过。

……

她从梦里惊醒,睁开眼睛的同时,一下子坐了起来。她用力地喘着气,想将更多空气吸入肺里,外头仍是黑夜,偶尔有风从阳台吹进卧室。她的身上全是冷汗,风一吹,激得她打了个冷战。

谈礼这才从那个梦里回过神来,她打开枕头边的手机。

时间显示凌晨两点整,她也不过就睡了十几分钟。她伸手抹了一把额头上的汗珠,浑身又开始痛了。已经数不清这是第几次了。一到夏天,她就会格外频繁地做这样的梦。只是这一次,梦里多了一个新面孔。

谈礼看着手机上的时间,不知道怎么,她突然想起了林赴年和她分开时说的话,还有那瓶温牛奶。

她还没来得及喝那瓶牛奶,现在一定凉掉了。他说,如果睡不着可以打电话给他,两个人一起失眠总比一个人孤单好。于是她鬼使神差地打了个电话过去。

嘟——嘟——嘟——

电话冰冷的声音,在房间里格外响。

谈礼这才反应过来自己干了什么。

她居然在凌晨两点多给林赴年打电话,她连忙要挂断电话。

可下一秒,电话被接通了。

"喂?哪位?"

电话那头的声音有些哑,带着些鼻音,语气不耐烦。

"林……赴年,是我。"谈礼尴尬地应着,开始怪自己动作慢。

"谈礼?"林赴年听到她的声音后一蒙,瞬间清醒,"怎么了?怎么突然打电话过来?"刹那间,他的声音变得温柔不少。

"我……"谈礼张了张嘴,一时不知道该说什么。

"哦,我知道了!你是不是失眠了啊?"林赴年见她不说话,立马懂了。

他笑了笑,一只手撑着床沿坐起来,语气轻松:"太巧了,我刚好也失眠,我们俩真是心有灵犀啊。"

他打开阳台的门,跑到阳台上吹风,边说边揉着惺忪的睡眼:"所以,咱们谈同学是因为什么失眠啊,能和我这个失眠人士交流吗?"

谈礼听着他的声音,莫名心安了很多。

她没有拆穿他的谎言,也没有回答他的问题。

半晌,她才讲话:"林赴年。"

"嗯,我在。"

"烧烤店那边,可能要麻烦你给我请几天假了。"

"是怎么了吗?"

"我摔了一跤,还有点儿严重,估计这一个星期去不了了。"她调整着坐姿,不知道是碰到了哪里,格外疼。

"嘶。"她忍不住吸了口凉气。

虽然声音很轻,但还是被林赴年听到了,他瞬间就着急起来:"怎么摔的?严不严重啊?你涂药了没?"

他一连串的问题，问得谈礼一时不知先回答哪个。

随着疼痛慢慢缓解，她原本紧皱着的眉头才稍稍舒展开："没事，就是在家不小心摔的，不严重，涂过药了，过几天就能好。"

她对自己摔跤的原因只字不提。

林赴年很快就听出了不对劲，他突然又想到了在烧烤店里老刘他们几个人说的话。

一想到这，他眉头紧蹙，立刻担心起来。

"谈礼，我现在有事，你等我一会儿啊。等会儿我给你回电话。"他在电话那头说着，手上的动作却很麻利。

他拿起挂在旁边墙上的外套、桌子上的家门钥匙，匆匆出门。

谈礼不知道他要干什么，挂断了电话。

她还在因为自己鲁莽的行为而感到后悔。

十分钟后，林赴年给她发来一条消息。

"快下楼。"

谈礼看着消息，忍着痛走到阳台朝下望。

楼下一片漆黑，微弱的路灯光下，她看见林赴年正坐在自己那辆黑色的运动自行车上，头发乱糟糟的。

他抬起头，和她对视。下一秒，他的电话就打了进来。

"你怎么来了？"她率先开口问。

"嗯……有点儿担心你。"林赴年抬头看着她，担心的话脱口而出。

谈礼不说话，他才意识到自己说了什么，开始慌乱地找补："啊，不是，我的意思是，我睡不着啊，出来运动运动，有助睡眠，正好听你说你摔了，我就顺道来看看你。对，顺道的。"

他反复强调着，谈礼看他后脑勺上翘起的头发，佯装相信他的话。

"你能下楼吗？我顺手从家里拿了盒牛奶。"他特地咬重了"顺道"两个字。

谈礼听着，有点儿想笑，但她现在动一动都疼，能走到阳台已经是极限了。她摇摇头，有些抱歉："不太行，我摔到腰了。牛奶你还是自己喝了吧，你不是也睡不着吗？"

"怎么摔到腰了啊，你真的不要紧吗。"

林赴年借着微弱的路灯光观察着她，他总觉得她脸色不太好。

"没事，我休息一个星期就好了。不早了，你赶紧回家吧。"

她的声音听着有些勉强。

他不相信。

"反正已经这么晚了,再晚点儿也无所谓。我睡不着,你就当陪我聊聊天吧。对了,谈礼,你不是恐高吗,你还是回房间里去,别朝楼下看了。"

谈礼没想到他还记得自己恐高的事,怔了一会儿:"这么点儿高度,没事的。你想聊什么啊?"

"我也不知道。"听了她的话,他松了口气。

两人隔着一大段距离,通过电话聊天。

林赴年一直仰着头,脖子都酸了。

林赴年在电话那头笑着说:"谈礼,你知道吗,我们这样特别像一个童话故事——《长发公主》里的场景,我感觉下一秒,你就会把你的长发编成辫子,然后垂到楼下,拉我上去。"

他在电话那头开着玩笑。

谈礼也笑了起来。突然间,她又想起了梦里的事情。

那样温暖的人,原来已经潜移默化地改变了她。

或许正是因为林赴年是最喜欢逗她开心、希望她开心的人。

所以在梦里,她下意识地认为,如果自己出事了,眼前这个人也会为自己难过的。

她恍惚着,笑了好一会儿,才开口。

"可我没有那么长的头发,不能拉你上来。"

"那没关系啊,我拉你上来。"少年站在灰暗的灯光里说着。

楼下的路灯时而亮起,时而灭掉。可他没有受半点儿影响。他说:"谈礼,如果以后你有不高兴的事情想诉说,可以考虑我,我保证做个敬业的树洞。"

过了很久,他才听到谈礼很轻很轻的回答。她说:"嗯。"

他们在夜晚做了一个关于未来的约定。

在谈礼养病的日子里,林赴年经常跑过来找她,好几次都被李丽撞上了。

她打开门,听说林赴年是来找谈礼的,表情也诧异了好一会儿——他们家里,很久没有谈礼的朋友来过了。

林赴年每一次到来,都会为这个家增添一份热闹。有时候他会带着徐落沉、江源一起过来。他还会和谈礼的外婆聊天,常常把老人家逗得乐呵呵的。

　　因为林赴年,谈礼养病的这段烦闷日子都变得愉快了很多。

　　谈礼也答应了刘音去参加舞蹈比赛,她打算等这个月拿到工资,就把钱还给刘音。

　　她和外婆提了自己要参加舞蹈比赛的事情,但没有提钱,说是免费的。

　　外婆见她愿意去参加比赛,又交了这么多朋友,更加高兴了。

　　好像没有人再去刻意提起的话,那么被封存着的过去就真的过去了。

第6章
我的愿望都与你有关

18

七月初,俞镇的天气一下子进入了盛夏。

谈礼在养病的日子里,有林赴年、徐落沉、江源三个人陪着,也不算寂寞。倒是沈鸿,自从知道自己喝醉酒伤到了她后,好几次在她的房门口徘徊。

他神情纠结,却又不进去找谈礼。

谈礼把这一切都看在眼里,一句话也没说。

这种迟来的愧疚,是没有半点儿用处的。

她比任何人都明白,随着时间流逝,沈鸿很快就会把这件事情抛到脑后。

他不仅不会改,甚至会变本加厉。

谈礼休养好的第二天,沈鸿就和李丽说,他因工作需要出差几个月,也不说明白到底要去做什么,什么时候回来。总之,拎着收拾好的行李,他走得很快,像在逃跑。

谈礼没当回事,眼下的她有更重要的事情。

她和林文初申请了上白班,借着舞蹈比赛要去练习的理由,才对外婆勉强蒙混过关。

林赴年也跟着她一起调了班。

白天店里忙的时候,徐落沉和江源也赶着过来帮忙。

林文初偶尔过来,看看自己店里这两个免费劳动力,忍不住开着玩笑:"你们两个也太准时了吧,这几天天天都来啊。你们再这样,我都不好意思,要给你们兼职费了。"

"林姨,那不是看谈礼受伤还没完全恢复吗?我们想帮一点儿忙。"徐落沉穿着店里的工作服,手里拿着上菜用的盘子,边走边说着。

江源倒是不客气,没表情地接过徐落沉手里的东西,说着:"林姨,您要是愿意给我们工资,我们也不介意的。"

"哎哟,你这个小鬼,谁家烧烤店能招这么多人。最多今天晚上林姨请你们免费吃一顿。"

"那也行啊,我们不介意的。"林赴年在后厨帮忙,他探着身子,冲着外面喊。

"哎哟,行、行、行,那今天你们随便吃,我请客。"林文初被他们这帮小鬼闹得没办法,干脆同意了。

她的话刚说完,就响起了几个人的欢呼声。

谈礼站起身,看着眼前的三个人,嘴角扬起一抹笑。

林赴年脸上的梨涡漾开,浑身少年气。这一个月里,他的头发长了很多,莫名显得有点儿乖,和那次在矮墙边见到他时——短发、长相英气又不好惹的样子,有很大区别。

谈礼也不知道这是不是自己看顺眼了的缘故。

少年正冲她笑得高兴。

"谈礼,今晚加餐啊。"

谈礼附和着点点头,又望向另外一边,徐落沉边喊着"林姨万岁",边拽着江源不停地闹。

"我今晚要吃饱、吃撑!"

"欸、欸、欸,你能不能别拉着我,菜都要被你弄掉了。"

在众人的欢闹声中,夜幕降临。

烧烤店里开着空调,冷气吹在人身上,凉爽、舒服。

"干杯!"

四个人拿起手边冒着冷气的冰可乐,一起碰杯。

徐落沉吃得格外欢乐,音调也向上扬:"林姨家的烧烤真的是最好吃的,配上冰可乐,简直是人间美味!"

"徐落沉,我看你就是为了这一顿饭,才过来帮忙的吧。"林赴年揶揄道。

"我是为了阿礼来的!"徐落沉不服气地反驳他,见谈礼安安静静地吃着东西,于是立刻将话题往她这边引,"对了,阿礼,你身体怎么样,摔伤的地方还疼吗?"

"好多了,不用担心。"谈礼听到自己的名字后,抬起头应了一句。

她其实还是有些疼的,但至少眼下能走动了,可能还要再过几个星期才能好彻底。

但谈礼怕徐落沉担心,就那样说。

只有林赴年知道她的情况。

他第一天去看她的时候,她的胳膊上就有不少醒目的淤青。

所以,即使现在的天气这么热,她还是会在身上套一件外套。

淤青消散需要时间,林赴年也为此给她送了不少的药。

"那就好,你以后可要小心点儿啊,怎么会那么不小心啊。"

"好了,别提这事了。"林赴年及时打断了徐落沉的话,边说,边把盘子里的好几根肉串放进了谈礼的碗里,"受伤了就多吃点儿,把肉补回来。"

"咦……"徐落沉和江源见状,对视一眼后,心照不宣地开始起哄。

林赴年有些不好意思:"去、去、去,起什么哄啊。对了,姑姑说,六月份的工资今天晚上就能发下来。你是不是要开始为舞蹈比赛排练了呀?"他巧妙地转移了话题。

谈礼闻言点了点头,装作没听见刚才的起哄:"嗯,刘老师说明天要开始排舞了,刚好明天我休班,可以过去。"

她想着自己刚好可以把钱还给刘音。

"去哪儿排练啊?"

"苏城市里边吧。"

"去市里!"徐落沉一下子就来劲了,眼里发光,一把将坐在谈礼身旁的林赴年扯开,"阿礼,阿礼,带我一个呗,等明天你排练完,我们正好去市里玩一圈啊!我都好久没去了。"

"可是……"谈礼望着她恳求的目光,不忍心拒绝,却又有点儿犹豫。

江源见徐落沉这么想去,也开口道:"是啊,谈礼,我们几个从认识到现在,还没一起出去玩过呢,你就答应了吧。"

说完,他又冲着林赴年使眼色。

林赴年明白他心里的小九九,而且林赴年巴不得带谈礼多出去散散心呢,于是也附和道:"是啊,有我们陪你一起去,你路上也不孤单。"

谈礼不好扫兴,想着大家去市里逛逛也好,也就同意了。

"好耶,那明天我们一起坐公交车去市里!"徐落沉见她同意,又兴奋了起来。

江源见徐落沉高兴,自己也就高兴。他宠溺地笑着,无意间和谈礼四目相对。

两人均是一愣,他尴尬地收回了视线。

这些日子里,托林赴年的福,他和谈礼的关系大有改进。

虽然自己之前说过谈礼的坏话,但谈礼看着倒没半分要和他计较的意思。

眼下两人也成为能说几句话的朋友关系。

四个人吃着聊着,就到了晚上九点多。

吃饱喝足,他们要自己收拾残局。

徐落沉忍不住抱怨:"唉,早知道就不吃这么多了。"

"吃的时候你怎么没这么有觉悟。"

"哼。"

"行了,行了,落沉,我来帮你洗餐具。"

微弱的灯光下,四个人一边聊天,一边收拾着。

其乐融融的气氛,让谈礼前所未有地心安。

今年对她来说收获很大——

因为她多了三个朋友。

第二天,四个人很早就出了门。

谈礼到了刘音家,将钱还给她。

刘音见谈礼过来了,很高兴,简单地和她说了一下排舞的情况。

两人聊到了中午,才把排练时间敲定。

到了午饭时间,刘音便想留谈礼一起吃饭:"都中午了,要不在老师家吃顿饭?"

"不了,老师,我还有几个……朋友在外面等我,我和他们一起去吃就好了。"她停顿了一下,才把话说完。

刘音听她是和朋友一起来的,自然高兴,于是表示自己一定要送她出小区。

刚到小区外,她就看见了林赴年他们三人。

"刘老师！"徐落沉看见刘音，熟络地打着招呼。

刘音笑着点点头。

"好了，好了，那老师就不打扰你们年轻人了，玩得开心。"刘音笑着打趣，又嘱咐了谈礼几句，就先离开了。

"刘老师再见。"说完，他们才离开。

刘音却没有直接回家，而是停留在小区门口。

她看着谈礼身边的几个人——蹦蹦跳跳的徐落沉和谈礼身边个子较高的男生。

不知男生在和谈礼说些什么，他侧着头，嘴边的梨涡若隐若现，一边说着，一边自然地接过她手上的包。

谈礼走在他们中间，偶尔笑着点点头。

刘音望着眼前这幅画面，无比欣慰，忍不住拿出手机，拍下这四人的背影，发给了一个人。

前不久，她那位朋友还一直别扭地问起谈礼的现状。

对于谈礼，她原本也是很担心的,这孩子性格孤僻，身边没几个朋友。

如今看来，她倒是也能放下心来了。

谈礼四个人还在商量着去哪里吃饭，徐落沉、江源都没个主意。

只有林赴年早就想好了，他主动带着其余三人往目的地走。

很快，他们走进一座公园。

公园里面有一条长廊，长廊上头爬满了长藤，开着一些星星点点的紫色小花。

"林赴年，你要带我们吃什么啊？"徐落沉看着这个地方也不像是能吃饭的，不由得疑惑。

林赴年抬头看了眼谈礼，他没说话，只是自顾自地往里面走。

再往里走一些，他们看到的风景就和外边完全不一样了。

公园深处有一片樱花林。

中午的阳光落在樱花树上，远远望去，花朵簇拥在一起，像一大片粉红色的云。

"我就说，这里的樱花一定比俞镇那里的好看。"他转过头，这话是对着谈礼说的。

"可是樱花也不能当饭吃啊。"徐落沉不解风情地来了一句。

江源看见自己兄弟快要黑的脸,连忙拉住徐落沉:"欸、欸、欸,反正也不知道去哪儿吃,我们去附近看看有没有饭店能吃饭吧。"

说完,江源也不管徐落沉同不同意,扯着她就走了。

谈礼走近花树,一大片的粉红色,让她恍惚了一下。

她眨了眨眼,看着眼前的美景,莫名有些感动。

林赴年一直都把她说过的话记在心里。

他记得她喜欢看樱花,明白她的口是心非。

他会带她来见更美的樱花林。

"真的好漂亮。"她吸了吸鼻子,隐藏了心里的感动。

林赴年站在她旁边,阳光洒在两人的身上。

他突然开口:"谈礼,你等我一会儿。"

说完,他朝外跑去。

谈礼不解,只好待在原地一边看花,一边等着他。

过了好一会儿,他才背着手,动作有些奇怪地走来。

"你干吗去了?"她问。

"没干吗啊。"

他若无其事地笑了笑,可又突然喊了一声她的名字。

"谈礼。"

"嗯?"她闻声收回目光,转过身看着眼前的少年。

"你知道看到樱花代表什么吗?"林赴年问道。

谈礼不明所以地摇了摇头:"不知道。"

"樱花,代表着好运,你见到樱花了,就代表会有好运。"他的声音很温柔,像是四月里的风,吹过她的耳畔。

她还没来得及说什么,就见眼前人倏然抬起手来,原本被攥在手心里的花瓣随风而起,又落在了两人的身上。

"阿礼,我把我所有的好运都送给你。"少年温和的声音响起,谈礼被他这行为弄得一愣。等她反应过来时,少年已经跑远了——生怕下一秒她会说自己莫名其妙。

少年一直往前跑,他的话语还停留在她的脑海。

谈礼抬起头望着前方,空中的樱花有些遮挡她的视线。林赴年在樱花林里跑着,无数花瓣落在他身上,又随着他的动作飘落地上。

林赴年看她没有追上来,于是停下脚步,喊着她的名字。

"干吗呢，走啊。"他笑着冲她招手。

谈礼却觉得此刻世界像是被人按下了暂停键。

少年，樱花，夏天。

这会是她这一生中最怀念的时刻。

19

谈礼报名参加的舞蹈比赛定在七月底举行，是一年中最热的时候。

阳光火辣辣地照着大地，连吹来的风都是燥热的。

比赛当天，徐落沉提前准备好了礼物，嘴里絮絮叨叨地说着要给谈礼加油，不能让她输了排面。

她的礼物被江源抱在了怀里。

林赴年没她这么夸张，他去花店里拿提前预订好的花束。

一大束鲜红的花，娇艳的花瓣上还带着晶莹的水滴。

他把花束抱在怀里，和其他两人一起去了市里举办舞蹈比赛的大厅。

"林赴年，你也太土了吧。"一路上，徐落沉看着他怀里的花，忍不住吐槽。

林赴年自然也不会客气，他轻轻一瞥，看到江源手里抱着一束五颜六色的鲜花，眼皮一跳，冷哼着："你怎么不看看你自己啊！"

"林赴年，你这是什么意思，你是说我的花土吗？这可是我给谈礼精心挑选的！江源，你说，我的花难看吗？"

徐落沉一听这话，瞬间炸毛。

江源被吓得一愣，本来自己就是个看戏的，怎么还被波及了。

可看着眼前气鼓鼓的徐落沉，又瞥了一眼怀里的花，他违心地说："不难看，我觉得挺好看的。"

说完，他又冲林赴年使眼色。

林赴年见他那见风使舵的样子，暗骂他没出息，顺带白了他一眼。

三人就这样吵吵闹闹地到了现场。

因为谈礼提前给了他们入场券，三人进来得格外顺利，位子在观众席的中央，可以看清楚舞台上的人的一举一动。林赴年刚一坐下，就开始不停地拍照。

坐在旁边的江源看不下去了，忍不住提醒了他一句："林赴年，你小子能不能别拍了。"

"你懂什么啊,我答应了谈礼的外婆,她老人家身体不好,不能坐那么久的车到现场来,我要把谈礼比赛的视频全部拍下来给她看。"他一边拍着视频,一边解释。

徐落沉不禁翻了个白眼:"那你等比赛开始再拍啊,现在这里黑漆漆的,能拍到什么呢。"

"行、行、行。"林赴年像是被她说动了,收起了手机。

等大厅内的座位被人坐满后,比赛开始了。

前几组参赛人员的实力很是不错,台下掌声不绝于耳。

江源见状,不由得担心地轻声问徐落沉:"欸,你说谈礼能拿第一名吗?她就只练了一个月欸。"

"你能不能相信谈礼啊。"徐落沉嫌弃地看着他,道:"这场比赛比的是基本功,前几个舞蹈,都是舞蹈生的入门基础,只是看谁跳得更熟练、更好看而已。刘老师是经验丰富的舞蹈老师,谈礼自身不仅天赋高,又刻苦,她的舞跳得可厉害了,肯定可以赢。"

"哦。"江源似懂非懂,又转过头问林赴年,"欸,你说要是谈礼拿不了第一名怎么办?"

"你能不能闭嘴。"

没想到这小子还敢来问他,林赴年不耐烦地瞪了他一眼。江源见状,只好乖乖地闭上嘴。

谈礼她们组最后一个出场比赛。

台上的幕布缓缓朝两边拉开音乐慢慢响起,干冰机营造出来宛若仙境般的舞台效果,观众一时看不太清人。

林赴年他们三个人紧盯着舞台,就看见谈礼和刘音一起出现。

谈礼的皮肤很白,在台上灯光下更是白得发光,纯白色的纱裙穿在她的身上,像是为她量身打造的。

平日里他们总认为她太瘦,但在舞台上看上去刚刚好,舞蹈服勾勒出她漂亮的身形。

台上的她漂亮又纤细,舞蹈的动作看似温柔、轻盈,却带着一股力量感。

无数的目光落在她的身上,她始终镇定自若,每一个舞蹈动作都完美对上节奏。

在黑暗里,林赴年嘴角稍稍勾起,发自内心地为她高兴。

台上的谈礼像是完全变了一个人，她仿佛忘记了那些隐藏在心底的伤疤，只专心地在舞台上释放自我。

她像一只漂亮又傲气的天鹅，不甘示弱地抬起高贵的头颅，跳出优美的舞姿，台上的灯光只照亮她一人，她就是为舞台而生。

音乐结束，台下瞬间响起了热烈的掌声。

谈礼跟着刘音一起鞠躬谢幕，待她抬起头时，一眼就瞥见了坐在台下的那三个人。

徐落沉激动地冲她挥着手，目光始终锁定在她的身上。

少年笑着站起身，怀里捧着一大束玫瑰花，谈礼又看见了他脸上深深的梨涡。

在震耳欲聋的掌声和欢呼声中，她却只听见了他的声音。

林赴年无声地对她说着："你超厉害的哦。"

她看懂了他的嘴型，眼睛蓦地一酸，热泪盈眶。

谈礼跟着刘音一起来到后台，刘音还没和她说上几句话，林赴年他们几个就跑到了后台。

"阿礼！送给你，还有刘老师的花！你们今天跳得好棒。"徐落沉风风火火地跑过来，将花束分别塞在谈礼和刘音的怀中。

谈礼看着怀里的花束，忍不住蹙眉，震惊于徐落沉的审美。

刘音看着怀里的花也是一愣，她忍着笑和徐落沉道谢，见眼前的四个孩子这么高兴，她给他们留出了空间："今天谈礼跳得特别棒，你们可要好好夸夸她啊。老师就不打扰你们了，先走了啊。"

"好嘞，刘老师，我们一定好好夸她。"

"刘老师再见。"

等刘音走远，江源才用胳膊肘捅了捅林赴年："欸，你的花到底送不送了啊？"

徐落沉的花都塞进人家怀里了，他这哥们还在犹豫的。

"送啊，你急什么。"他应了声，低头看了眼手里的玫瑰花。

他还没来得及开口，谈礼就把怀里的花束给了徐落沉："那我先去更衣室换衣服，你们等我会儿啊。"她说完就往更衣室去了。

林赴年一下愣住。

徐落沉和江源见状，纷纷笑出了声。

"林赴年,你真是太搞笑了。"

"我都怕今天这花你送不出去。"

两人笑得快岔气,林赴年别过头,懒得理他们。

……

等谈礼换好衣服,走出更衣室,林赴年正乖乖站在门口等她。

谈礼环顾四周,见只有他一个人,开口问道:"徐落沉和江源呢?"

"他俩上厕所去了。"他随便说着谎,又把手里的花匆匆藏在身后。

"他……俩?"谈礼一脸疑惑地看着他,看见面前人紧张的神色,不禁失笑。

"你不是要送我花吗?我的花呢?"她伸出手,笑吟吟地弯起眼睛。

林赴年难得见她笑得这么开心,知道今天比赛成功,她心情肯定不错,也就不扭捏了。他把那一大束玫瑰花从身后拿出,直直地递给她。

"嗯……你的舞跳得很棒,这是送你的花。"说完,他的耳朵就不自觉地红了起来,然后红到了脖子。

送花给女孩子这种事情,他还是第一次做。

谈礼见他这个样子,觉得又难得一见又搞笑,她伸手接过那束花,轻笑着说谢谢。

林赴年抬头看她,鲜红的花束衬得笑靥如花的女生更加好看。

他不禁嘴角勾起笑:"你喜欢就好。"

20

谈礼她们在舞蹈比赛上拿了第一名,于是又被徐落沉他们三个人叫出去庆祝。

饭局上,徐落沉和江源两个人特意支开了林赴年,拉起谈礼和她一起讨论怎么给林赴年过生日。

林赴年的生日在八月六日,没几天就到了。

几个人遮遮掩掩地想给他准备一场惊喜,却在八月五日的时候,出了个意外。

就在徐落沉想打探一下林赴年生日那天打算怎么过时——

"干吗,你们要给我准备什么惊喜啊?"林赴年直接点破了他们的想法。

"你们的心意,我领了,不过明天我生日要和我爸妈一起过,后天我请客,咱们再出去吃一顿。"

提到他父母的时候,林赴年虽然努力想掩饰自己的心情,可上扬着的嘴角是遮不住的。

谈礼也看得出来,他很高兴。

她以前听徐落沉说过几句——林赴年的父母常年在外,不经常回来陪他,他们之间的感情也不怎么亲近。

"林叔叔林阿姨要回来了啊!那林织姐回来吗?"徐落沉一听他这么说,不由得为他高兴。

"不回来,她那边的患者情况有点儿不好,一时半会儿回不来了。"提到他姐,他才有些沮丧地摇着头。

谁知道他们一家子有多少年没有聚在一起了。

"那你明天好好和林叔叔林阿姨聚聚。"江源连忙打着圆场。

"嗯,知道了,那说好了啊,后天我请客吃生日饭,你们可都得带礼物来。"他很快收拾好自己的情绪,笑着和他们开玩笑。

面前的三人点了点头。

大概只有他们几个才知道林赴年有多期待明天的到来。

虽然平日里他总是一副满不在乎的样子,还经常在学校做些"坏事",但他们都知道,其实他都是为了引起家里人的注意罢了。

林赴年把一些心事隐藏起来,却也和千千万万人一样,渴望着父母的关心和在乎。

谈礼明白这种感觉,哪怕她从来不曾拥有。

爱就是这样,越是得不到的,往往越渴望。

八月六日是周末,谈礼调班休息。

天刚蒙蒙亮,她就醒了过来,坐起身揉了揉头发,看了一眼手机上的时间。

清晨五点,外头下起了大雨,雨滴被风裹挟拍打在窗户上,声音还不小。

她用微信给林赴年发了一句"生日快乐",然后就睡不着了。

最近她的睡眠状况勉强好了一点儿,也不知道是不是因为喝了林赴年每天塞进她怀里的那瓶牛奶起了效果。

一切好像都在慢慢变好。

沈鸿出差了，她梦到过去的频率也低了很多。

谈礼揉了揉眼睛，下床走过去打开了阳台的门，一股清新的空气混着雨水吹到她的脸上。

她安安静静地看着外头的雨，站了好一会儿，雨水打在葱郁的树上，落在屋檐，为这个燥热的夏天增添了一丝凉意。

这是她难得的一个没有从噩梦里惊醒的早上。

她和林赴年认识有两个多月了，她莫名其妙就多了这个像小太阳似的朋友。

原本荒芜、贫瘠的人生，也因为这个人的到来变得鲜活、热闹。

谈礼总觉得自己就像一个灰旧的躯壳，装着无数的秘密和伤疤，而林赴年就像是一道热烈的光照亮了她，驱散她生命中的阴霾。他温柔地轻声告诉她："不要害怕，伤口总会消失，有任何不开心的事，我都愿意等你讲给我听。"

可是，她不知道应该从哪里开始讲，大概还缺少一个契机——再等等吧。

她昂起头，等待天明。

因为林赴年，她和徐落沉的关系也更好了一点儿，她还认识了江源。真好啊，她想着想着就笑了笑。原来她这样灰暗的人，也能拥有这么多朋友。在不知不觉中，她也得到了很多很多的爱。只是，那些爱，或许会被吞没，又或许会驱散那些阴霾。

那一年的林赴年对自己充满信心，他不相信自己这么一个乐观开朗的人，会改变不了谈礼。他总想着，只要自己还活着，一切就都还来得及，只要他还在她身边。

手机振动声让谈礼回过神，她从阳台回到了卧室。

她拿起手机，一看备注，忍不住笑了。

"喂？"她接起电话，心情还不错。

"你醒得这么早啊。"林赴年的声音还有些沙哑，应该是刚醒。

"嗯，你醒得也很早啊。"

"今天过生日，我高兴呗。不过……你就没什么想和我说的话吗？"他一觉醒来，就看到了谈礼发来的消息。

担心她是不是又失眠了，他就赶紧打了个电话。听到她的声音，感觉她状态还不错后,他才松口气,便开始暗示她。

谈礼自然知道他在说什么,她抿抿嘴,故意卖关子似的想了会儿才开口:"哦,知道啦。生日快乐啊。"

"嗯嗯,谢谢谈同学。"林赴年满意地笑了起来。

谈礼也被他逗笑了:"你打这个电话过来,不会就是为了听我说一句生日快乐吧?"

"我今天可是寿星欸。"他在电话那头直接地说道。

谈礼淡淡地笑了笑。

她知道今天林赴年的爸妈要回来陪他过生日,他肯定开心。

这么高兴的日子,她不能扫他的兴。

两人笑着又说了会儿话,这才挂断了电话。

林赴年懒散地从床上起来,穿好衣服。他先简单洗漱了一下,然后才发消息问林父林母什么时候回来。他和他父母不太亲近,之前要么是林织陪他过生日,要么是徐落沉和江源两个人一起陪他。难得有一次和父母过生日的机会,他自然珍惜。

手机上的消息没人回复,他静静地等着。外面的雨愈下愈大,手机微信叮咚叮咚响个不停。每过几分钟,他便要看一眼手机,上面除了朋友们发过来的生日祝福外,其他的什么也没有。等待真的是一种煎熬。

如果期待有规定时间的话,那就像《小王子》书里写的那样,时间靠得越近,他就会感到越期待幸福。

可是他没有。他愈发不安起来。

时间一分一秒地走着,直到中午,林赴年都没有得到父母确切的答案。外面的雨大有下一整天的趋势。他终于等得不耐烦了,出门去拿自己预订的蛋糕。

他撑着黑色的伞出门,走在风雨里。风很大,密密麻麻的雨水被风吹落在他的头和衣服上。

少年不悦地蹙眉。偏偏蛋糕店离这里还很远,手机上他发给父母的消息也始终是未读状态。满脸雨水的少年停在蛋糕店门前,没有走进去。

风雨里,穿着黑色外套的少年垂头,看不清表情,他用另外一只手点击手机屏幕,拨通了一个电话。

天色很暗,乌云密布,就像他此刻的心情。

嘟——嘟——嘟——电话那头冰冷的声音传进他的耳朵里。

他攥着手机的那只手格外用力,暴露了他真实的心理活动。

明明是燥热的夏天,林赴年却只觉得越来越冷。

直到熟悉又冰冷的机械女声重复响起,他才愤愤地挂断电话。

"又是这样。"林赴年把手机放进兜里,抹了一把脸上的水,语气有些麻木。

他知道今天的生日饭多半是泡汤了。可他仍有点儿不死心,还是进蛋糕店里将订好的蛋糕拿回了家。他坐在客厅里,借着外头微弱的光,将蛋糕盒拆开,点上蜡烛,随后继续窝在沙发上。

就和过去的很多个生日一样,他一个人安静地待在昏暗的家里。

他闭上眼,感受着时间分秒秒地流逝。

他突然笑了,垂着头,笑得难堪。

林赴年觉得自己这么多年一点儿也没变,依旧还是这么执拗。

他从小到大都是这样,小的时候总爱相信许愿,愿爸爸妈妈能回来陪他过个生日。

这愿望一许就是很多年,可惜从来没有实现过。

以前有林织或者林文初陪着他,可后来林织也忙了起来。他知道大家都没有空,索性摆摆手,佯装着无所谓,说自己懒得过生日。

他那不知身在何处的爸妈,倒是每年生日都记得给他钱。

后来,是徐落沉和江源看不下去了,陪他过了几个生日。

他爸妈本就不是有闲工夫来陪他过生日的人,他们的生意比任何人都重要。

想到这儿,他自嘲地笑着,眼角却有点儿红。

又不知道等了多久,蛋糕上的蜡烛早就烧完了,索性,他就把店里给的蜡烛全部点上。

外面的雨声听得他心烦意乱。

他不知道保持着这个动作坐了多久,直到新点的蜡烛全部燃尽。

林赴年是在下午五点接到那个电话的。

那个时候外面正好在打雷。他接起电话,心里已经毫无波澜,如同一潭死水。

"儿子……今天爸爸妈妈不能赶过去陪你过生日了。"林母略带歉意的声音从另一端传过来。

林赴年闻言,毫不意外,他哑着声音开口:"这么多年了,你们怎么还是这套说辞,能不能换一换啊?既然不确定,一开始就不要答应我,这不是浪费我的时间吗?"

他的语气明显不善。

林父在电话那头忍不住了,他一把夺过手机,开始教训:"林赴年,你怎么和你妈妈说话的?我们这边有个单子出问题了,回不去了。你都多大了,还要过什么生日,你以为自己还是小孩子吗,一点儿也不能体谅我们!你能不能懂点儿事!"

很好,又是这些话。

听完,他甚至没有生气。

他早就应该习惯了,他们的出尔反尔都不是一次两次了。

林母见父子俩又要吵架,连忙劝和:"哎呀,干什么啊,你就不能和儿子好好说话吗?好了,好了,儿子啊,这次是爸爸妈妈的不对,妈妈等会儿空下来就让你爸给你发个红包过去赎罪,好不好啊?"

"不用了。"他冷冷地说了一声,然后挂断了电话。

谁在乎那点儿钱啊。

林赴年站起来,他坐得太久了,腿都有些僵硬,停顿了好一会儿。

他起身走过去开了客厅的灯,瞥了一眼卖相不好看的蛋糕,无所谓地拿起来,扔进了垃圾桶。

今天算什么?

算他过得最差的生日。

谈礼看着阴沉的天空,还想着把林赴年的生日礼物收好,明天带去送给他,却意外接到了徐落沉的电话。

"谈礼,林赴年有没有去找你啊?"徐落沉的声音听着很着急,可谈礼一头雾水。

"找我?他不是和他爸妈一起过生日吗?找我干吗啊?"

"不是!林织姐说今天林赴年他爸妈没时间回来,所以没人陪他过生日。可我们给他打电话,他都不接,人也不知道去哪儿了。"

徐落沉和江源是在半个小时前接到林织的电话的,林赴年的电话无人能打通。林织怕弟弟出事,就只能在千里之外拜托徐落沉和江源帮忙去看看。

他们两个撑着伞,先去林赴年的家里看了一眼——没有人。

他们又去他以前常去的店里找,还是没找到人。

无奈之下,徐落沉第一个想到了谈礼,觉得林赴年或许会去找她,就连忙打电话过来了。

听完徐落沉的话,谈礼完全怔住了。

她下意识地低头看了一眼手机上的时间,又抬头看看外面,还在下着倾盆大雨。

她却没有犹豫地将手里的东西放下,转身拿了把伞就出门。

"外婆,我出去一下。"

今天外婆下班回来得早,她见自家孙女下雨天还要跑出去,不免着急:"欸,外面下这么大的雨,你怎么还要出去啊。"

"没事,我一会儿就回来。"谈礼眼下没时间和外婆说明情况,撑开伞就跑了出去。

她路上先在电话里向徐落沉和江源询问了一些情况,然后三个人决定分头去找。

其实,谈礼也不知道应该去哪里找林赴年,平日里自己对他的了解也不多,她不喜欢去问身边人的隐私,认为那样没有礼貌。

关于林赴年的家庭,他自己也从未对她具体说过。

这就导致在很长一段时间里,谈礼一直认为他是在幸福家庭里长大的人。

毕竟那么阳光的人,会让人觉得他一定过得很幸福。

直到眼下,林赴年的电话关机后,谈礼才迟钝地意识到,或许他并没有表面上看到的那么高兴。

过去总是他在安慰她,试图开导她,不希望她被坏情绪吞没,现在也该轮到她为他做些什么了。

谈礼在马路上不停地寻找,时间一分一秒过去。

地上的泥水弄湿了她的裤脚和白鞋,她不喜欢下雨天,可现在的她已顾不上这些了。

三个人将林赴年可能会去的地方都找了一遍后,毫无结果。

谈礼在林赴年上下学的路上来回寻找,雨水胡乱地拍打在她的脸上,弄湿了她的头发和衣服,此刻她腿脚发软,于是决定先在马路边休息一下。

寻找的过程中,她不停拨打着林赴年的电话,却始终显示关机。

她抹了一把脸,抬头,马路两边的路灯倏然亮了。

天色渐晚,她借着路灯光往不远处看,发现了一个熟悉的身影。

谈礼眨了眨眼,下一秒就撑着伞跑了过去。

"林赴年!"她大声地喊着,寂静的夜晚,声音更显响亮。

对方闻言回过头,他浑身都被淋湿了,刘海紧贴额头。

林赴年先是一愣,随后又有点儿慌张,他下意识地拨了拨自己的头发。

他想开口对谈礼说话,又不知道说什么。

一时间气氛有些尴尬。

谈礼愤愤地走上前,看清他身上都湿透了,更加生气:"你干吗啊,下雨天不撑伞跑到桥边上,手机还关机。"

"啊?"他听着谈礼不高兴的话语,微微诧异,半晌才开口解释,"我就是想出来透透气。"

"那你为什么不撑伞?"

"刚刚风太大,把我的伞吹坏了。"他见谈礼不相信,踢了一脚地上已经报废的伞,"还好你来了,不然我真要淋成落汤鸡了。"

说完,他还笑了笑。

谈礼才不接他的话茬:"现在的你和落汤鸡有区别吗?伞坏了,不会跑回家吗,不会打电话给我……们吗?"

她顿了一下才把话说完,神色有些不自然。

林赴年很少看见谈礼炸毛的样子,急着解释。

"我的手机没电了,我这不是想着回去充电嘛。"

他这次是真的没说谎。

其实自己就是心有郁结,想出来透透气,没想到"祸不单行"——伞被吹坏了,手机也没电了。

然后他就更不爽了,生日当天遇到这些破事,还在想该怎么办时,谈礼就来了。

"不过……你怎么来了?"他小心翼翼地问。

"落沉他们说找不到你,我就也出来找你了。"谈礼看着眼前这人小心翼翼的模样,心里的那股气顿时消了。

她低头给徐落沉他们发了条信息,才抬头继续看着他。

林赴年浑身湿漉漉的,看着有些狼狈,眼睛却依旧明亮,像是被人丢在路边的小狗，看着怪可怜的。

不过，她也没好到哪里去。

两人就这么狼狈地站在伞下，气氛凝固着。

谈礼能感觉到林赴年的心情不好，她叹了口气，可是又不知道该怎么开口安慰他。

"我没事，你不用担心我。"林赴年勉强笑了笑，他不希望谈礼担心他。

"干吗，就允许你以前和我不认识的时候莫名其妙地关心我，现在是朋友后，我就不能关心你了啊。"

"噗。"

"你笑什么？"谈礼回头质问他。

林赴年没忍住笑了出来，看她又要生气的模样，连忙开口："没什么，就是觉得谈礼同学安慰人的方式很一般，甚至有点儿烂。"

他笑着，嘴角两边的梨涡深深陷下去。

这会儿他是真的被谈礼逗笑了——怎么会有人安慰人的时候还这么可爱的。

谈礼没好气地白了他一眼，却一直偷偷观察着他的情绪。

良久，她还是忍不住开口："那你不高兴干吗不说？"

"因为觉得习惯了，我爸妈又不是第一次这样了，再说了，我马上就要成年了，为这么点儿小事情矫情，太奇怪了。"

他知道谈礼担心，也从她那别扭的话里明白她都知道了，所以自己也不再遮遮掩掩的。

"但我觉得自己还是挺矫情的，一个生日而已，就弄成这样，你说我是不是特别矫情？"

"才不是。"谈礼听见他又自嘲起来，忍不住开口否定，"过生日这么有意义的事情，当然要好好过。别人答应你的事情，结果食言了，那你当然有生气的理由。"

她看着眼前密密麻麻的雨，声音很轻，听不出太多的情绪。

提到生日，她目光闪烁，没继续说下去。

"生日有意义……"林赴年嘴上喃喃着，其实他以前也没觉得多有意义，只是希望爸妈姐姐能回来，一家子聚在一起，哪怕只有一天也好。

"嗯，许生日愿望、吃蛋糕，不是过生日最有意义的事情吗？"谈礼回应着他的话,脑海里却浮现出很多过去的事情。

她也过过几个很有意义的生日,也许了一些只有小朋友才会许的愿望,比如希望爸爸妈妈一直在一起,永远都爱她之类的。

但她的愿望全部破碎了。于是,她也不喜欢过生日了,因为沈鸿总是记不住,甚至是装作不知道,而她妈妈……

她已经好些年没见了,都快忘记她妈妈长什么样子了。只有外婆从未忘记她的生日,每年都会买个小蛋糕嚷嚷着让她吹蜡烛许愿。

后来谈礼的愿望变了又变——希望能交到一个朋友、希望自己能回到这些事情发生之前的时光、希望能忘记一切、希望……

每次当她许完这种愿望,睁开眼就会看见外婆含笑的眼睛,外婆眼角的皱纹越来越多了,白发也越来越多。

谈礼又想:还是好好活下去吧。

"许愿?你还相信这个啊。"林赴年的声音把她从回忆中拉回来。

谈礼眨了眨眼,说得很诚实:"不信,但万一能成真呢。"说不定一切真的会变好呢。

"我也不信,看来今年我是许不成愿望了,连那个万一都没有了。"

林赴年转过头,看着情绪有些低落的她,突然有了想许的愿望。

"你想好愿望了吗?"

"嗯,刚想好。"

"那还来得及。"谈礼整理了一下自己的情绪,抬头对林赴年说。

他不明所以,问了声:"什么?"

"许愿啊,你今天可是寿星,既然有愿望,那就去试一试,说不定就实现了呢。"

说完,她就拽着林赴年的胳膊往前走。

路灯照亮着前边的路,她蓦然一愣,才发现这是自己回家的那条路。林赴年就一直在她家所在的巷子口连接的那座桥上。

原来他离自己这么近,她却傻乎乎地去他家所在的那条路去找他。

"欸,等会儿,我把我的伞拿着。"林赴年拿起脚边的伞,很自然地接过谈礼握着的伞柄。

"这伞都坏了,还要吗?"

"我觉得还能修一下,我挺喜欢这把伞的。"他笑了笑,看着手里的伞。

还是上次他们从烧烤店出来时一起撑过的那把伞。

谈礼不知道他为什么会对一把伞如此不舍,但她也不想问,一路拽着他走到附近的一家蛋糕店。

他们走到蛋糕店门口的时候,已经是晚上七点多了。谈礼不禁在心里庆幸——蛋糕店还没关门,否则她也不知道该怎么办了。

谈礼买了个卖相不太好看的蛋糕,他俩提着装了那个丑丑的蛋糕的包装盒出了店。

林赴年刚想问她接下来要做什么,谈礼却比他先开口,她看着手机上的时间,昂起头冲他笑了笑:"时间还来得及,林赴年,要不你去我家过生日?"

"啊?"他眨了眨眼,怔住了。

眼前的人,她眉眼弯着,笑得灿烂,脸上还有雨水滑落。

他看着谈礼,没骨气地眼睛一酸,一时间竟然说不出话来。

"啊什么啊,走了,走了。"谈礼生怕他因不好意思而拒绝,拽着他的胳膊就走。

他就任由谈礼拽着,跟着她往她家走去。

今天的她,好像格外有生气,或许是感觉到他心情不好,一直想逗他开心。

可林赴年还没来得及告诉她——其实你不用走得这么快的,因为不管你说什么,我都一定会答应你。

今天的谈礼是风雨里的小太阳,照得他心里暖洋洋的。

被谈礼一路拽到了家门口时,林赴年才发现谈礼的外婆正站在门口等他们。

见他们俩终于回来了,老人家才松口气,不禁温柔地责怪了句:"怎么回事啊,今天小林生日还淋得一身湿漉漉的。快进来,外婆把饭菜都做好了。你们俩先去把衣服上的水擦一擦。"

谈礼的外婆将她推进她的房间后,热情地拿着家里的吹风机递给林赴年,叫他快把头发吹干,免得感冒了。

林赴年看着怀里的吹风机一愣,平日里大大咧咧的人,突然有点儿不好意思起来。

115

好在是夏天,他的衣服和头发干得很快。

等他整理完毕后,谈礼已经换好衣服坐在客厅里了。

她家的客厅有点儿小,摆着一些杂物,林赴年却觉得这样温馨极了,比他那空落落的客厅不知道好多少倍。

他被谈礼的外婆一把拉过来,拘谨地坐在桌子前。

他这才发现桌子上已经摆满了菜,蛋糕也插好了蜡烛。

在谈礼知道林赴年今天经历的事情后,她就给外婆打电话说好了给他过生日。

谈礼也不知道自己哪里来的直觉,她觉得自己一定能找到他。直到快要放弃时,她真的找到他了。

"生日快乐。"谈礼难得见他这么拘束,不由得想笑,"你别紧张啊,平日里你可不这样。"

林赴年看着她笑盈盈的眼睛,又看看眼前一桌热腾腾的饭菜和那个丑丑的蛋糕,心里被一股暖意充满,特别感动。

这一定是他这些年来过的最独特、最高兴的生日了。

谈礼看他眼角红红的,倏地一愣——这样的生日,林赴年一定期待了无数次吧。

她能做的事不多,她只希望他在生日的最后几个小时里能够开开心心的。

她清了清嗓子,不想气氛一直这么低沉,刚想开口让他许愿,旁边突然跑过来一个人——是她弟弟。

李丽本来拉着沈仪在自己屋子里,不想打扰谈礼他们,可没想到一个没看住就让他跑了出去。她尴尬地跟了过来,和谈礼对上一眼,一时不知道该说什么。

沈仪倒是很自来熟,他手里拿着一个盒子,递给了眼前的哥哥。

"这是什么?"林赴年接过盒子,轻声问他。

"这是姐姐要送哥哥的礼物!"

"沈仪!"谈礼见状急了。

"干吗啊,姐,你前几天还在问我什么时候把礼物送给哥哥合适呢,现在不是很合适吗?"沈仪歪着头冲她卖萌。

林赴年看着姐弟俩的样子,不禁想笑。

虽然谈礼和她爸的关系很差,但她对沈仪没什么偏见。

毕竟，他们两个都是被迫降生在这个世界上的，注定了要接受沈鸿的那些暴行。

"这是我的生日礼物啊。"林赴年指了指手里的盒子，"我能现在打开吗？"

"能啊，本来就是给你的。"谈礼无奈地点点头，然后瞪了沈仪那个小鬼头一眼。

林赴年打开盒子，发现里面躺着一个绣工不算精致的香囊。

深蓝色的香囊，下边垂着长长的流苏穗子，上面没什么图案，只有用线绣出来的两个歪歪扭扭的字：平安。

他小心翼翼地握着香囊，眼睛盯着谈礼。

谈礼此时的心情也有点儿紧张，嘴上却依旧傲娇着："我随便缝的，因为不知道送你什么生日礼物。"

"姐姐说谎，我明明看到你和外婆学了很久！"沈仪抢着说道。

谈礼眼下也没时间和他计较外婆和奶奶的叫法了。

他们这里的风俗是，小孩子跟父母中哪一方的姓，就要叫这个人的父母为爷爷奶奶，对另一方的父母才叫外公外婆。谈礼跟她妈妈姓，自然喊沈鸿的妈妈为外婆，但沈仪跟沈鸿姓，是不应该这么喊的，只是他跟着她叫外婆叫习惯了，改不过来了。

"嗯，很好看，我很喜欢。"他看着谈礼红透的耳根，心里再次萌发出异样的心思，希望时间能在此刻停留。

谈礼不理他，催促着他点蜡烛。

林赴年也知道她不好意思，便顺着她。

家里的灯刚被关掉，四周一片漆黑时，门外突然传来敲门声。

"谈礼，林赴年！"是徐落沉和江源。

外婆过去给他俩开门。

"外婆好。"两人乖乖地叫人。

"好、好、好，快进来吧，小林要许愿了。"谈礼外婆领着他俩进客厅。

他们摸黑走进屋子里，催着林赴年点蜡烛。

"你们两个人真是的，要过生日怎么能忘记我和江源呢，快、快、快，点蜡烛许愿。"徐落沉叽叽喳喳地说着。

谈礼用打火机点燃了那根蜡烛，蜡烛的火焰摇曳着，成了此时屋里唯一的亮光。

117

在微弱的烛光下，林赴年嘴角带笑，眉眼温柔，他和谈礼四目相对，随后才缓缓闭上眼许愿。

他的愿望很简单。

从今天见到谈礼那个时候开始，他就知道自己要许什么愿望了。

他希望……

"谈礼永远开心。"

——永远开开心心的，不要有烦恼。

他睁开眼，倾身吹灭蜡烛，紧接着，客厅倏然大亮。

"林赴年，你许了什么愿？"徐落沉问。

"愿望说出来肯定就实现不了了。"林赴年拒绝了她。

他们几个坐下来一起吃饭，谈礼让沈仪和李丽也过来一起吃。

他们虽然不是家人，但此刻聚在一起，格外温馨、幸福。

江源送给林赴年的礼物是一部相机，徐落沉没想好送什么，简单粗暴地给林赴年发了个生日红包。

吃好饭后，谈礼的外婆提议他们四个人拍些照片，为这个难得的生日留个纪念。

四人研究了好一会儿，才把相机研究明白。

他们拉着谈礼的外婆一起拍照，外婆被他们逗得直笑，沈仪那个小屁孩时不时地也冲进镜头捣乱。

客厅里响起欢乐的笑声。

直到他们四个人拍最后一张合照时，徐落沉和江源忽然对视一眼，在按下快门的前一秒，两个人便蹲了下去。

咔嚓！清脆的快门声响起，相机拍下了只有谈礼和林赴年两个人的合照。

那是他们的第一张合照。

那时的他们都以为，未来的两个人还会有很多张合照，实际上，后来的他们再也没有拍过一张合照。

给林赴年过完生日后，几人闹到很晚，才各自回了家。

江源和徐落沉先走了，谈礼则把林赴年送到了小巷子口。

他们撑着伞并肩走着，到达巷子口后，他们停住脚步，林赴年抬起头，迎着冷风，叫住她："谈礼。"

"嗯？"

"现在距离我生日结束还有最后三分钟。但我还有个愿望，不知道谈同学能不能帮我实现。"

"什么愿望？"谈礼问他。

"就是……以后，我能不能也叫你阿礼？"他瞬间不好意思起来，"我是觉得，叫你谈礼显得太生疏了，而且徐落沉也叫你阿礼，我是……"

"行啊。"谈礼笑了笑，"今天你是寿星，你说了算，而且在樱花林的时候，你不是就喊过了吗？"

谈礼不明白他在尴尬什么。只是一个称呼而已，其实他都不需要询问她的意见。

林赴年听她答应了，心情顿时雀跃起来，声音都含着笑意："嗯，阿礼。"

他嘴边的笑意逐渐加深，这是他们关系亲近的一个象征。

谈礼也跟着笑了起来。

谈礼的笑意很浅，只是眼睛轻轻一弯，却很甜。

他突然想起了自己的那个生日愿望。

徐落沉和江源对此很是好奇，缠着他问了好几遍，他也不肯说，但谈礼没有问过他——愿望的主人公倒是不好奇。

"其实我还有个问题。"

"今天你这个寿星问题好多啊。"谈礼佯装抱怨了句，笑着等他开口。

"你就不好奇我今天许的生日愿望是什么吗？"

"好奇啊，但你愿意告诉我吗？"

"不愿意。"林赴年摇摇头，看着谈礼无语的表情。

谈礼不知这人怎么想的，让她问却又不告诉她答案。

落了一整天的雨终于停了下来，四周一片寂静。

他又开口，声音清脆："因为我希望它能实现。"

第7章
无法结束的噩梦

21

江中高三部提前十几天开学了。

这个燥热的夏天也在一场秋雨里凉爽了起来。

炎热的太阳,聒噪的知了,树上被晒蔫的树叶,四十几摄氏度的天气……都成了过去。

只有他们这些经历过这个夏天的人才知道,这个夏天究竟有多么热烈,多么让人记忆深刻。

初秋的第一场雨带来了凉爽。

林赴年、谈礼他们四人,就在这样的天气下,成了高三生。

高中生涯转眼就过去了三分之二。

谈礼停了烧烤店那边的兼职,林赴年也收起了那副不务正业的态度。

四个人开始埋在题海里,在高中的最后一年努力奋斗着。

两个女生学了文科,两个男生选了理科。

"谈礼、谈礼,这题怎么做的,我看不懂。"

"徐落沉,你懂不懂先来后到,我还没问完呢。"

"欸、欸、欸,要不今晚我们出去吃一顿放松放松。"江源急忙拦住快掐起来的两个人,提了个建议。

"你要不要考大学了。"林赴年一反常态,第一个拒绝。

"哟,林大少爷,这可不是你的台词啊。你以前不是总嚷嚷着,考不上大学就回去继承家业吗?"江源见他那副认真的模样,连喷了好几声。

"哥现在发愤图强不行吗？"林赴年一把将额前的刘海撩了起来。他的头发长得快，现在有点儿遮眼睛了。

"你拉倒吧，林赴年，你脑子里那点儿知识还没你头发长呢。"徐落沉也在一边奚落他。

一般这时候，谈礼都会安安静静地看着他们吵嘴，不参与，也不劝架。

"嘿！你俩一伙的是吧，就仗着谈礼不帮我！"林赴年瞪了一眼江源，这个时候倒知道躲在徐落沉身后不讲话了，真没出息——他愤愤不平地想。

"阿礼才不会帮你呢。"徐落沉听了他的话，笑了一声，坐在谈礼旁边做鬼脸冲他挑衅。

林赴年懒得理她，干脆用皮筋把刘海绑了起来，看着呆呆的。

"林赴年，你这是什么发型啊？"江源和徐落沉忍不住笑了出来。

"少管，明天我就去理发店把我头发全剪了。"他忽略这两个损友的笑，烦躁地捋了一把自己的头发。

他就应该一直留板寸方便打理。

"你又要剪寸头啊？"徐落沉感慨。

听着林赴年要把头发给全剪了，谈礼才有点儿反应。

林赴年梳寸头的样子，的确不太像个好人，尤其是现在他的眉骨上还有一道浅浅的疤痕。

他长得很"硬汉"，脸颊上却嵌着一对梨涡，整张脸棱角分明，高鼻梁、单眼皮，很帅，很有特色。可本来就很英气的脸再加上寸头就会有种"正正得负"的感觉。还是现在这种发型最适合他。

谈礼也想跟着徐落沉劝劝他，毕竟他头发太短的样子没现在好看。

可是一直拖到四人在书店里买完练习册后，她都没说出口。

四人一起走在回家的路上。

林赴年和谈礼慢吞吞地走在后边，她踌躇了好一会儿才终于开口："林赴年。"

"嗯，怎么了？"他问。

"我觉得你现在这个发型比以前那个好看，嗯……就是刘海长了点儿，可以去修剪一下。"她认真地提着建议，希望他能好好做决定。

但林赴年的耳朵里只听到了"好看"两字，不禁有些开心。

他毫不犹豫地接受了谈礼这个建议。

"嗯,我觉得你说得对,听你的。"他回过头笑着,梨涡浅浅。

是她的错觉吗?

她总感觉自己面前的林赴年和外人眼里的不一样,她面前的林赴年总是呆呆的、温柔的,偶尔还会有点儿臭屁。

"嗯。"见他这么快就答应,谈礼也跟着笑了笑。

"欸,你们俩干吗呢,慢死了!"徐落沉和江源转过身冲他们喊着。

"来了!"林赴年心情很好地往前跑去,还不忘回头喊着谈礼,"阿礼,走啊,不是说今天外婆要给我们做好吃的菜吗?"

他冲她招着手,背后是橙黄色的落日,少年在余晖映照下,整个人都仿佛熠熠生辉。谈礼轻轻回了声:"来了。"紧接着,她就跟上了他们的脚步。

此时刮起了一阵大风,他们四人一起往前跑,吵吵闹闹。

此时的谈礼特别开心——

身边的朋友恣意大笑,追逐嬉闹,跟着她一起去她家蹭饭,拉着她研究难题,陪着她度过辛苦又充实的高三生活。

谈礼突然觉得,她好像真的被林赴年从黑暗里拯救出来了。

一切都会越来越好的,对吧。谈礼这么想着。

可生活从不给予人过多的温暖。

林赴年也和谈礼一样,他以为自己做到了,生日愿望好像真的已经实现了。

可凡是美好的事物,总会有人煞风景地破坏。表面上的平静美好,或许只是暴风雨来袭之前的假象。美好,只存在眼下,不存在未来。

谈礼难得开心地度过了今年的秋天。

十一月初进入深秋,伴随着愈加凛冽的风和时常落下的雨。

天气不好,人的心情自然也不会太好——谈礼讨厌下雨天。

今天还是和往常一样,他们四个人结伴一起放学回家。

今天她外婆下班晚,徐落沉他们几个人正好有事,神神秘秘的,不知道在搞什么。谈礼没有去问,他们在她家里没待多久就各自回家了。

她送三个人离开后,才回到房间。桌上摆着一瓶玻璃瓶装的牛奶,是林赴年大早上藏在怀里,到她班级给她的——天冷后从未间断。

但今天上完舞蹈课的她很累、很忙,还没来得及喝掉,现在牛奶已经凉透了。

谈礼想着把牛奶热一下再喝,她刚拿起瓶子,旁边的手机突然振动了一声。

她打开手机一看,是两条匿名短信。

一条是一张模糊的报纸照片,另一条是信息。

"好久不见啊,谈礼。"

她只看了一眼信息,浑身就开始打战,手一抖,手中的玻璃瓶砰的一声砸到地上,一地的玻璃碴,雪白的牛奶在地板上流淌。

谈礼觉得自己心里有根线断掉了。

她颤抖着手指,点开那张模糊的照片。回忆如同潮水,再一次涌进她的脑海里,像是要把她溺毙。

消息还在不断地进来,急促的提示音此刻就像是催命符。

"看你最近过得不错啊。"

"看来你是忘记沈榆了。"

"真的在替她好好活着呢?"

"你凭什么能过得这么好?你怎么可以忘记沈榆?"

明明只是些普通的文字,谈礼却觉得,这些字如同尖刀般一下又一下地戳在她的脸上。

她卧室的门没有关紧,有风钻进来,吹着她单薄的身子。

谈礼是在看到"沈榆"这两个字后情绪崩溃的,她单手撑着桌子,不知不觉间,眼泪已经流了满脸。

她转开脑袋,不敢再看那些消息,心却像是被钳住,疼得说不出话来。

那张熟悉的脸再一次出现在她的脑海里,熟悉的声音响起。

"阿礼!"

"阿礼!"

"阿礼……"

"对不起啊,阿礼。"

……

她脑子里乱成一团,痛苦地垂着头,地板上的玻璃碎片吸引了她的目光。

过去无数日夜里,当这些让人无法承受的情绪袭来、她疼得受不了时就会捏紧玻璃碎片。好像只有这样,她才能平静下来。

谈礼下意识地蹲下身子,想伸出手,可她又想到了什么,动作停住。

明明一个月前,她还以为自己真的变好了,以为自己真的能从那个噩梦里走出来。

"原来都是假的啊。"她眼睛通红,盯着自己的手,自嘲地笑了起来。眼泪跟着笑声一起砸下,她倏然彻底崩溃了。

她蹲在地上,双臂抱住膝盖,无声地哭泣着。

是她太天真,是她以为只要离过去越来越远,离那个人越来越远,一切都会随着时间的流逝变淡。却不料,有人要再次把她拖进黑暗里,一辈子都逃不出去。

可是她真的很想回复那些消息,告诉对方——她没有任何一刻忘记沈榆,她只是不敢去见沈榆,只是……也想像曾经沈榆说的那样,好好地、正常地生活下去。

"希望我的好朋友——谈礼同学,能够幸福快乐地好好生活下去。"

那是属于她生命里的一束光,但很快就消散了下去。

后来她又遇到一个小太阳,这个小太阳拼了命地要拉她去阳光灿烂的地方。

明明差一点儿他们就要成功了。

可是噩梦又来了——在一切都要变好的时刻。

谈礼不知道自己在冰冷的地上蹲了多久。

直到大门被人打开,传来几个人的谈笑声。

"等会儿爸爸去给你买小汽车好不好?"

"好!爸爸万岁!!!"

"好了,好了,你别太惯着他了,都要被你惯坏了。"

"我亲儿子,我不惯着,谁惯着啊。"

笑声离谈礼越来越近,她瞬间怔住。

李丽率先走进客厅,手里还提着一个精致的汽车形状的蛋糕。

他们三个人看见了谈礼,均是一愣。李丽更是心虚地把蛋糕往身后藏了藏,她不知道谈礼为什么蹲在地上,牛奶还洒了一地。她犹豫着要不要开口。沈鸿却比她更早说话了:"哭丧着张脸干什么,看到我回来很不高兴吗?"

又是这种话，谈礼闻声，突然笑了笑。

她艰难地扶着旁边的椅子站起来，抹了一把眼泪，通红的眼睛盯着沈鸿。

"你看着我干什么……"沈鸿见她这样，突然想起几个月前的事情，莫名有点儿心虚。

谈礼突然笑了。

沈鸿不喝醉酒的时候，他们一家三口看着倒是亲近。

沈仪年纪小，得了玩具就会把曾经的不愉快忘掉，倒是李丽，真是忍辱负重。

谈礼都快忘了，今天是沈仪九岁的生日。

一家三口，其乐融融。

真好啊，在狼狈的她的衬托下，看着更幸福了。

她只是笑着，不回话，双眼盯着李丽藏在背后的那个蛋糕。

原来他是会记得儿子的生日。

那她的生日呢？她算什么？

她陷入回忆，想找出造成今天这一切的原因。是从什么时候开始的呢？是在她五岁生日那天，下着雨。

她的妈妈谈芝，在被沈鸿多次家暴后，再也忍受不住，收拾行李离开了那间狭小的出租屋。

那时的她刚刚开始记事，见妈妈要走，就坐在床上哭闹。谈芝在离开前抚摸着她的头发，说了最绝情的一段话。

"谈礼，妈妈这辈子最后悔的事就是生了你。是你毁了我的人生。"

她的声音温柔、好听。

在谈礼仅存的记忆里，谈芝一直是个很温柔的女人。

她是个舞蹈家，样样都好，就是不喜欢谈礼，没有半分犹豫地抛下了她，并视谈礼为人生污点。

谈礼永远记得五岁生日那天的暴雨，还有谈芝离开时对她说的那番话。

伤人的话总是无法忘记，一次又一次刺痛着她那颗本就脆弱不堪的心脏。

回忆结束。

她一言不发，把房门重新关上。门外的一家三口愣了一小会儿，又开始有说有笑。

"别管她。来,儿子,爸爸给你切蛋糕,祝我的宝贝儿子生日快乐。"

……

愉快的《生日歌》,在她的耳里却像是一道催命符。

谈礼突然想起林赴年问过她的话。

"你有什么不开心吗?为什么会失眠?"

那会儿她没回答,其实心中早就有答案了。

她的噩梦不过就是这些,却足以让她在很多个深夜里难以入眠。

22

因为那条消息,她不出意外地又陷入了梦魇,甚至比之前更加严重。

手机上的匿名短信持续发送了整整一个星期,林赴年在谈礼初次收到消息后的第二天就察觉出了她的不对劲。

他发现谈礼又变得郁郁寡欢。后来连神经大条的徐落沉也发现了不对劲。可他们谁也不敢开口去问,于是便特意避开谈礼,约在学校门口的小卖部见面。

"你们最近有没有觉得阿礼很奇怪啊?"徐落沉最先出声。

江源听完,附和了一句:"嗯,我也感觉到了。"

"阿林,你知道谈礼最近怎么了吗?"他用手肘捅了捅旁边不说话的林赴年。

"不知道。"林赴年摇了摇头,眉头紧蹙。

"阿礼是从什么时候开始不对劲的?"徐落沉提的问题把另外两人彻底问蒙了。

谈礼是从什么时候开始不对劲的?林赴年说不上来。

其实她和之前没有什么差别——不爱说话,总是安静地站在一旁看着他们仨打闹。

但这段时间她看起来很累,眼睛里总是布满红血丝,做事时也常常走神,甚至要别人喊好几遍她的名字才会听到。别人问她怎么了,她也只是摇摇头,只说自己没睡好。

谈礼能骗过很多人,却骗不过林赴年。

三个人原本还在商量怎么给谈礼过生日,眼下却不知道该怎么做了。

不远处有一个人不断靠近。她佯装不经意地看向面前的人,最后把目光定在林赴年的身上。半晌,她才收回目光,走到他们的桌前问:"请问,你们是谈礼的同学吗?"

"你是?"徐落沉闻声抬头,看见了眼前的这个女人。

她脸色苍白,脸颊两边深深陷下去,已经瘦得脱相了。

大冬天,她只穿了一件薄薄的黑色卫衣,抱着个深黄色密封好的箱子,神色十分奇怪。

"是这样的,我是谈礼的初中同学,我叫沈辞。"自称沈辞的女人笑了笑。

"请问你有什么事吗?"江源和徐落沉对视了一眼,两人皆是不解。

"我想拜托你们帮我把这个箱子拿给谈礼。"沈辞说着,把手里的箱子重重地砸在了桌子上。

"你不能自己给她吗?"林赴年眯了眯眼,紧紧盯着眼前的人,沉默了半晌才缓缓开口。

眼前这个人,看起来至少要比他们大三四岁的样子。

"这些本来就是谈礼初中时的东西。我还有事,就麻烦你们了。"沈辞特意避开了眼前少年审视的目光,匆匆放下箱子就离开了。

"欸、欸、欸!你等一下啊。"

不管徐落沉和江源怎么喊,沈辞转身就离开了。

"不是……她丢下东西就走了啊?"江源指了指眼前的箱子,问,"那接下来怎么办?要把它拿给谈礼吗?"

"当然要拿给阿礼啊,她不是说了这个箱子里的东西是阿礼的吗?"徐落沉没他们想得那么多,想着是谈礼的东西,就要给她送过去。

说完,她站起身抱起那个箱子:"还挺沉的。"她掂量了一下,凑近看,才看到了箱子上的字。

字迹娟秀,但颜色很浅。

"沈——榆?"她眯着眼看着上面的字迹,轻轻念出来。

"不是说是谈礼的东西吗?"江源见状也凑过去,同样也看到了那两个字。

他们纷纷将目光投向林赴年。

林赴年被他们盯得发愣:"你们盯着我干什么?"

"看你一直不说话,你觉得,这箱子,我们要不要去给谈礼?"江源问他。

"嗯……给吧。毕竟她都说了是谈礼的东西。"他想了想,却总觉得有一种说不来的奇怪感觉。

最后他们三个人一致决定——去谈礼家里,把东西交给她。

一路上,林赴年和江源轮换抱着那个箱子。

这个箱子不大,但不知道里面装了什么,很重。

把箱子抱到谈礼家门口的时候,三人刚好碰见她倒完垃圾回来,正站在家门口。

"阿礼!"徐落沉看见她,连忙喊住她。

谈礼听到熟悉的声音,有些恍惚地转过头,就看见他们三个人站在面前,还抱着一个箱子。

"你们怎么来了?"

"路过,想来看看你。"林赴年最先走到她的身边,冲她笑了笑。

"那你们来得不巧啊,今天外婆还没下班。"

"欸,谈礼,我们又不是每次过来找你都只为了蹭饭的好吧。"江源有点儿不好意思。

这小半年,他们三个的确在谈礼家蹭了不少次饭。

"你少来,就数你吃得最香了。"徐落沉直接揭他老底。

几个人又闹了起来。

谈礼看着他们,嘴角勉强扯出了一个笑。

林赴年将她强颜欢笑的模样尽收眼底。

"哪里有!你少胡说了。哦,对了,谈礼,喏,这个箱子给你。"江源不服气,咬着牙就是不承认。

谈礼一愣,她下意识地伸手接过,刚准备开口询问:"这是……"

"哦,对,我们路上遇到你的一位初中同学,她麻烦我们把这个箱子给你。她叫什么来着?欸,好像姓沈吧,我也不太记得了。"徐落沉并没记住对方的名字。

"沈辞。"林赴年在一边,接过徐落沉的话。

"欸,对、对、对!就是这个名字!"

"她说是你的初中同学,这些东西是你的,但是她把东西放下就走了。"他简单说明了当时的情况,却注意到谈礼的表情越来越差。

不知道是不是他的错觉,他甚至觉得她的身体在发抖。

"阿礼?"见状,他担心地喊着她的名字。

"啊,嗯,怎么了?"谈礼听到他的声音,才恍惚地回过神答应。

可没等他再说什么,她又颤抖着声音开口:"我今天……家里还有点儿事,就不和你们多说了,谢谢你们把这个箱子拿给我,你们玩得开心,天色晚了,记得早点儿回去。"

谈礼说完,也不等其他人的回答,慌忙地拿着箱子转身走进门,因为转身的动作过大,还险些撞上门框。

大门砰的一声被关上,吧嗒一声,被里面的人反锁上了。

只余下他们三个人愣愣的。

"啊?怎么回去得这么快啊。"徐落沉盯着紧闭的大门,不解地嘟囔着。

"可能谈礼真的有什么紧急的事情吧。"江源看她有点儿不高兴,边安慰着她,边拉着她走。

可林赴年不这么认为。

他觉得这里面一定有什么猫腻,否则谈礼不会突然有这么大的反应。

直觉告诉他,那个箱子就是导致谈礼最近不高兴的原因。

他想了想,也只发现了一个得知真相的方式——就是去问那个莫名其妙来找他们的沈辞。

为什么她会知道他们是谈礼的同学?又为什么一定要他们把箱子送给谈礼?

他本来想去亲自问问谈礼有关沈辞的事情,可现在看来,谈礼和沈辞的关系不仅仅是初中同学那么简单。

他在马路边停住,表情有些凝重:"对了,徐落沉,你知道谈礼以前是哪个初中的吗?"

"啊?你怎么突然问这个?"徐落沉被林赴年这么一问,不解地望着他。

"你以前问过她吗?"他没解释,只接着问。

徐落沉想了想才点头:"我很早之前问过,但是阿礼她好像不太喜欢别人问起初中的事,所以她也没告诉我。"

她记得,自己只要一说到初中的事,谈礼的脸色就变得非常难看。

"我知道,她是十六中的。"江源突然开口。

"你怎么会知道谈礼是哪个初中的啊!她都没告诉我,难道告诉你了?"徐落沉一听就不乐意了,开始幼稚地吃醋。

129

江源用手戳了戳她的脑袋,有点儿无语。

"怎么可能,我是那种会去问谈礼是哪个初中的人吗?是隔壁班我的一个哥们,他以前也是十六中的。有次他和我打听谈礼的事情,说他们是同一个初中的。"

"打听什么事?"林赴年的眉头蹙得更紧了。

"就是问我们几个是不是和谈礼玩得好。然后我就说'对啊',后来那小子就意味深长地说了句,让我们多保重。"

江源现在回想起那种目光,都觉得恶寒。

那是一种"看热闹不嫌事大"的目光。

江源这人交朋友就是这种态度——不喜欢的时候是真的不喜欢,但既然现在已经和谈礼是朋友了,那他肯定就不能接受任何挑拨离间的话。

当时他就把那小子骂了一顿。

"多保重是什么意思啊?"徐落沉没听明白。

"我也不知道啊,他就是这么说的,谁知道什么意思。"江源一耸肩,表示自己也不明白。

林赴年的脸色愈发难看。

看来,在十六中一定曾经发生过一些他们不知道的事情。

他垂在腿边的手紧紧攥着,忍住心中的不悦,告诉自己眼下弄清楚十六中的事情最重要。

"你们有谁了解十六中吗?"

"不知道啊,我们仨不都是六中毕业的吗。"徐落沉摇了摇头。

苏城的初中很多,光是在俞镇的都不少。

但这个十六中,他们还真没怎么听说过。

"这个我知道。"

"你怎么又知道?"她看江源又接话,忍不住吐槽了句。

"我初中时喜欢出去交朋友啊,知道点儿外校的事情,不是很正常吗?"

"好了,说十六中的事。"眼见他们两个又要吵起来,林赴年及时开口制止。

两人对视了一眼,然后齐刷刷地看向林赴年。

见他神色很认真,江源也立刻收起自己那副吊儿郎当的样子,清了清嗓子:"十六中,在苏城最偏的地方,靠近江城,从那儿走,没几步路就能出苏城，走到江城去。"

"那么远？"徐落沉听着，不禁惊呼一声，"我以前都不知道还有这么个初中，那么偏僻的地方，居然还有初中。"

苏城以市中心为最繁华地带，距离市中心越远的，环境越差。

苏城最有名的初中是市一中，以它为排名首位，要是这么算起来的话，那十六中大概是排在末尾的。

"嗯，环境很差。虽然我没进去过，但听说那边的教学风气不太好，学生也都不怎么认真学习。"江源点点头，解释着。

"那还有人去啊？"

"一般都是些成绩不好的，或者是家里没什么人脉的，进不去好一点的学校，分过去的。近几年十六中的名声臭得很，升学率从我们这一届开始越来越差了。"

"为什么？"

"你们不知道吗，当年有件事不是闹得挺大的吗？十六中有个学生在学校里出事了，后来家长们都不放心让自己家孩子去那种学校里读书。"

好歹那件事当年也是上了苏城新闻头条的。

"什么？那么严重吗？是因为什么出的事啊？"徐落沉听完，心里一惊。

"还能是什么原因，就是……"江源回答着，"具体的，我也不清楚，反正当时的确挺严重的。"那件事情当时闹得很大，虽然他去问过十六中里认识的朋友，可他们对那些事要么避而不谈，要么就是夸大其词，可信度不高。

当年到底发生了什么事情，大概只有当事人最清楚了。

"你还记得是哪一届吗？"

"好像就是跟我们同一届吧。"江源想了想，"欸，那谈礼应该比较清楚当年发生了什么事。"

江源的话，一下子就说到了点子上。

林赴年听江源说完，摇了摇头，他突然不希望那件事情和谈礼扯上关系。

否则……他也不知道自己还能为她做些什么。

有些伤害是会伴随人的一生的，不是他轻描淡写的三言两语，就能安慰好的。哪怕现在他告诉谈礼,新生活在前方,一切都会变好的,可真正要变好的关键,还是她自己的内心。

"阿源,现在你和之前读十六中的人还有联系吗?"

"嗯?有是有,怎么了?"

"你帮我找找,然后把他的联系方式推给我。"林赴年没有解释。

江源虽然不明白他要做什么,可还是照做了。

"欸、欸、欸,林赴年,你要搞什么啊。"徐落沉看着眼前二人,完全不明白他们要做什么。

"江源,你还没说完呢!后来呢,后来怎么样了啊!"

……

23

嗡嗡嗡。

又是手机振动的声音。

谈礼安静地坐在卧室里,对最近频繁出现的手机震动声,感到异常烦躁。

会联系她的人不多,发短信的人更少。

她这几天只要一听到短信的提示音,就感到头昏脑涨。

她不用猜,都知道那个人是谁。

她不是没有尝试去拉黑,但只要她拉黑一个,很快就会有一个新号码跳出来,继续骚扰她。

不愿意放过她的人,总会有各种办法在她的生活里给她找不痛快。可眼下,她没有心思去在乎那些短信了。

摆在面前的纸箱异常刺眼,上面只写着两个字——沈榆。

这些年里,她虽然没有去看过沈榆,可沈榆一直以一种特别的方式出现在她的生命里。

时间长了,她总能梦到沈榆。

沈榆还是和以前一样,喜欢冲她笑,喜欢说很多的话。

谈礼还记得梦到沈榆最频繁的那一年,是在初三。

那段时间,她的精神状态很不好,熬过中考前那短短的几个月,已经是她最大的极限了。

十六中的风气很差,考上高中的学生并不多,可她硬是在那样的环境里撑住了，没人知道是因为什么。

只有她清楚。

从沈榆死去的那一刻，她的身上就背负着两个人的梦想。

所以她从没忘记沈榆。

"要是你还在就好了。"她眨了眨眼，将自己从回忆里拉出来，指腹轻轻蹭着纸箱上的名字。

对她这样的人来说，生命里对她好的人实在太少了。愿意和她做朋友的人，更是一只手就能数过来。

越是对她来说珍贵的人，她就越不愿意放手。

她接受不了任何一个人的离开或死去，可如果一定要她在生离和死别中选一个的话——

她想，那就生离好了，千万不要是死别。

永远不要。

箱子是沈辞送来的，想必那里面多半不会是什么好东西，可上面写着沈榆的名字。

谈礼认得沈榆的字迹。

所以，她还是带着仅有的一丝希望将箱子打开。她以为里面会是沈榆要给她的东西。

箱子刚被打开，没等谈礼看清，里头就弹出个东西，刺鼻的油漆味钻进鼻腔。

鲜红的油漆洒落在她的衣服和地上，白色的外套上顿时一片鲜红。

她被刺鼻的油漆味和这幅画面冲击得生理不适。

脑海里闪过的画面变得模糊——

沈榆直直地朝下倒去，像是在哭，又像是在笑，很快就重重地摔在了楼底的水泥地面上。

那天她疯了似的冲过去，可没来得及，她站在楼顶朝下望时，沈榆的身体旁边满是血，染红了一大片灰色的地面。

谈礼后来听别人说，人在受到严重刺激时，大脑会选择性屏蔽记忆。

所以，后来的事情，她也记不清了——不记得沈榆到底是怎样离开的。

总之，沈榆没给自己留下生的机会。

回忆总是像头不讲理的猛兽，不给人任何反应时间。

脑海里的画面不断与眼前的场景重叠，谈礼捂住嘴，连忙跑去卫生间。

"呕。"

她趴在洗手池边不停地干呕，可吐不出任何东西，打开的水龙头哗哗地流着水。

箱子里除了那一大罐的油漆，还有几张照片和三四张报纸。

上边都有同样的三个字——杀人犯。

谈礼在卫生间里干呕了很久，直到手机响起铃声，她才一把关了水龙头。

她撑着洗手池，盯着镜子里的自己——惨白的脸，泛红的眼睛，模样狼狈不堪。

她自嘲地笑了笑——是她这几年过得太安逸了，这么点儿打击都能让她应激。

明明自己早就习惯了。

卧室里的手机仍在一遍又一遍地响着。

她终于迈着虚弱的步子回到卧室，地上一片狼藉，她接起那个没有备注的电话。

她知道对面的人是谁。

"你到底想怎么样？"电话接通，她声音异常平静地开口。

"谈礼，拿到我送给你的箱子了吧。"沈辞在电话另一端，看着手机，有些意外。

她戏谑又带着嘲讽的声音从听筒钻出来："我没想怎么样，就是看你好像忘记沈榆了，替她给你提个醒，好叫你不要忘记她。"

谈礼坐在椅子上，眼神空洞，声音带着些不自觉的颤抖："我从来没有忘记过她。"

"是吗？那你凭什么开始新的生活，我看你和那几个新朋友玩得很好啊。他们知道你是个什么样的人吗？知道你以前做过什么事吗？"

直到沈辞提到了林赴年他们，谈礼的表情才有些松动："他们和我没关系。"

"是吗？我看你和他们关系很好啊，你说要是他们知道，他们的朋友——谈礼是个'杀人犯'，会怎么想啊？"沈辞饶有兴致地轻声威胁着。

"我不是。"她张了张嘴。

"可所有人都认为你是,谈礼,当年如果不是你,小榆就不会死,你才是那个最该死的人!"

沈辞变得癫狂,刺耳难听的话不间断地钻进谈礼的耳朵里,震得她耳膜生疼。

"凭什么你活着,凭什么你可以开始新的生活,你还记得沈榆吗?你还记得她当年的梦想是什么吗?你不是一直把她当朋友吗?那现在你为什么又有了新的朋友啊?谈礼,你就应该一辈子为她赎罪,你不配有新的生活,你不配!"电话里沈辞几乎破音,说的话一字一句地扎在谈礼的心上,像是最锋利的刀子。她像个疯子,不顾一切地要把人拖下地狱。

电话里的辱骂声还在继续,谈礼却说不出任何反驳的话。

她的心里像是有两个小人,一个在说她会有新的美好生活,未来一定会比现在好。

可另外一个在试图把她拉进地狱。

直到沈辞的话中提及其他人的名字。

"江中也不是没有十六中毕业的学生,谈礼,你需要我找人到你那几个好朋友面前,说说你的事吗?你觉得他们还会只相信你的一面之词吗?哦,对了,我记得那三个人里有个女生,你说⋯⋯"

沈辞听不到回应后,给出了足以击倒谈礼的致命一击。

"你这个疯子!"提到徐落沉,谈礼的情绪蓦地崩溃。

"我就是疯了啊,自从小榆死后,谁还是个正常人啊,哈哈哈。"沈辞在那头笑着,笑得疯狂。

只要能让谈礼不好过,沈辞觉得自己怎么做都不为过。

"小榆死了,你们所有伤害过她的人,都别想好好活着。"沈辞的话像刀一样直直地扎在谈礼的心上。

谈礼眼睛通红,牙齿紧紧咬着嘴唇,尝到了一丝血腥味。

电话里安静了很久,对方像是在等她做决定。

别人的威胁,谈礼不会放在心上,可是沈辞的确是一个什么事都能做出来的疯子。

当年她就曾经将自己的难过、崩溃全部砸在谈礼的身上。

后来事情闹大了,沈榆的妈妈才离开了苏城。

但很明显,三年后的沈辞更疯了,也更执拗了。所以谈礼不想再让其他人搅和进来。

他们都没有错，只是和她做了朋友。

半晌后。

谈礼长长地叹了一口气，声音已经有些颤抖。

"以后我和他们不会再有任何关系，你不要再去找他们了。"

"最好是这样的，千万别让我碰到你们还待在一起。谈礼，你记住，你是没有资格交朋友的，你这种人，就是个扫把星，我也是为了那几个人好，免得哪天又有人被你害死了，你说对吧。"沈辞干笑了几声，挂断了电话。

谈礼心里针扎般疼，疼到她没有能力去收拾面前的烂摊子，她蜷缩在床头，努力抱紧自己。尽可能地将自己蜷缩成一小团。她突然觉得好冷。

沈辞的声音却像是噩梦般不断重复。

"你不配好好生活，你这种人，就应该一辈子赎罪！"

谈礼捂住耳朵，可是那些刺耳的声音越来越大了，怎么也挡不住。

她痛苦地把头抵着墙，只有疼痛能让她意识到，自己还活在这个令她痛苦不堪的世界里。也只有疼痛，能让她的难受减弱。

她好像要活不下去了。

她真的好想在这个世界上消失。

当一切的美好被人毫不留情地再次打破后，她只会比原来更加痛苦。那些曾经充满希望的美好生活，再次远离了她。

24

十二月初，还没等林赴年几个人弄清楚谈礼到底怎么了，她就先一步和他们之间拉开了距离。

她好像又变回了以前的样子，精神状态也越来越差。

林赴年想着早上来接她一起去学校，但被她无情拒绝。

中午四个人不再一起吃饭，晚上放学后谈礼也不再和他们一起走。

她总说有事，在班里和徐落沉也不说话。

谈礼甚至没有说原因，就又恢复了一个人的生活——一个人在寒风里穿梭，一个人早起上学，一个人吃午饭，一个人放学回家。

今年的冬天很冷，徐落沉根本无法早起，于是就向学校申请了住宿。

这样一来，他们四个人聚在一起的机会就更少了。

徐落沉的性格大大咧咧的，没过几天就和舍友们聊得火热。

今天晚上，宿舍熄了灯，她们却还没睡。

不知道是谁突然问起了谈礼的事。

"落沉，你和谈礼不一起玩了吗？"

她们几个人都在一个班，很快就察觉到了徐落沉和谈礼关系的微妙变化。

"啊，怎么突然问起她啊。"徐落沉听到谈礼的名字，明显有些不高兴。

她的确有点儿脾气，因为最近不管自己怎么找谈礼搭话，对方都冷冷的。莫名其妙地被疏远让她很不爽，所以这几天她再也没有去找谈礼。

毕竟就算没有她，林赴年那小子也肯定会陪着谈礼的。

可通过她这几天的观察，发现谈礼居然连林赴年都躲着。

他们三个人都被她莫名其妙的疏远搞得不知所措，在半夜建了个群。可徐落沉心里不高兴，没怎么在群里说过话。

"没事，没事，就是我突然想到了，想问问你。"她下铺的室友见她心有怨气，连忙解释。

"不过，你不和她玩也是好事，我看她最近又变得奇奇怪怪的，连顾画都跑来问我她怎么了。"

"顾画？她来问你什么？"

"就是简单问了几句，好像说是在更衣室的时候，她看见谈礼手臂上都是伤，虽然包扎了一下，但纱布上还在渗血，就想让我问问你，你俩是不是打架了，你说奇怪不奇怪。谈礼那副冷淡清高的样子，谁敢和她打架啊。"

另一床的女生也说："不过，顾画也挺奇怪的，以前不是挺看不惯谈礼的吗，现在居然还来关心她。"

"谁知道她，可能就想看热闹吧。反正我觉得咱们还是少和谈礼接触，我感觉她现在死气沉沉，怪吓人的。"徐落沉下铺的室友一想到就忍不住打了个寒战，"你说怎么会有那么奇怪的人啊，落沉，你说是不是。欸？你怎么不讲话啊？睡着了吗？"

室友追问着徐落沉，可她现在脑子里只记住了谈礼手臂上都是伤的事。

怎么会都是伤呢？是谈礼的爸爸又喝醉酒打她了吗？可沈鸿不是赶

回来给沈仪过了个生日后就又出差去了吗?谈礼那会儿还说她爸要到年才回来的。

那怎么会有伤?徐落沉越想越心慌,她拿出偷偷带到学校的手机,给林赴年发了条消息。

徐落沉:"我室友说顾画看到谈礼手臂上都是伤,你找时间快去看看她怎么了。"

林赴年也没睡着,弯弯的月亮挂在夜空中,他最近因为谈礼的事情失眠了。收到徐落沉消息后,他更坐不住了,连忙拿起外套穿好,骑着车出门。

他担心地来到谈礼家楼下,抬眼望去,她房间的灯还亮着,人就在阳台上站着,不知道在干什么。

"阿礼!"他轻轻地喊着谈礼,在楼下冲她招手。

楼下只有他一个人在路灯下挥着手。

谈礼很快就注意到了他,两人对视不过几秒,她又匆匆移开视线。

她不知道林赴年为什么会突然跑过来,今天她还是睡不着,就想起来吹吹冷风。

冬天凛冽的寒风,吹得她鼻尖通红,可她不觉得冷。

林赴年敏锐地捕捉到了她的视线,发现她在避开他的目光。

可他不着急,就站在这冷风中。

林赴年出门时穿得不多,风透过衣服吹在他的身上,冷得刺骨。于是他站在楼下不停地对着手哈热气,搓了搓已经冻红的手,时不时地抬头看她一眼,也不说话。

林赴年的手很快就被冻麻了,可他就是不愿意走。

谈礼表面上像是在放空大脑,实则全部心思都放在了林赴年的身上。

她看着楼下的人,他还是没有要走的意思。

她垂下眼,无可奈何地做出了让步。

谈礼急匆匆地套了件外套出门。

木门被打开时发出嘎吱声,在寂静的夜里显得格外清晰。

林赴年抬头望向阳台时,却突然发现阳台上已经没了人,他感到沮丧,下一秒,便听到了门被打开的声音,心里即将灭掉的火苗重新燃了起来。

"阿礼。"他看见谈礼走了出来,终于笑了。

看来他赌对了，他就知道谈礼不会这么狠心的。

"你这么晚找我做什么？"她走到林赴年身边，看着他被冻得通红的双手，连声音都在不自觉地打战。

她心有不忍，可嘴上说的话还是这么冷漠。

"没什么事，就是……"林赴年感受到她疏远的语气，狠狠一怔，连话都说不利索。

可谈礼没给他组织语言的机会："既然没事的话，那你就早点儿回去吧。"

说完，她转身就要回去。

林赴年见状，想拉住她，可又想起徐落沉说她手腕上有伤，动作顿时停住。

"谈礼，你先别走，我们聊聊？"哪怕此时对方的话和表情都这么冷漠，他的声音也依然温柔、小心翼翼。

她回过头，撞上那双目光担忧的眼睛，一时间眼眶一热，蓦地低头。

"我们没什么好聊的。"她低声说着，双脚却像被灌了铅。

"你说我们没什么好聊的，那我问你，你这几天到底怎么了？为什么要避着我……们？"他想知道她突然变成这样的答案。

谈礼依旧沉默。

她紧紧咬着嘴唇，一个字也说不出。

她知道自己突然疏远他们的行为肯定令人讨厌，但不管林赴年怎么问，她还是一句话都不肯说。

她真的不知道应该说什么。

是说过去吗？还是和他说，他们不要继续做朋友了，因为她真的不知道发了疯的沈辞还会做出什么过激的行为。

她好像什么都不能说、说什么都不对，哪怕她比任何人都要珍惜这段感情……

再等等吧，她想。

等林赴年问她问到烦，等他因为她这副死气沉沉的样子而生气，等他能顺其自然地结束这段关系。

可她总是猜不准林赴年的下一步动作。寒风仍在毫不留情地吹着，他看不见她手腕上的伤到底怎么样，也看不清低着头的她是什么表情。

两人奇怪地沉默着。

半晌,林赴年才开口,声音还是清润、温柔的:"谈礼,你最近是不是很不开心啊?"他依旧是关心她的。

谈礼却在听到这句话时,眼眶一湿,眼泪无声地砸在地上。

林赴年的这句话,让她彻底绷不住了,吧嗒一声,心里的最后一根弦断了。

她胡乱抹着脸上的眼泪,可眼泪好像开了闸的洪水,不管怎么抹,都抹不完。

"你要是不开心的话,能不能和我说说,我们以前不是说好了吗?我是你的专属树洞。"

林赴年对她的沉默没有半分不耐烦,好像只有在面对她时,他才会这么温柔。

他的温柔,仅对她一个人。

他是真的很担心谈礼。

可这会儿,她真的说不出一个字。

谈礼无助地抹着眼泪,干脆直接蹲在了地上。她把脸埋在臂弯里,啜泣声渐渐变大。

林赴年听到她的声音才知道她哭了,手忙脚乱地在外套口袋里找纸巾。

"阿礼?阿礼?"他动作慌乱地从外套口袋里拿出纸巾,不停地叫着她的名字。

那些积压在心里的难过,此刻被谈礼彻底宣泄出来。

她哭得很伤心,林赴年从来没见过这样的她。

他蹲在她的身边,往她手上递着纸巾,安安静静地等着她发泄完情绪。

这个夜晚冷得出奇。

直到他们冻得浑身冰冷,谈礼的啜泣声才慢慢止住,她一遍遍地用手里已经湿了的纸巾,擦着眼睛。

她不知道整理自己那些糟糕的情绪需要多久,也不知道林赴年在旁边等了她有多久。

她只知道他没有走,就在她的身边。

在这样一个寒风凛冽的夜里,她沙哑着嗓子,终于开口:"林赴年,我们暂时还是不要做朋友了。"尾音已经有些哽咽。

林赴年没想到她会突然这么说,一时呆住了。

"为什么?"他心情忐忑地问道。

"因为……"谈礼不敢抬头看着他的眼睛回答,她的声音颤抖着,听上去有点儿可怜,"因为我,没有资格和你们做朋友。我就是个很糟糕的人,和我待在一起的人不会开心,还会被我这样糟糕的人影响……而且我,我……"

她的声音断断续续:"而且我身上发生过太多不好的事,你们和我待在一起,不仅不会开心,而且说不定还会受伤。我就是一个整天自怨自艾,家庭不幸福,心里有一堆破事,还总惹人讨厌。可那些事情和你们没有关系,都是我的事,我想我不应该连累你们。"

她说的每一句话,都把自己贬低到了尘埃里。

谈礼觉得自己脑子里充斥着沈辞那些恶毒的话。

沈辞说她不配,沈辞说她是个灾星,沈辞说她只会让她身边人遭殃。她没有反驳,因为她也是这么认为自己的。她以为,只要自己把这些话说出来,就能让林赴年他们认识到她是一个多么糟糕的人,和她做朋友,是一个多么错误的选择。

可她不知道,她每一句自我贬低的话,都仿佛是一把刀,深深地刺进了林赴年的心里。

"不是的,谈礼。"他摇着头,努力将已经哭得没力气的谈礼拉起来,轻轻拥进自己的怀里。

在这样寒冷的天气里,林赴年的出现,就像是一束光一般照亮了她暗淡的人生。

"谈礼,你不是那样的人。在我、落沉和阿源的眼里,你绝对不是那样的人。"他语气坚定,没有半点儿迟疑。

"我心里的谈礼,永远都是一个很好很好的人。她虽然话不多,但我们每一个人的生日,她都会精心准备好礼物。虽然嘴上一直说自己不喜欢麻烦,但她会在暴雨天毫不犹豫地出来找我这个因为被爸妈爽约了而闹脾气的幼稚鬼……她也会关注我们每一个人的情绪。她才不是一个糟糕的人,和她待在一起的我,每天都很开心,她很好,特别好。

"谈礼,和你做朋友,是我最开心的事情,所以请你不要觉得自己不好。我觉得你特别好,值得我林赴年为你做一切。"

林赴年说的每一个字都掷地有声,温柔中又带着一股力量。

回应他的,是谈礼沉闷的哭声,以及他肩膀上那一块湿润。

谈礼第一次觉得,原来被一个人坚定地相信着,会给人如此强大的力量。

"我很想和你做朋友,特别想。"

"不行,真的不行。"谈礼哭着摇头,"和我在一起,你们会有危险的。我不知道她会做出什么事情来。"

他没有问话里的"她"是指谁,但他已经猜到了。

"那我们就先不告诉江源和徐落沉好不好,但你得允许我陪着你,不然我可不知道自己能不能憋住。"他轻轻拍着她的背,不停地安慰着她。

"不行,你……"

"你要是真的担心我,就让我陪着你,否则我就悄悄跟着你。"他语气认真。

谈礼被他的话逗笑,心里五味杂陈。

"行不行?"他打着商量,"不管以后发生什么事,我们都一起面对,有我在,我肯定会帮助你。"

事已至此,谈礼知道自己不管说什么,都拦不住他了。

索性她也不说话了,因为有林赴年在,她真的会安心不少。

"那我就当你默认了,可不许反悔。"

"嗯。但如果有危险,我让你走,你就得走,不要管我。"谈礼声音很弱地说道。

"你能不能别把我想得那么弱啊!好歹在认识你之前,我也是咱们江中的'扛把子'好不好?"他拍了谈礼肩膀一下,让她少担心。

"嗯……"

她思考了一会儿,才开口道:"可我还没告诉你,到底是因为什么事情。是你……都知道了吗?"

她说后一句的声音很轻。

如果林赴年知道了一切——她还没做好心理准备。

那段过去真的太糟糕了,她害怕得知真相的他,不再觉得自己有这么好。

"不知道,但不管是谁,都别想伤害你,伤害我们四个人中的任何一个。"他不顾一切地维护着她。

"其实这件事情……"她想告诉林赴年，可话到了嘴边，却又说不出来了。

"谈礼，等你准备好了，再告诉我好吗。我一定会安静地听你说完。但现在，你不要再去想那些事了。"他说着和几个月前相同的话。

林赴年不想勉强她。

虽然他已经从很多人的嘴里听说了一些情况，勉强还原了整个事情，但事情的真相，只有谈礼自己最清楚。

"嗯。"她答应了。

她……还需要些时间才能把这件事情完整地说出来。

林赴年不停地安抚着谈礼的情绪。

他是真的担心她——担心她放弃自己，担心她什么都不告诉他。

还好，还好。他想，还好他今天晚上不顾一切地跑过来了。

他又想起今天过来的目的，于是小心地开口问起："对了，有件事，你不能瞒我，得告诉我，落沉说看到你的手腕受伤了，是怎么回事？"

"没什么，跳舞的时候不小心磕到了。"她吸了吸鼻子，撒了个谎，她不希望林赴年知道自己受伤的真相。

"那你现在能站得稳吗？我可要松手了。"他松了口气，转移话题，想把这沉重的气氛打散。

谈礼这才发现自己的眼泪把他的外套给打湿了，她耳根一热，有些不好意思地说："啊……我没事了，你可以松手了。"

"真的假的？你等会儿会不会摔倒啊？要不我再……"

"林赴年，你给我松手！"

"欸、欸、欸，你别生气啊。"

……

第8章
平安镯

25

天气转冷,俞镇的气温直逼零摄氏度。

可不管天气多么恶劣,林赴年都会准时出现在谈礼家的门口。

谈礼每次打开门,都会看见被冻得鼻子通红的他,而他就会从怀里掏出一瓶温热的牛奶塞进她的怀里。

"喝了牛奶对睡眠好。"

谈礼每次都会劝说他不用跑那么远过来接她上学,她自己一个人能去学校,但他依旧不肯放弃。

他担心谈礼离开自己的视线就会出事,因此,谈礼上下学路上,他都要陪着,甚至在他回家后,也要每隔半个小时发消息问一下她的情况。

谈礼有了林赴年的陪伴,连沈辞每天发的那些烦人的信息也顾不上在意了。

但那天晚上林赴年的到来,也让她意识到,这里是俞镇,不是十六中那种犄角旮旯的地方。

俞镇到处都遍布着监控,安全性很高。

和她待在一起的林赴年说,徐落沉和江源那边,他会去帮她沟通。

她总是不善言辞,但现在有了林赴年,一切都变得和以前不一样了——他们都在小心翼翼地担心着彼此。

十二月短暂又漫长,谈礼依旧失眠,很多时候林赴年会在她睡前给她打电话。虽然两个人只是在电话两头沉默着,但听着他平稳的呼吸声,她的心就会变得平静很多。

虽然有些事情依旧埋在心里无法忘记，但现在这样已经很好了，毕竟以前难过的时候，她的身边没有任何一个人。

很多事情，她也不想告诉外婆。因为她明白，这些事只会让外婆平添更多白发罢了。

于是她决定，还是算了。

人就是这样的，哪怕认清了现实，但还是会在某一刻，不甘心地掉下眼泪。

为什么被忽略的总是我？

为什么被抛下的也总是我？

为什么不幸的还是我？

这些问题都无解。

也许世界上有无数个和她一样的人。

她已经没办法自愈了。

每当这时，谈礼转过身就会对上林赴年的眼睛——或许是在上课走神时，或许是在他路过自己的班级门口时，或许是在上下学的路上，又或许是在很多个她睡不着的深夜，不管天气好不好，他都会骑着单车过来找她。

当他们对视，当她看见那双柔情似水的眼，她就会知道——她救不了自己，可是有人在拼命地救她。

世界上怎么会有像林赴年这样好的人。

他不顾一切，无缘无故，就只是这样单纯地对她好。

她也问过他，他不以为然地笑了笑，嘴角边的梨涡漾开，声音清润："或许我就是老天派来拯救你的吧，所以咱们的阿礼同学要快点儿好起来，也要好好珍惜我这个'天使'。"

谈礼被他逗笑，总忍不住想叫他别得意忘形。

可她没告诉过林赴年——

他说的那番话，她其实是相信的。

她信，这个世界上真的有一个人是专门为她而来的。

"看来老天总算对我好了一次。"她笑着，声音认真。

许多年后，谈礼也依旧相信他说过的那番话。

但她又希望这一切并不是一场"拯救"。

因为拯救的代价真的太大了。

他是拼尽一切地拯救她，甚至不惜付出生命。

时间过得飞快，转眼，高三上学期就要结束。天气愈发寒冷，月底时，已经是零下几摄氏度了。

教室里，同学们一个个被冻得瑟瑟发抖，无精打采地坐在椅子上写卷子。

可俞镇这天冷成这样了，依旧不见一片雪花。

南方总是很难下雪的。

十二月三十日这天，林赴年顶着刺骨的冷风，跑来教室问她生日要怎么过。

他站在门口，冷得打战。

谈礼这会儿还在老师办公室拿东西，见她没在教室，他问徐落沉："徐落沉，阿礼呢？"

"去老师办公室了，你找她有事啊。"她一边走过来，一边说。

"你明知故问，明天还能有什么事。"他看着眼前还在赌气的人，忍不住发笑。

徐落沉见他笑，更不爽了："笑什么笑，要给她过生日你去，反正现在我和她不熟！"她咬牙切齿地说着，甚至看林赴年都不顺眼了。

"欸，我都和你说了，事出有因……"

林赴年的话还没说完，旁边就有人叫他："哟，林哥？"

林赴年一愣，转过头看见了几个不太熟的面孔，有些不悦地蹙了蹙眉："你们是？"

"林哥，你忘了啊。上次在校门口，咱们见过一面的，那会儿你和江源一起。"

这几个人吊儿郎当地说着话，林赴年才依稀记起他们好像是见过面。

"有什么事吗？"他冷冷地开口问着。

"上次听江源说，林哥你在调查十六中的事情，有事来问哥几个啊，我们都是从十六中毕业的。"听到"十六中"这三个字，林赴年才稍微有了点儿兴趣。

"不过，林哥，我看你最近和那个谈礼走得比较近，劝你离她远点儿。她可不是什么好人，以前的故事精彩着呢。"

对方说着话，目光意味深长。

徐落沉一听，得，他在林赴年面前说谈礼的不好，怕是在找揍呢。

她往旁边一瞥，只见林赴年正努力控制住自己不爽的心情，再开口时话语间已经带着怒意："别让我再听到这种话，不然……"

"林赴年？"

他的话被打断，脸色愈发冷下来。他回过头，看到了拿着卷子的谈礼正不解地望着他。

"你怎么跑这儿来了？"她不明所以地开口询问，在看见那几个人的脸后，瞬间脸色变得苍白。

林赴年见到谈礼来了，态度转变得极快。

"你怎么才回来，我找你有事呢。"他声音轻柔地笑道。

徐落沉见状，忍不住笑出声。

要不是她早就知道这小子在谈礼面前一直是这副嘴脸，她都要怀疑他是不是精神分裂了。

至于其他几人，看到话题的主人公来了，便离开了。

他们离开后，谈礼的脸色才好了些。

"你找我有什么事吗？你和落沉怎么都站在门口啊？"她问着。

徐落沉听见谈礼提及她，还是觉得有点儿别扭，尴尬地笑了几声："林赴年有话和你说。你们说吧，我进去了。"

她说完，就灰溜溜地进了教室。

林赴年见她这副样子，忍不住摇摇头。

从小到大，徐落沉一直就是他们三个里面最别扭，也是最单纯的人。

"别理她，她就这样。对了，我今天过来是想问你……"他话说到一半，才注意到她的眼睛一直盯着他的身后。

"怎么了？在看什么？"他转过头去，可身后没有任何人。

听到他的话，谈礼才收回目光，犹豫了半响才问出口："刚才那几个人……你们认识吗？"

她的声音带着难以察觉的颤抖，林赴年听得一愣："认识，但不熟，他们和江源认识，所以我也见过几面。怎么了？"

"没事，他们好像是我以前初中时的校友。"谈礼听到他说不熟，才终于松了口气。

谈礼在初中也不是个爱交朋友的人，对那几个人有印象，还是因为……

一个月前，她躲避徐落沉那会儿，那几个人曾在路过她身边时喊她。

"谈礼。"

她不明所以地抬头,却对上他们调侃的目光。

"怎么,你不认识我们啊?哦……也是。毕竟以前在十六中时,谁敢和你交朋友啊。"其中一个人戏谑道,周围几个人也纷纷附和。

谈礼没有说话,或许是麻木了,又或许是觉得恶寒。

这些人的出现,无疑是在告诉她——当年的事情每个人都知道,可大家都在默不作声地看戏,冷漠得让她想笑。

甚至到了现在,这些人依旧能毫不在乎地踩在她的伤疤上。

可谈礼又忍不住想,如果当年也能有一个人帮帮沈榆,一切会不会不一样。

可是,没有如果,沈榆选择用极端方式结束了自己的生命。

他们都是帮凶,连她也是。

……

"怎么又在走神?"林赴年的声音把她拉回现实,见她沉默,问,"你是不是不喜欢他们啊?"像是突然意识到了什么,他又道,"没事,反正我也不和他们玩了。"

"我不是那个意思。"谈礼连忙解释,"他们是你的朋友,你没必要因为我……"

"你想什么呢,本来我就看不惯他们,算不上朋友。"林赴年打断她的话,脸上的讥讽丝毫不掩饰。

本来就不是很熟,他才懒得和那些人装什么兄弟。

"不过,我发现我俩讨厌的人都差不多是同一类型。"他笑着打趣。

谈礼无语地看了他一眼:"你找我有什么事?"

"哎哟,都怪那几个家伙,我都差点忘记说了。明天不是你生日吗?有没有想好怎么过啊?"

生日……

谈礼才记起来,原来明天就是十二月的最后一天了。

她对上林赴年期待的目光,笑容有些僵硬:"我不喜欢过生日的,不过了吧。"

闻言,他忍不住蹙了蹙眉:"之前你不是还和我说,相信生日许愿很灵验?"

"那是因为那时候看你不高兴,所以才那么说的。"她想起那次说过的话，有些尴尬，"总之，生日对我没什么太大的意义，不用帮我过。"

她说完，心里还寻思着晚上回去也要和外婆说一下，她不信生日许愿会灵验，反正自己许下的愿望从未成真过。

"怎么会没意义？对我来说，就很有意义。"林赴年见她情绪低落，轻声道。

他不喜欢看到谈礼不高兴的样子。

谈礼知道他是在安慰自己，可她摇摇头："还是不过生日了，不要浪费时间了。"

林赴年看眼前人态度坚决，知道自己怕是说不动她了。

于是，他换了一个话题，佯装放弃给她过生日的想法："行吧，你不想过生日，那就算了。不过明天既是周末，又是今年的最后一天，要不我们出去跨年吧？这你总不能拒绝我了吧。"

林赴年一脸期待地看着谈礼。

谈礼看着眼前少年期许的眼神，她实在是不忍心拒绝他。

她叹了口气，只好答应："行，明天无论你去哪儿跨年，我都陪你。"

"那我晚上发信息和你说，说好了啊，你可不许反悔。"

"嗯，放心吧，我不会的。"

26

三十一号的清晨，天刚蒙蒙亮，空气中弥漫着薄雾，遮挡着人的视线。

依照林赴年的计划，他打算等雾散后带着谈礼去爬山。

虽然俞镇的山不算高，但山上有一座香火很旺的庙宇，许多外地人特地跑过来祈福求平安。

最近发生了这么多事，他带她出去玩一玩，彻底放松一下身心。

一个小时后，太阳缓缓从地平线升起，晨曦驱散了雾气。

林赴年站在院子里，温暖的阳光照在他的身上，很舒服。

他不禁想，今天真是个好天气。

两人坐车去了目的地，路程不远，到山下时，还没什么游客。

"每逢过年，这里可是人山人海的。"他指了指前边，对谈礼说着。

谈礼顺着他的目光看去，有些意外道："是吗？过年的时候人那么多啊。"

"嗯,你以前过年没有来过吗?"他问。

"外婆腿脚不太方便,我一个人也很少爬山。"她如实回答。

外婆不爱爬山,在谈礼的印象里,家里最喜欢爬山的人应该是外公,但他老人家很早就去世了。她大概是跟着外公一起去爬过几次山,但那时候太小,她也记不清了。

这样想着,谈礼抬起眼环顾四周。

白色的台阶铺在崎岖不平的地面,两边是大片的竹林,深绿色的竹叶上还沾着清晨的露珠,正在阳光下慢慢蒸发。山里很安静,风吹着竹叶,声音在她耳边沙沙作响。

"没事,过年有机会我们再来爬一次,给外婆祈福。现在和过年那时候比简直是天差地别。"

林赴年在她耳边絮絮叨叨着。

她点了点头,看着眼前仅有的几个爬山的人。

她似乎还能记得一些过去的事——过年时,山间会有很多摆摊的小贩,吆喝着,卖的东西大多是俞镇当地的糯米团、青团之类的,价格不贵,但做得很好吃。

她这会儿才想起,有一年她好像来过这里。

熙攘的人群,每个人的手上都会拿着香烛,有人爬到一半还是选择放弃,也有人一路爬到山顶。

山顶有一处供奉香火的地方,烟雾总会模糊了她的视线。

她记不清是什么时候了,但那会儿的自己应该挺高兴的。

这些年,她总是回忆那些痛苦的事情。

想着这些,她忍不住自嘲——到底是沈辞不放过她,还是自己不放过自己。

"今年过年我们也来体会一下人挤人啊?"林赴年的话在她的耳边响起。

谈礼点了点头,答应着:"好。"

生活总不应该一直如一潭死水。她想。

林赴年和她就是两个完全不一样的个体,他喜欢去人群里,去看热闹的烟火气,也喜欢拉着她去。

在得到谈礼明确的答复后,他们开始爬山。

一白一黑两个身影行走在竹林间,林赴年不停地和她说着自己以前爬山的经历。

"我和你说,有一次我都爬到山顶了,结果发现我买的香落在山下摊子上没拿上来……还有一次更囧,我……"

他说了很多,她偶尔也会出声附和。

可林赴年并不在意她的冷漠,滔滔不绝地继续说着。

谈礼隔着棉服轻轻摸了摸自己的伤口,一道伤口愈合的时间并不长,浅一些的只需要三四天,可心里的伤说不定一辈子都不会好。

出门前,她又收到了沈辞发来的骚扰信息。

沈辞是个疯子,什么事都做得出来,自己很早就见识过。

身边仿佛有一枚不知道何时会被引爆的炸弹。

谈礼不知道这是不是沈辞的目的——让她活在恐惧里。

可她早就不是三年前的那个她了。

她没有那么强大的毅力和沈辞熬,也没有耐心再去等。

她只觉得整个人都疲惫不堪。

偏偏就在这样的日子里,出现了一个人,让她从胡思乱想里走出来。

林赴年还在说话,阳光越来越热烈,她觉得没那么冷了。

面前的少年一心一意要把她拉出地狱,告诉她,这是人间。

少年或许早有预谋,带着颗赤忱之心拯救她于水火之中。

两人爬上山顶时已经是午后了,阳光格外热烈。

山顶上有一座寺庙,很简朴,青砖黛瓦。

他们虔诚地跪在蒲团上,闭上眼睛为心里所珍视的人祈福。

周围很安静,只听得到敲打木鱼的声音。

谈礼闭着眼,眼睫轻轻颤动着。

她的愿望一如既往地简单。

"希望我爱的人,爱我的人,永远平安顺遂。"

她记不清以前来这里许过的愿了,但她想,愿望大概相同。

只是现在愿望里多了一些人。

许完愿,谈礼率先睁眼,她转过头,目光停留在仍紧闭双眼的林赴年身上。

他的头发好像又长了些,刘海快要遮住他的眼睛了。谈礼不知道他在许着什么愿望,但他看起来无比认真。

她的视线移至他的眉骨，看见了那道淡色的疤痕。她收回目光，低头笑了笑。

这一年里，她遇到了一些对她好的人。

所以，林赴年，你千万要平安顺遂，百岁无忧。

她闭上眼，暗暗在心里又许了一遍这个愿望。

而被许愿的主人公闭上眼，心里默念着的声音虔诚又认真。

他的愿望很简单。

"希望谈礼永远开心幸福。"

冥冥之中，他们都为身旁的人许下了真挚的愿望。但林赴年不知道，在未来，他会无数次来到这里，只为一人。

祈完福后，他们起身正准备离开，一位小和尚走过来拦住他们："二位施主，旁边有一些纸条，来这里的大多数施主会在纸条上写下心愿。二位如果有兴趣，可以试试。"

他们顺着小和尚的目光看过去，在门边发现了一张小桌子，上面有很多纸条。

两人对视了一眼，不约而同地往桌子处走。

祝福纸很特别，是象牙白色，边上有着浅浅的花纹，中央印着一只白鹤。

他还没有想好写什么，谈礼却很快动笔。

他眼睛向旁边轻轻一瞥，就能看见谈礼在认真写字。

林赴年在看见那一行字后蓦然顿住，他的心像是被石头狠狠砸了一下，疼得厉害。

"希望以后不要再被轻易地抛下了。"

她写完这句话，在心里默念——不要像物品一样被选择或者被放弃。

在她的生命中，她被选择的次数寥寥无几，更多的时候只有被抛弃。

父母离婚那年，他们谁都不要她。妈妈放弃她，奔向新生活，沈鸿心安理得地忽略她，二婚后生了个儿子。

她再也不想再体会被抛弃的感觉。

她用手指摸了摸粗糙的纸条，眼睛突然有些酸。她深吸了一口气，将纸条塞进了装有无数愿望的褐色箱子里。

"你写好了吗？"她回过头问林赴年。

他面色凝重地点了点头,将那张空白的祝福纸悄悄塞进了口袋里。

谈礼没注意到他的不对劲,道:"那我们走吧。"

林赴年带她去吃了庙里有名的素面,她明显感觉到他的情绪有点儿低沉,但她一时也找不出原因。

吃完面后,两人坐车回家,一路上林赴年的话都很少。

谈礼想,爬山真的太累了。她安静地坐在一旁,不想打扰到他休息。

回家的路上碰上晚高峰,特别堵车,林赴年坐在边上,整个人晕乎乎的,满脑子都是谈礼写下的那句话。

他开始怀疑自己——是不是一直都没能让谈礼真正开心过。

他们回到俞镇时,已经是晚上了。

俞镇最大的商场内人满为患,许多人手上还拿着颜色不一样的气球。

应该是和亲朋好友约好一起过来跨年的。谈礼想。

商场中间有一块很大的LED屏幕,每年的最后一天都会在上面显示倒计时,所以有很多人相约来这里跨年。

今年也不例外。

"看来不用到过年也能很热闹了。"她不由得感叹。

"那要一起去凑个热闹吗?说好今天陪我一起跨年的。"他听见谈礼的声音,才想起今天的正事。

于是他很快就调整好心态,声音愉悦地问着她。

谈礼被他突然的转变弄得一愣。

她蹙了蹙眉,但既然自己早就答应了他,那自然不能反悔。

谈礼点了点头:"那我给外婆打个电话。"

她找了个安静的地方给外婆打了电话,电话那头的老人家一听说她要和林赴年他们一起过,别提多高兴了。

谈礼笑了笑,没有解释。

林赴年站在一边等她结束通话,便拉着她去店里吃饭。

他像是早就准备好了一切一样。

谈礼隐约知道他要做什么,却始终没有问。

他们去了一家蛋糕店,找了个位子,林赴年便拿着小票取了一个蛋糕回来,放在她面前的桌子上。

"尝尝,我亲手做的。"他笑着将蛋糕推到谈礼的面前,语气紧张又期待。

"你做的？"谈礼听后一怔，有些惊讶。

"嗯，闲着没事学了学，你尝尝味道怎么样。"他站起身，声音有些紧张。

店长就站在柜台里，她听到了林赴年说的话，差点笑出声。

天知道眼前的这位少年，到底做坏了多少她的蛋糕坯啊。想到这儿，她就只觉得心疼。

当然，一周的学习成果非常一般，大概是他没有做蛋糕的天赋。

蛋糕的包装被打开，露出它的真面目。

奶油包裹着蛋糕坯，上面随意地摆放着不同水果，蛋糕中央有一行歪七扭八的黑字：祝谈礼天天开心。

谈礼刚刚看到他踌躇的样子时，就猜到了这个蛋糕的大致情况。

她忍着笑，一本正经地夸了句："看着挺不错的。"

"啊，那你赶紧尝尝。"林赴年听到谈礼夸自己后，更不好意思了。

他快速切好蛋糕，将第一块递给了谈礼。

她说她不想过生日，所以他就把原本想写在蛋糕上的"祝谈礼生日快乐"给改了。

没有生日歌，没有点蜡烛，甚至也没有许愿。

他们就只是简单地吃了一个蛋糕而已。

而其中的心意，也只有他们两个人知道了。

吃完蛋糕后，林赴年又拉着她朝着江边走去。

夜晚江边风大，江水拍打着岸边。

谈礼看见了不远处的徐落沉和江源。

他们两个人快被风吹得麻木了，才终于等来林赴年和谈礼。

"哎哟，你们再不来，我和江源就要被冻死了。"徐落沉没好气地瞪了林赴年一眼，目光移到了他旁边的谈礼身上。

"落沉……"谈礼率先喊她的名字，道歉的话即将脱口而出。

徐落沉连忙开口打断："好了，别说了。喏，烟花拿好了。"

她把手里的仙女棒塞进谈礼的怀里。

谈礼看着怀里的东西一怔，转过头，用眼神询问林赴年。

"一起跨年啊，没有烟花多没意思。"林赴年笑道。

这会儿江边已来了不少人，谈礼这才发现，原来在这里也能清晰地看见商场里的 LED 大屏。

"可是……"她倏然想到了什么，有些急。

"没事，现在这里到处都是人，料她也没胆子做什么。"林赴年知道谈礼在担心什么，于是轻声安慰着她。

远处的 LED 屏幕上已经开始倒计时。

最后一分钟。

徐落沉和江源先跑到一边点燃了手里的仙女棒，爱热闹的徐落沉还不忘塞几根在路人的手里。

"来、来、来，给你一根，也给你一根。"

"啊……不用了，不用了，谢谢，谢谢。"

徐落沉让一些路人有些不知所措起来。

林赴年和谈礼见状，忍不住笑出声。

他们眼底含笑看着彼此，林赴年从口袋里拿出打火机，点燃了谈礼手里的烟花棒。

火花四射，像是夜空中的星星，耀眼又漂亮。

不远处的 LED 屏幕倒计时，显示离新年还剩下最后半分钟。

烟花棒燃烧的时间很短，不一会儿就熄灭了。

林赴年就这么看着她盯着燃烧的烟花轻笑，江风吹乱了少女的头发。

谈礼抬着头，冲他笑着，盛放的烟花映着她的眼睛，明亮如星。

五、四、三、二……

人们大声喊着 LED 屏幕上的数字，谈礼也在默默等待新一年的到来。她垂在身侧的手突然被人捏住，手腕一凉，有什么东西戴在了她的手上。

谈礼惊讶地低头，看到了手腕上的东西——是一枚设计精巧的银色镯子，两根竹子形状的银条连接在一起。

镯子很细，戴在她纤细的手腕上刚刚好。

"生日快乐，送你的生日礼物。"

在这一天的最后一秒，林赴年凑到她的耳边，声音温柔又动听。

一！

"新年快乐！"随着一声声的"新年快乐"，江边被安置好的定时烟花也被点燃，巨大的烟花绽放在半空中，壮观得像一幅画。

徐落沉扯着江源大喊，几乎快把他拽倒："江源，你快看，你快看！好漂亮！"

"欸、欸、欸,你别拽我,我看到了。"

谈礼看着他们打闹的样子,眼里带着笑。

倒计时结束后,她在人群里轻声对他说:"现在应该对我说新年快乐了。"

少年闻言一笑。

"新年快乐。"

第9章 她只身走进黑暗里

27

那天的生日过得奇怪又有趣,谈礼没有许愿。

跨完年回家后,她推开卧室的房门,还有人在等她。

卧室里没开灯,只有蛋糕上的蜡烛亮着微弱的光。外婆靠在椅子上睡着了,听见开门的声响才慢慢醒过来。

"囡囡,来许愿。"外婆的声音依旧这么温柔。

蛋糕边放着一个小小的礼物,她走过去打开,上面写着几行歪歪扭扭的字。

落款的名字却像是练了很多遍,格外规整——沈仪。

她那个幼稚鬼弟弟。

和过去的许多年一样,她再三强调自己不想过生日了,可爱她的人似乎总能读懂她心里的不情愿因何而起。

谈礼一直压抑着的情绪终于爆发。

眼泪无声地砸在地上。

这是她在这么多年里过得最开心的一个生日。

身边有朋友,有家人,还有很多其他人。

回家的路上,徐落沉动作别扭地往她怀里塞了一个礼物,一旁不说话的江源也顺势将礼物塞进她的怀里。

他们两人这时才是最像的。

林赴年送给她的银色手镯还戴在她纤细的手腕上,灯光下,显得格外精致。

那是他们陪谈礼过的第一个生日。

那一年的一切，烟花盛开的跨年夜，她的十八岁生日，值得她用一生去铭记。

没有下一个。

没有人会常常回忆，除非回忆里的人早就不在了。

在一切变得面目全非之前，将难忘的记忆都刻在脑海里吧。

进入2017年后，时间像是被按了加速器。

学校里的生活依旧枯燥、乏味，每一个高三生都被埋进了书山题海里，学生们的压力日益加大。

在高三上学期的最后一天，班主任宣布从明天起放寒假时，整个教室瞬间沸腾。

"万岁！放假，放假！"

"终于能休息几天了，这几天天天加课，我真的快累死了。"

"老师，放几天假啊？"

……

班里的喧闹很快惊醒了谈礼，大家都在为难得的几天假期高兴，她却没什么反应。

越是临近过年，她浑身的不适感就越发严重。

也不知道今年家里会怎么过年，她低头抠着手指，和周围的人显得格格不入。

过去两年，李丽他们一家三口都会回老家，她觉得过年见不到他们，很不错。家里就只剩下她和外婆两个人，冷清地过年，也挺好。但她知道今年没这么简单，毕竟有沈辞那个人的存在。

过去两年过年的时候，她也会收到沈辞发来的消息，只是每次那个人发完消息后就没有后续了。

谈礼不知道沈辞那两年都在哪里，但她能隐约感觉到，沈辞的精神状态好像越发不正常了。不过，无所谓，反正她们都有病。她何尝不是一个困在过去、作茧自缚的精神病。

江中大年三十的前几天才放假，比其他几个高中都要晚。谈礼背上书包，打算回家。林赴年一如既往地在班级门口等她。她走到门口，第一眼就注意到了他。

少年见她过来,立刻站直身体,冲她笑了笑。少年永远恣意、明亮。

谈礼突然意识到,也许某一天,林赴年脸上的笑会因为她而消失。

这半年里,他什么都没说过,也不会去探究她不想说的隐私,生怕触碰到她藏起来的伤疤。他只会不停地说,希望她能高兴,希望她能睡个好觉。

谈礼也希望他永远都是那个明媚的少年,不要被她这样的人所改变。

谈礼猛然记起沈辞曾问过她的那一句话。

"你真的认为他面对如此负能量的你,不会在某一天受不了,然后离开吗?"

会吧。她在心里先一步给出了这个答案。

也是应该的,她想。

只有远离自己,才能远离痛苦。如果有一天他要走了,那一定不是他的错。如果有一天他要走了,那一定是因为靠近她实在太痛苦。

那时,她就要放他走。她没什么不能接受的。

林赴年的陪伴对她来说已经是上天的恩赐了。她知道他一定会走,因为她真的好不了了,哪怕她并不想这样,哪怕她也不希望因为自己的病态而逼走对方。

如果她只有一个伤疤,那她会把它用创可贴贴住,让它慢慢愈合。可她有很多,那就只能把她抛掉。

或许此刻连谈礼自己都不知道,在无数个时刻,曾被沈鸿、谈芝毫不留情地抛弃的她,会下意识地认为自己是应该被抛下的。

她是不堪的、是不值得被珍视的。

他们就这样沉默地走在俞镇的街上,周围的一切都是喜气洋洋的,众人脸上洋溢着对新年的期待。

谈礼却像是隔绝于一切热闹之外的个体,她灰蒙蒙的,落寞地待在人群里。

林赴年走在她的旁边,紧绷的脸上神情凝重,紧抿着嘴唇,不知道该开口说什么。

他发现谈礼好像一直都不开心,但他也没打算逃。是他自己要介入她的生活,所以无论后果如何,不管前路崎岖还是平坦,他都要和谈礼一起走下去。

或许只要坚持走下去，终会见到崭新的未来。

除夕当天，沈鸿终于回来了。他出了很久的差，带回来了不少礼物。沈鸿推开屋门时，谈礼他们刚吃完饭。

"爸爸！"沈仪第一个注意到了沈鸿，开心地跳下凳子，朝着他跑去。

"欸，我的乖儿子。"沈鸿笑着抱起儿子。

"爸爸，你怎么才回来啊，我好想你。"沈仪冲着他撒娇。

"爸爸这不是回来了吗，还给你带了好多礼物。"沈鸿边笑着哄儿子，边从包里拿出很多礼物来。

沈仪听到有礼物，眼睛都亮了起来，他叽叽喳喳地叫着："小汽车，变形金刚！还有好多！谢谢爸爸！"

沈仪到底还是小孩子，看见玩具就高兴得不行。

谈礼就静静地坐在沙发上，淡淡地扫了一眼面前堆着的礼物。

都是些男孩子玩的玩具，看着怪幼稚的。

她拿起手边的冷水杯喝了一口，冰得牙疼。她依旧面无表情，像是习惯了。

她也没和沈鸿打招呼，哪怕她的亲爸盯着她看了很久，她也不为所动。

沈鸿难得没骂她，移开目光，拿着手里的玩具陪沈仪玩起来，李丽也一起陪儿子玩，画面温馨又和谐。

他们谈笑的声音钻进她的耳中，她依旧一动不动，只是偶尔她的目光会落在那些玩具上。

离婚后，沈鸿很快就再婚了。

她那时候还小，闹着和爸爸要礼物，她喜欢一个兔子样的玩偶，也不贵，但沈鸿把她骂了一顿，说她只会乱花钱，要什么兔子玩偶。

那会儿，她被凶几句就掉眼泪，最后还是外婆哄她，隔天就给她买了那个兔子玩偶。

从她记事开始，她这位父亲，不是喝醉酒打她，就是骂她各种难听的话。

原来他也是会给儿子带礼物的爹。

有爱真好。谈礼自嘲地笑了笑，但又觉得有爱也没多好。即使有爱也会被打，第二天又得伴装着没事发生一样。

爱真的奇怪，她学不会，也得不到太多。

好在哪怕心里还是会疼，她也没那么在乎，习惯疼痛大概也是一种本事。

——尽量减弱自己的存在感就好，别去打扰那一家三口的幸福生活。

明天就是大年初一了，沈鸿一家三口说了好久的话，才终于消停。沈鸿随便吃了点儿饭，拉着李丽还有沈仪坐在客厅里看春晚。

谈礼没有看春晚的习惯，也不喜欢待在有沈鸿的地方。她刚要起身回卧室，外婆却突然走过来拦住她，往她手里塞了个厚厚的红包。

谈礼看着手里的红包一愣，抬头刚要开口，外婆却摸了摸她的头，说："回房间学习去吧。"

"嗯。"

她低下头走进自己房间，关上房门，后背僵硬地靠在门上。她看着手里的红包，已经很旧了，背面有一行用黑色签字笔写下的字，有些模糊。

谈礼却一眼认出了上面的字——

囡囡的压岁钱。

她看见这行字后，眼泪瞬间流下，无论怎么努力也憋不住。客厅内沈鸿正笑着给沈仪发红包，他们说话的声音实在太大，连电视机的声音都盖不住。

她没收到过沈鸿给的任何一个红包，导致她在很长一段时间里都以为过年爸妈是不用给孩子红包的。

直到有一年放完寒假开学后，班里的同学都在说自己收到了多少压岁钱，还说自己爸爸妈妈给了大红包，谈礼才知道——

原来他们不是不用给，只是不想给。

她的手指不断蹭着红包上的字，眼泪掉在红包上，被她匆匆拿纸擦掉。

从一开始的不明白到如今的漠然，她用了十余年的时间去接受自己不被爱的事实。

但她还是会为了这些小事情感到委屈。

不堪一击的脆弱——她其实一点儿都不坚强。

28

次日就是大年初一。

从凌晨开始，俞镇的鞭炮声就没有停过。

三更半夜，谈礼穿着单薄的睡衣站在阳台上，望着在夜空中绽放的烟花。

她站在阳台上吹冷风，心都冷得麻木。

手机里的消息不断进来，大多是徐落沉发的消息。

她很早就给他们几个人拉了个群，这会儿正在群里发红包和自己家放烟花的视频。

徐落沉："今天大年初一，姐心情好，给你们发红包啊！"

江源："感谢徐姐的馈赠。"

林赴年："+1。"

几秒后，他们领完红包。

江源："林赴年，你小子怎么运气这么好，抢到这么多钱！"

林赴年："哥的运气，你羡慕不来的。"

徐落沉："哈哈哈，江源，你真的是'非酋本人'。"

徐落沉发着语音，还顺带发了一个大熊猫的嘲笑表情。

江源："我才不信。谈礼人呢？还有一个可以领呢，快点儿领个更大的，超过林赴年这小子！让他嘚瑟。"

徐落沉："不知道啊，她人呢，不会已经睡了吧？"

江源："外面吵成这样，即使吃安眠药都睡不着吧。"

徐落沉："说不定她是睡了。对了，林赴年，你在南城玩得怎么样？南城好不好玩啊？"

……

不管他们在群里@谈礼多少次，她都没有回一条消息。

林赴年看着谈礼始终不回应，有点儿担心。

他连忙打开通讯录，给谈礼打去了一个电话——他想让自己心安。

"喂？"电话响了几秒后被接通，谈礼平淡的声音响起，他才终于松了一口气。

"怎么了？"

"没事，看你不回群里的消息，还以为你睡着了。"

她语气依旧平淡："哦，我刚刚在看烟花，挺漂亮的。"

她听起来一切正常，林赴年听到听筒里时不时还有烟花炸开的声音。

林赴年很快就意识到了这一点，他刚放下的心倏然又提了起来："你在哪儿？"

他在问她，连声音都在颤抖。

谈礼没有立刻回复他的问题，她的目光始终停留在夜空中。

今晚的风很大，夜空中也没有星星，但好在烟花很亮，让她意识到自己只是身处深夜之中，而不是在那些和夜一样黑的梦里。

"谈礼？阿礼？你怎么不说话？你现在在哪儿？"

电话那边的人开始焦急地喊她的名字。

谈礼蹙了蹙眉，回过神来，回答他："阳台上。外面挺黑的，看烟花还能在哪里啊。"

听到她说自己在阳台上，林赴年眼皮一跳，心里不好的预感更甚。

他用自己最温柔的声音哄劝道："阳台多冷啊，你看完烟花就早点儿回卧室，别着凉了，好不好？"语气甚至有一丝哀求。

"嗯，那我回卧室了。"林赴年话音刚落，烟花也结束了。谈礼不知道他到底在着急什么，明明她只是想看看烟花而已。但她还是点了点头，转身往卧室走去。

电话里传来轻微的拖鞋摩擦地面的声音，风声也逐渐消失，林赴年才终于放心。

等她回到卧室，她清晰地听到对方如释重负地松了口气。

卧室的桌上放着那个深红色的红包。

"我回到卧室了。你还有什么事吗？"她的声音依旧平静，可林赴年越听越觉得不对劲。

谈礼不回群消息，让他的心里涌起了一股不安，并且在发现谈礼站在阳台上时愈发强烈，哪怕她已经回到了卧室，这种不安也并未消散。

他总觉得，这样的谈礼脆弱得仿佛轻轻一碰就会碎掉。

"有啊，上次不是说好了过年一起去爬山吗？

"等我过几天从南城回去，我们就一起去爬山祈福好不好？"他努力控制住自己的声音，听起来充满了期待。

"好啊，你在南城好好玩，我等你回来。"谈礼回应。

"那我们说好了，要一起去爬山的，你不要忘记。"他再次强调。

谈礼不嫌烦地答应："知道了，我不会忘记的。"

"现在已经不早了，我马上要去爬山了，他们说那是南城的名山，等我到山顶给你发照片好吗？现在你赶紧睡觉，如果有不高兴的事，就和我讲,有事就打我电话,我一直在的。"

林赴年的声音依旧温柔,谈礼在他说有不高兴的事要和他讲时,眼睫颤了颤。

"嗯,我没事,你不用担心。今天我还要去烧烤店里帮忙的。"她没问他为什么凌晨要出去爬山,也没有问他在老家南城过年开不开心。她好像什么都不在乎,语气平淡地说着话。

"那你一定要她给你加工资,过年加班工资可是很高的。"他笑了起来。

谈礼也笑了起来:"我一定会和店长提的。"

直到电话挂断,林赴年脸上僵硬的笑才消失,他低头看着手机上的时间,在心里做了一个大胆的决定。

谈礼挂断了电话,继续盯着阳台外,眼神如一潭死水。

在这样的夜晚,好像只有痛苦才能让她感觉自己还活着。

大年初一,谈礼睁着眼睛等到了天亮,林赴年几乎每隔十几分钟就会给她发微信消息。

他一直关注着她的情况。

他给谈礼发了山上日出的照片,还有很多段语音,她一一回复,直到她要去烧烤店了,才和对面的人说再见。

大年初一,她在家里也没有什么事情,所以很早就去了烧烤店。

俞镇其他店面都关门了,大家都各自回家过年去了,只有林文初的烧烤店依旧开着门,还有不少的顾客。

她早早去了店里,穿好工作服去帮忙。

店里的厨师、服务员都回家过年了,后厨就只有林文初一个人。

这还是谈礼第一次见林文初掌厨,她平日里很少过来,偏偏过年时来了店里。

烧烤店里只有她和林文初两个人,一忙又是一整天。

谈礼也是第一次知道,原来即使是过年期间,也会有很多人来店里吃烧烤。

吃烧烤的客人来了一拨又一拨,她忙得麻木。

送完最后一桌客人时,已经是下午五点了。

谈礼脱了身上的工作服,坐在店里休息。

这时林文初从后厨走了出来，手里还端了一盘烧烤："辛苦了，忙了这么久，你也饿了吧。就剩下这些东西了，尝尝你店长我的手艺。

"我烤的五花肉绝对是其他任何一家都比不上的。"她把面前的五花肉串递给谈礼，笑着自夸。

"谢谢店长。"谈礼接过，余光淡淡扫了一眼林文初脸上的表情，她看起来并不开心。

谈礼咬了一口手里的五花肉串，沾满了烧烤料的五花肉串又脆又香。

"怎么样，是不是很好吃？"林文初一脸期待地问着她。

"嗯，很好吃。"谈礼又咬了一口手里的肉，语气很认真。

"你有口福哦。"林文初话锋一转，"还是要谢谢你，大过年的，也只有你还愿意来帮我了。其他人都回家过年去了，我也不好意思把他们留下来。"她吃了一口烧烤，接着开了一瓶啤酒。

她嘴里提到了过年，脸上的笑意才渐渐消失。

林文初专注地喝着啤酒，越喝越快，连烧烤都没吃几口。

谈礼看着林文初的样子，有些愣，不想她这么狂喝下去，赶忙找了个话题："店长不回家过年吗？"

"嗯？这里就是我的家啊。"林文初听到她的话，手上的动作才终于停了下来。

林文初抬头就看到了谈礼不解的目光，她笑了笑，心里明白："你是想问我为什么不去南城吧？"

"嗯，我还以为店长也会和林赴年他们一家一起回南城的。"

"那是我哥他们的老家，又不是我的。"林文初摆了摆手，又灌了口酒。明明啤酒度数不高，她却喝得红了眼睛。

"我和我爸妈关系不好，好几年不回家了。我觉得在这里开个小店挺好的，你看，大过年的，我也照样能开门做生意，多好啊。"林文初嘴上说着"好"，像是满不在乎，可谈礼看着她的眼圈越来越红，声音也愈发哽咽。

谈礼看出林文初一副有心事的样子，不免抿了抿唇，但她并不打算不礼貌地继续问下去。

"那你呢，大过年怎么不待在家里，也没出去玩？"林文初又喝了一大口酒，问着突然沉默的人。

"我不想待在家里，就出来了。"谈礼勉强地笑着，只简单地解释了一句，然后抽了一张纸巾递给林文初。

她也不知道怎么安慰眼前这位平日里看着雷厉风行的店长，只能充当递纸巾的那个人了。

林文初接过纸巾，随便擦了一把脸，有些诧异："我还以为你会和我说是因为过年打工工资高呢。"

"这也是其中的一个原因。"谈礼没说谎，过完年舞蹈课的学费就要涨了，她的确缺钱。

面前的人一本正经地回答着，倒是把林文初给逗笑了。成年人的难过来得快，去得也快。她摇着头笑道："你这小姑娘也太实诚了。以前总看林赴年那小子缠着你，我那会儿都要以为你们是不是……现在看来，那小子再聪明，在你这也只能无功而返。"

"我们……就只是朋友而已。"谈礼不知道林文初为什么突然就提到了林赴年，她有点儿不好意思，难得地结巴了起来。

"是吗？"林文初闻言，意味深长地笑了起来，"但我看林赴年那小子对你挺特别的。你是不知道，他从小就是被我家老爷子宠着长大的。我爸妈喜欢男孩子，一直就喜欢我哥，后来林赴年那小子出生了，全家人的注意力都转移到他身上去了。虽然我哥我嫂子不怎么陪在他身边，但吃的用的可没亏过他，我爸妈对他们这个宝贝孙子简直是溺爱。所以那臭小子整天傲得不得了，又叛逆，还爱给他爸妈找事，在学校也不安分，好几次打架都是我去替他道的歉。但说来也挺奇怪的，林赴年那小子还就听你的，现在都开始好好学习了，简直是世界第九大奇迹。"

林文初揭完自己侄子老底，还忍不住感叹："真是一物降一物。"

"林赴年那家伙有时做事不知深浅，要是惹你生气了，你就告诉我，我一定帮你去揍他。虽然他从小就被一家子宠得无法无天，对什么好像都无所谓，但我看得出来，他是真的很在乎你，所以你也要好好的……我实在是不想那小子大晚上的哭丧着脸再来骚扰我了，真的挺影响我睡眠的。"

谈礼听完，又怔住了。

但很快她就回过神来，低下头沉默着。

林文初又喝了一口酒，余光看了一眼谈礼，叹了口气，声音不自觉地变得温柔："做人别那么死脑筋，什么都没有身体重要。有的时候啊，爱也不一定就是必需品，有的话很好，但没有也无所谓。"

29

林文初最后说的那一番话,谈礼没有回应。

她知道这一定是林赴年拜托林文初说给她听的,估计他是觉得自己嘴笨,所以特地拜托林文初来开导开导她。可这些开导的话对她来说是没有用的。

那些经年累月留下的伤疤,不会因为一番开导就消失不见。

她觉得自己无可救药,好像无论别人想怎么救她,她都爬不出泥沼了。

她好像坏掉了,好不起来了。

谈礼一个人漫无目的地走在街上,精神都有点儿恍惚。

到底什么时候才是个头呢?谈礼抬起头想。

下午五点,灰暗的小巷子口,四周都很安静,偶尔会从没关紧的窗户里传出一家人的欢声笑语。

谈礼盯着头顶那盏早就被修好的路灯,走神。

没人路过的巷子口,不会有人打扰她。

口袋里的手机不合时宜地振动起来,谈礼低头拿出手机,看着来电显示发呆。

是一个陌生电话号码,IP显示的是江城。

不用猜就知道是谁,她瞥了一眼手机上的时间,莫名想要感叹。

还真是挺准时的。谈礼嘲讽地笑了一下,振动声在安静的小巷子口显得格外刺耳。

直到电话要自动挂断时,她才终于接通。

"喂。"电话那头沈辞的声音难得平静,她喊着谈礼的名字,"谈礼。能听出我是……"

"沈辞,你到底想怎么样啊?"巷子口起了一阵风,谈礼不想再和她继续纠缠下去了。

她眨了眨眼睛,声音带着浓浓的疲倦:"你到底想干什么,直接说,别拐弯抹角。"

"这个问题,你好像已经问过我很多遍了。"沈辞一顿,"谈礼,今天是大年初一,家家都在团聚,你也是吧。可我家里,只有我和我妈妈两个人。"

谈礼知道她是什么意思，可现在谈礼的心像是一潭死水，泛不起半点儿波澜。

谈礼只想告诉她，从初三的那一天起，自己就再也没有睡过一个好觉了。

不过，她懒得理沈辞，她太累了，闭上眼下一秒就会睡着。

谈礼的沉默让沈辞很是不悦。

"你去看过她吗？"

沈辞说出这句话时，自己都感到意外。她以为自己一定会情绪崩溃，声嘶力竭。可她没有，因为今天电话那头的谈礼格外平静，让她有些不安。

谈礼目光闪烁，但她还是没有说话。

"你为什么不去看她，你是不是也心怀愧疚？"沈辞的话变成了一根根银针，刺进她的心里。

"是。"谈礼不想听沈辞继续说下去了，"你说的一点儿都没错，我不配去见她，我是一个罪人，我应该赎罪。"

"我应该下地狱，所以，沈辞，你给我发了这么多消息，你到底想做什么。如果真的要我下地狱的话，那很快就会如你的愿了。"

她像是在说一件无关紧要的小事。

沈辞却因为这番话怔了一下："谈礼，你别想用这种话来吓我，你就一直给我活在恐惧和愧疚里吧，总有一天你会知道我想做什么。"她试图让谈礼继续感到不安。

电话那头的谈礼反而自嘲地笑了："那你最好快一点儿，我怕你等不到那天。"

嘟嘟嘟……

电话被挂断后，四周又恢复了寂静。

谈礼将手机塞回了口袋里，面无表情地回家。

灰暗的巷子口，路灯光昏黄，她只身朝着黑暗走去。

谈礼回到家时天已经黑了，她走进门，看到了正坐在客厅喝酒的沈鸿。

她一愣，没想到这个时候沈鸿在家。

她以为今天中午他们一家三口会一起回李丽的老家，和往年一样。

但她不想开口问，毕竟这事和自己没关系。

沈鸿他们在家，只会让她觉得更压抑。

她蹙起眉，想回卧室里去。

谈礼很少和沈鸿打招呼，这几天喊他"爸"的次数也少之又少，可以说，他们都不把对方当回事。

可今天的沈鸿看见谈礼后，先是一愣，然后就不自觉地想起了之前把她推倒的事。

四十几岁的男人难得别扭，想要道歉，可又觉得那样做会没面子——他是谈礼的亲爹，哪有爹给女儿道歉的道理。

她就应该理解他，不能怪他。

沈鸿一直都是这么想的，所以，这么多年来，明明自己有太多事情对不起谈礼，可他从来没有开口说过一句抱歉。

不知不觉间，他们的父女关系早已岌岌可危。

"你是看不见我吗？！"沈鸿见谈礼又要绕过自己去卧室，顿时大嗓门吼了起来。

谈礼被他吼得一怔，脚步停住了。

可她今天真的不想说话。

"你不说话是什么意思？"面对谈礼的沉默，沈鸿想用大声说话来掩盖自己的心虚。

他放下手里的酒瓶，走到谈礼的身边，强行扳过她的肩膀，让她面对自己："我问你呢，做出这副死样子给谁看？"

刺鼻的酒味冲进她的鼻子里，让她很难受。

谈礼不耐烦地扯开沈鸿放在她肩膀上的手，转头就要往卧室里走。

谈礼不知道自己这一举动在沈鸿眼里代表着什么，他本来就不大清醒，面对一言不发的谈礼，稚嫩的脸和记忆里的一个女人重合——她们都看不起他。

沈鸿一把拽过谈礼，狰狞的脸涨红，劈头盖脸就是一顿骂："你少给我摆出这副半死不活的样子，和你妈一个样，天天这副样子，看着都晦气！"

沈鸿的声音很大，吵得她几乎耳鸣。

"你天天摆出这副样子给谁看？怪不得你妈当年不要你！早知道当初就该把你丢到荒郊野岭去，养你还浪费我的钱！"

谈礼本来想着忍忍就过去了，等家里其他人回来就好了。

可她还是在沈鸿嘴里听到了这句最不想听到的话——怪不得你妈当年不要你。

"谈礼，妈妈这辈子最后悔的就是生了你。如果不是你，也不会毁了我大半个人生。"

又是这句话。

谈礼几乎心碎，疼得她快要喘不过气来。

她不明白，为什么只有她是不被期盼降临人世的孩子。

她想摇着头反驳，说她不是从出生就这个样子。

明明小时候，她还是一个人人见了都要夸一嘴的小姑娘。

后来发生的一件事对她的触动很大。

沈鸿二婚后，很快迎来了沈仪的降生。他和李丽把小小的婴儿抱在怀里，目光里满是希望和开心。

原来有人的出生是被期待的。

可为什么她不是呢？她从记事开始，就要一直记得妈妈对她说的一番话。

光是想想，谈礼的眼泪就要掉下来。她死咬着唇，直到渗出鲜血，还是无法阻止脸被滚烫的眼泪洗礼。

"不是我要出生在这个世界上的。"

是你们强行把我带到这个世界上的。

你们生下我，却不打算爱我，把我抛在了冰冷、黑暗的角落，不管不顾，所以我才会变成这样。

我是一个没被期望长大的孩子。

谈礼终于开口说了话，沈鸿被听得一怔，可只是停顿了几秒，他就又暴怒起来："怎么，你很委屈是吧？那你应该去怪你那个亲妈，是她要把你生下来的，但她又不管你！"他把一切责任、过错都甩锅给他恨的那个女人。

对他来说，面前的谈礼也只是他和谈芝曾经相爱过的证据，是他人生中的污点。

大概谈芝也是这么认为的。

因为他们互相憎恨着对方。

她恨他的没用。

他恨她践踏自己的尊严。

他们因为恨而忽略了一切。

事到如今,沈鸿依旧不认为自己有错。

谈礼听着沈鸿的话,忍不住发笑。

她笑沈鸿没有担当。

她笑谈芝看错了人。

她更笑自己,笑自己那么不堪,却还要苟延残喘地活在这个世界上。

她脸上流着眼泪,嘴里却不停地笑着,心里好像碎了一块:"那你呢?"

"你管过我吗?养过我吗?给过我钱吗?你知道我今年读高几吗?你知道我功课好不好吗?你了解过关于我的任何事吗?"谈礼不留情面地质问他,她真的恨透了眼前这个所谓的父亲。

"你从来都没有管过我,你不知道我经历过什么,你也从来都不在乎!你只会一味地指责我,因为我没有活成你想象中的样子!"她的语气越来越激动,声音越来越尖锐,她想控诉的话有太多,她憎恨的事情也有太多。

但她也真的好想告诉沈鸿——她光是活着,就已经用尽全力了。

"从幼儿园,到小学,到初中……"

谈礼越讲越崩溃,在她的记忆里,沈鸿的存在感微乎其微。

突然提到初中,她才终于如梦初醒般安静下来。

她没有继续说下去,因为她不想提到那些不堪的回忆。

她也不希望沈鸿提到。

那是她心上永远无法愈合的伤疤。

可沈鸿早因她的质问恼羞成怒,见她不讲话了,他才语气恶劣地说道:"怎么不说了?刚刚不是很硬气吗?你是不是又想说你初中那点儿破事?被一群小孩子欺负一下能怎么样?人家怎么不欺负别人,就欺负你啊?你自己难道没有问题吗?你不会从自己身上找找原因吗?你看看你现在这副样子,依我看啊,那些欺负你的人也没什么错,你活该!"

沈鸿说最后一句话时声音很大,谈礼一下子就愣住了。

沈鸿的声音在她的脑海里不断回响。

活该……

那些不堪回首的记忆再次涌上脑海,她居然被自己的亲生父亲说"活该"。

谈礼觉得自己心里有一处地方坍塌了。

她心疼得麻木,胸口像是被一块石头死死压着,闷得喘不过气来。

那句话的杀伤力比她想象中的要大得多。

下一秒,她紧紧攥着胸口的衣服,额头布满冷汗,疼得蹲在地上,好像失去了所有的力气。

"原来你一直都是这么想的。"她低头,笑得崩溃,眼泪一滴滴砸在地上,留下一个个水渍。

原来是活该啊。原来早就有答案了。她所有的不幸,原来只要用两个字就可以概括了——活该。

她是被抛弃的人,所以她活该。她是受害者,所以她活该。她是目睹一切,多年来不断做着那个噩梦的人,所以被沈辞恨着、被人欺负也是活该。

谈礼从来没觉得这么简单的两个字,会让人这么痛,痛到她不受控制地发笑。

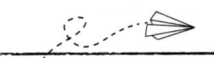

第 10 章
一片没有尽头的海

30

等沈鸿意识到自己说错了话时,谈礼已经扶着桌子站起来,头也不回地进房间了。

不知道是不是被谈礼的样子吓到了,沈鸿的酒都醒了大半。他走到谈礼的卧室门口,手扶上把手,可最后还是没走进去。

他把一切都归于发酒疯,他又一次将所有的坏情绪都丢给了谈礼,让她一个人去消化。

沈鸿好像从来不害怕她会无法消化。他恨着面前这个漠然的女儿,又认定她足够坚强。

窸窸窣窣的声音从门外传来,是外婆他们回来了,沈仪手里还拿着一大束烟花。

沈仪敲门笑着喊着谈礼,想叫她一起去放烟花,可不管他喊了多少声,门内的谈礼都没有回应。

外婆不免有些担心,她跟沈仪一起敲门:"囡囡啊,怎么不讲话?"
里面依旧是沉默。

"谈礼是不是睡着了啊,她今天出去之前不是说有事吗,可能回来后太累,就睡了吧。"李丽看老人家着急,连忙说,"妈,你别急,谈礼不回答肯定就是睡了,我们就别打扰她了。"

外婆又喊了好几声,见还是没人回答,才终于作罢。

直到放完烟花吃饭时,房间里的谈礼依然没有动静。沈鸿气急,又在谈礼门外骂了几句，直到李丽拽着他坐到饭桌上才肯罢休。

饭后，外婆还是不放心，又去推门，但房门被锁起来了，他们谁也进不去。

半晌后，屋内终于有了声音。

谈礼说自己有些累，不吃饭了，现在要睡觉了。

听到她说话，外婆才终于安心。

外婆并不知道谈礼刚才和沈鸿的争吵，只以为她是真的太累了。

"那你半夜要是饿了就喊外婆，外婆起来给你做夜宵吃。"

"嗯。"谈礼闷声答应。

等外婆离开，屋内再次恢复寂静。

谈礼就坐在卧室的椅子上，旁边桌子上的东西都被她摔到了地上。

她的四周杂乱不堪，只能听到血滴下来的滴答声。

过了很久，谈礼才反应过来，她的手腕上有一道伤口，应该是刚才在摔东西的时候碰伤的。

她麻木地看着自己淌血的伤口，倏地觉得自己这样好累。

现在已经是深夜了，全世界都在休息，只有她崩溃得快要撑不下去了。

为什么只有她睡不着啊？

可是她好困，她真的好想睡一个好觉。

手腕上的伤口还在冒血，谈礼盯了很久，盯到眼睛酸涩。

她疼得蜷缩在椅子上，两只手紧紧地抱住自己，眼角的泪无声地砸下来。

小时候，妈妈也曾经像这样抱住过她，把她圈在怀里，拍着她的背，轻声呢喃着哄她睡觉。

她渴求一个温暖的拥抱，在孤独无助的夜晚有人能来救救她。

可是，谈礼知道，她什么都没有。

无数个夜晚，她都是自己含着泪度过。

是不是只有消失了才不会那么痛苦？

手机不合时宜地响了起来，屏幕亮起，明晃晃地显示着——Sun（太阳）。

是林赴年的微信名。

她在林赴年的微信名旁边加了一个括号,括号里写了"太阳"。
他是她潮湿阴暗的人生里,唯一的太阳。

急促的铃声在寂静的夜里显得格外刺耳,好像在催促她放下手里的刀。
他无意中又救了她一次。
可现在她没办法去接他的电话了,她只是看了几眼手机,就又将目光移到手腕上。
原本寂静的夜空中突然炸开一簇簇烟花,谈礼被这巨大的声响吓得一愣。她下意识地回头看去。
烟花不断地在她家阳台外绽放,漂亮又短暂,她几乎要掉下眼泪。
因为她知道,这是一场只属于她的烟花。
林赴年打过来的微信电话早就因为无人接听被自动挂断了。
他在前一分钟发过来了一条消息,此刻正显示在手机锁屏上。

Sun:出来看烟花。

他为她放了一场只属于她的烟花。
谈礼走到阳台边朝下望的时候,那个熟悉的少年穿着黑色的棉服,脑袋上戴着一顶鸭舌帽,正冲她不停地挥手。
她不知道为什么林赴年会出现在这里。
他现在明明应该在南城和家人一起过年。
"阿礼,阿礼!"他看见谈礼走到阳台上,挥着手,小声喊她。
林赴年手机上的手电筒亮着,他这会儿才看清谈礼的衣服上被某种液体弄湿了一片。
他原本惊喜的心瞬间跌入谷底,两人在冷空气中对视。
那是他第一次看见这样的谈礼,她垂着眼睛,眼神空洞,眼泪缓缓掉下,每一滴都砸在他的心上。
林赴年哽住了,一时间在冷风中有些不知所措。直到他再次开口时,声音已经有些沙哑:"下楼。"
他态度强硬又带着恳求,不想给谈礼拒绝的机会。
寂静的夜晚,她察觉到了他声音里那一丝害怕带来的颤抖。

谈礼不记得自己是怎么走出门的,促使她下去找林赴年的唯一原因,是她看见了黑夜里,林赴年眼角欲坠的眼泪。

烟花早已经放完了。

林赴年这才注意到谈礼只穿了一件很薄的白色睡衣就走了下来,伤痕累累的手臂就这样暴露在他的面前。

他蹙眉看着,恐惧不安再次涌上心头。

林赴年很想说些什么,可看见她失魂落魄的可怜样,所有的话又都说不出来了。

寒风刺骨,他脱了自己的羽绒服外套,披在她的身上。

两人沉默着,林赴年拉着她没受伤的那只胳膊,走进旁边公园里,坐在木椅上。

他面色凝重地突然起身离开,这里又剩下她一个人了。

谈礼看着林赴年消失的背影,缓缓低下头,将披在肩上的羽绒服脱掉——不希望把他的衣服弄脏。

她抿着嘴唇,心里胡思乱想着——

他应该是被她这副样子给吓到了,所以逃走了吧。

这很正常,她的确有些吓人。

没过几分钟,林赴年气喘吁吁地跑了回来。

她听见声音抬头,愣愣地看着对方。林赴年手里提着一个家用急救箱。

她这才意识到,原来他是去给她找消毒包扎的东西了。

"林赴年……"想着想着,她强忍着的泪水又掉了下来。

今天的她好像格外脆弱,格外爱哭。

可他没有回应,这是谈礼今天第一次主动喊他名字。

面前的人脸色阴沉得可怕,他自顾自地蹲在地上打开急救箱,拿出药品为她的伤口消毒。

林赴年低着头,帽檐遮住他大半张脸。

他动作温柔,但在看到了什么后,表情瞬间凝固。

谈礼以为是他害怕弄疼自己而不敢下手,于是开口:"我可以自己来……"

她的话还没说完,面前始终低头的林赴年肩膀突然颤抖得厉害,她才发现他哭了。这是她第一次看见他哭。

"林赴年。"她轻声喊着他的名字,试图安慰他,"我没事的,你别……"

"如果我今天不来,你是不是就要做傻事了?"他哭着抬起头,黑色帽子下的脸上满是泪水,看起来比她还要狼狈。

其实他从刚才看到谈礼站在阳台上时,情绪就崩溃了,可他一直忍到了现在。

直到他看见她手腕上的红痕。

在那一个瞬间,林赴年猛地意识到,原来她脆弱得不堪一击。

如果今天自己没有来,如果不是因为自己担心她,提前跑回来给她一个惊喜,那一切会是什么样?

光是想想,他的心就像是碎掉了一样疼。

差一点儿他就永远失去她了。

"我……"谈礼被他问得哑口无言。

"谈礼,你告诉我,是不是我想多了,其实没有这么严重,对吗?"他慌乱地抹了一把脸,着急地想从她的嘴里听到否定的答案。

对上他希冀的目光,谈礼垂下头,终于还是哭了:"对不起,真的对不起。"

她哭着摇头,声音哽咽地重复着"对不起"。

或许只有他们才知道承认代表了什么。

如果说这是一个关于救赎的故事,那么在今天,谈礼手腕上的伤痕,都在宣告着——救赎失败。

"谈礼,我求求你告诉我,你到底怎么了,好吗?告诉我当初到底发生了什么事情,你别瞒着我,我真的……"

林赴年心中最后一根紧绷的弦断了,他断断续续地说着胡话,整个人已经快要发疯。

他本来想慢慢查清楚,然后等谈礼某一天亲口把一切都告诉他。

可他等不了了,他害怕某一天,眼前这个活生生的人,就会消失不见。

"你能不能告诉我,别一个人忍受好不好?谈礼,你答应过我的,你不能做傻事,你不能这样对自己。"少年哀求道。

谈礼看着他通红的眼睛,眼眶里也全是泪水。

很多年后,她依旧记得这个夜晚。

他们曾在深夜望着彼此流泪,那是她第一次见到一个男孩子在她面前痛哭流涕，他哭得隐忍，五官坚毅的脸上满是眼泪。

谈礼愣愣地看着自己被握紧的手，以前她曾见过很多人哭，没有人的眼泪能触动她，除了外婆。而现在，她也见不得林赴年为她哭。

他是多么好的一个人啊，却走进了她破败不堪的世界里。

今天她所有的不堪、懦弱都明晃晃地摆在他的面前，她其实很想问他——你怎么还不跑啊？

可他非但没有被她吓得跑开，还始终坚定地站在原地，给她温暖的拥抱，握住她冰冷的手，望着她流泪。

他怎么能这么好，好到她被他的眼泪击败。

谈礼盯着他的眼睛，过去他的眼睛永远温柔又明亮，可今天通红，眼神绝望。这让她心如刀割。

他们在黑暗里攥紧了彼此的手，似乎只要走错一步，就会摔下万劫不复的深渊。

可他不该这样的，他应该是明亮的。

"林赴年，不管过去怎么样，那都是我的事情。"她的眼泪就在眼眶里打转，可她还在推着他走，"我的过去很不好，但那和你没有关系。你已经尽力了，我知道的。你不要管我了，我太糟糕了。你本不应该被我拉进来。"

她的生活不过就是在废墟里苟且偷生，根本不该奢望任何的拯救。

谈礼突然觉得很自责，因为她把太阳拉下来了，她是罪人。

可林赴年听后只是冲她笑了笑，一把攥紧了她想要逃脱的手："谈礼，不是你把我拉进来的，而是我自己来的，你从来都不需要自责。你不糟糕，你特别好。"

他在用动作告诉她——

即使奔向光明的这条路很难走，他也会陪她一起走下去。

后来他们真的在黑暗里一起走了很多年，只是碰到了一个岔路口。

他朝左，她却往右。

他们一左一右，从此山高水长，再无相逢。

他的语气恳切又认真，带着一股不管不顾的倔强和前所未有的坚定。

讲完后，他的眼泪又流了下来："你别赶我走，不管发生了什么，我都得赖在你身边，你别想丢下我。"

他看上去就像一只如果被抛弃就会耷拉着耳朵闷闷不乐的小狗。

谈礼叹了口气，一时之间有些无奈。

明明赶走他是为了他好，可他居然还委屈了起来。

"你别哭了。"她用鞋尖踢了踢他的脚，有些不知所措。

"那你别赶我走，无论未来怎样，我们都一起面对。"

他是真的下定了决心，无论如何都要和她一起走下去。

谈礼听见他的话，妥协道："好，那你别哭了。我……告诉你就是了。"

"不是什么好事，你真的想知道吗？"谈礼不确定，如果知道了真相，面前的少年会是什么样的反应。

她不喜欢对着别人自揭伤疤，因为她很害怕自己被再捅一刀。

可如今，她看着林赴年，长长地舒了口气。

倏地，她想赌一把。

"当年……到底发生了什么？"林赴年紧紧拉着她的手，语气小心又谨慎。

谈礼深吸了一口气，道："你应该听说过吧，十六中以前出过事情，出事的那个女生，她叫沈榆，是我的……朋友。"

这个藏在回忆里的名字终于被她亲口说了出来，她不自觉地紧握住林赴年的手。

当年的事情，在外人嘴里，不过三言两语就能说清。

可对她们几个当事人来说，几乎是毁灭性的创伤。

"我初一的时候，性格很孤僻。十六中的学生喜欢拉帮结派，大概因为总是和他们格格不入吧，我就成了他们孤立的对象。"

班里所有人都对她避之不及，好像和她扯上关系就会倒霉。

所以她那时候总是一个人吃饭，一个人上下学，一个人在校园人群里孤独地走着。

体育课上，班里要同学们组队一起练习，班里其他女生都早早组好了队。

只有谈礼，孤零零地站在那里，体育老师问她为什么不去练习。

"老师，因为谈礼没朋友啊。"

"对啊，老师，没人和她玩。"

沈榆就是在这样的讥讽声中主动站出来的，她一把揽过谈礼的肩膀："老师，我和谈礼同学一队！"

179

那时的谈礼,从来不在意外界对自己的评价。

那时的沈榆,开朗善良,这是谈礼对她的第一印象。

"你别怕啊,我罩着你。"沈榆冲她轻轻抬了抬下巴。

沈榆长得又高又瘦,胳膊细得像竹竿子,所以谈礼觉得沈榆的话一点儿都不可信。

两人成了很好的朋友。

沈榆是她灰暗的人生里第一个给她光明和温暖的太阳。

那时候谈礼家离十六中很远,她不喜欢住宿,所以每天走读。

而沈榆家离学校几分钟就能走到。

可沈榆每天放学都要跟着谈礼一起回去,有时候甚至还要住在她家里。

"我外婆也是在那个时候认识的沈榆。沈榆是个小太阳。"谈礼提起那段美好时光,笑了笑,情绪难得平和下来。

"她很爱逗我外婆笑,和我是完全不一样的人。"

沈榆放学后会跟着她回家,一边夸外婆烧的饭好吃,一边挤上她的单人床说要跟她一起睡。

谈礼没见过这么热情的人。

"我那个时候问过她,到底为什么会选择和我做朋友。"

沈榆和她挤在一个被窝里,笑着说:"因为我瞧不上那些喜欢拉帮结派的人。比起她们,我最喜欢阿礼。"

谈礼后来才注意到,沈榆在班里也没有什么朋友。

但那个时候的谈礼什么都不在意,一心只扑在学习上,后来还被沈榆吐槽过:"我还以为你也注意到我了呢,一直等着你主动来找我,没想到还是要我主动。谈礼,你真是一个被动的人!"

她气鼓鼓的样子,有点儿可爱又有点儿傻。

她们在人群中找到了同样孤独的对方。

谈礼原本枯燥的生活,也因为沈榆变得完全不一样了。

沈榆带她做过很多大胆的事情,比如一起去一座废弃已久的公园。

只是因为那一天,沈鸿回家又骂了谈礼。沈榆见她不高兴,就拉着她出去疯玩,暂时忘记这个残酷的世界。

"怪不得你那么熟练。"林赴年忍不住笑了起来。

谈礼聊起这些事时，嘴角总是带着淡淡的笑意。

开始的那些回忆很美好，但他知道，后面一定发生了很痛苦的事情。

"是啊，她教会我很多。沈榆是我生命里最重要的朋友，有她在，原生家庭的那一堆烂事，都不能压垮我。

"但很可惜，我们还有没完成的愿望。我和她说，我小的时候就很想去看海，她说江城有海，但是在江城的最南边，离得很远，等有时间我们就一起坐车去看，可她后来并没有陪我去看海。所以我也不想去看海了，我想去的地方，早就消失了很多年。"

她从小就想去看海，可惜俞镇没有海。

过去的谈礼总听别人说起大海，湛蓝的海面上方有自由翱翔着的海鸥，一切都很美好。

那是她最向往的自由。

那年她们约定好等有时间就去看海，可那时候她们太小，大海又离她们太远。

计划被推迟了一次又一次。

直到最后沈榆也没告诉她，自己所说的那片漂亮的海，到底长什么样子。

谈礼说到这儿，林赴年才终于明白了她朋友圈的个性签名是什么意思——

不会再有海了。

原来是因为沈榆再也不会回来了。

谈礼只是有些遗憾，可这么多年让她遗憾的事情实在太多了，早就数不清了。

于是她努力压下心里的那点儿难过，继续讲着："我们是很相似的人，一样喜欢跳舞，一样想考上重点高中，然后未来相伴着考上舞蹈学院。"

那时候两个小小的人躲在被子里，沈榆和她拉钩，约好了未来要一起考上同一所舞蹈学院。

意外发生在初三时。

初二结束后，学校进行了分班考试。很不巧，她和沈榆没有被分到同一个班里。

沈榆在A2楼里的初三（十一）班，而谈礼则在前一幢的初三（二）班。

命运似乎有意要分开她们。

从那天起，她们就没有再像以前那样频繁地见面了。

谈礼在新的班级里没有朋友，但好在（二）班的同学们都忙着学习，没空拉帮结派。

升入初三后，沈榆妈妈担心沈榆学业压力大，便给她安排了住宿。

她们再也没有一起回家了。

谈礼只能在大课间时跑去找沈榆，两人说不了几句话，又要匆匆告别。

"我问她，在新班级跟同学们相处得怎么样。她笑着和我说，相处得很好。我那个时候信了，因为沈榆在我心里一直是很开朗的女孩，谁见了她，都会喜欢。"

或许是这两年里她们过得太顺风顺水了，命运无端给这段关系加了一条锁链。

到底是从什么时候开始不对劲的，连谈礼自己都记不清了。

临近中考，她们埋进了书山题海里，整个上学期，她和沈榆都很少见面。

她们本就不同路回家，沈榆现在又是住宿生，而谈礼每天都要赶回俞镇。

那段时间，沈榆瘦了很多，她说是因为自己压力太大造成的。

"那时候我还不以为意，还取笑她学得这么认真。"谈礼低头说着话，声音越来越轻，她离那些痛苦的回忆越来越近了。

"可她后来越来越瘦了，明明约好寒假来我家里的，外婆要给她做好吃的。"

"她没来吗？"林赴年看着她目光逐渐变得暗淡，开口问道。

谈礼点了点头，回答："是的，她没有来。"

初三上学期结束后的一整个寒假里，谈礼没有沈榆的任何消息。

"后来等到开学，她就不理我了。如果那个时候我能看出她不对劲就好了，可我没有。那个时候的我太幼稚了。我那会儿就在想，既然她不想理我了，那我也不要理她了。"

当时的谈礼以为这只是一场冷战，等过阵子，沈榆想明白了，她们的关系就会恢复如初。

可谈礼没有等到那天。

如果时间能倒回，谈礼一定会告诉自己不要赌气，要冲过去抱住沈榆——沈榆很需要她。

可惜一切都无法重来。

"那是在中考前的五月。"终于到了最重要,也是最痛的部分了。谈礼说着,声音却止不住地颤抖。

她脑海中不断闪过当时的情形。

沈榆单薄的身躯站在了十六中一栋教学楼的天台上,楼下围满了人,很多学生都在害怕得尖叫,也有学生在围观看热闹。

谈礼只记得那一天,她发了疯一般地冲上天台。

"沈榆!"谈礼喊着沈榆的名字,她却始终没有回头。

"到底怎么了,你别吓我好不好,你先过来好吗?"谈礼害怕得几乎腿软。她不明白,昨天还好好的人,为什么今天会要做傻事。

后来谈礼才知道,沈榆已经痛苦很久了。

"阿礼,我实在太累了。对不起啊,我不能和你一起实现舞蹈梦想了。"

沈榆在最后一刻依旧是温柔的,她因为听到谈礼的抽泣声转过身。她笑了一下,眼泪却像开闸的洪水,怎么也止不住。

"再见啦,阿礼。"她凄凉地笑着,冲谈礼挥了挥手。

这是沈榆生前对谈礼说的最后一句话。

说完,她身体向后倒,人直直地摔了下去。

"小榆!"同一时间,谈礼没有犹豫地跑向她。

可只差一步,谈礼没能抓住沈榆的手,她只能眼睁睁地看着沈榆从面前消失。

谈礼至今都无法忘记那一幕,沈榆掉了下去,场面一时失控。

"沈榆在那年春天离开了这个世界。"

谈礼说到这时,情绪已经绷不住了。那些画面无数次出现在她的梦境里,循环播放。

由沈榆的事情牵扯出了十六中很多起恶性事件。

恶人有恶报,那些施暴者统统都被关进了少管所。

可当年受过伤害的人,有的人失去了生命,有的小半辈子都活在阴霾里。

"是我没有拉住她,是我没有注意到她不对劲的情绪。"谈礼说着,再次崩溃。

"没事的,阿礼,不是你的错。"林赴年看着满脸泪痕的她,心像是被揪着般疼。他揽过她的肩膀,安抚似的拍着她的背。

他终于知道,为什么谈礼说自己恐高,却不怕爬山。

原来她不是恐高,她只是害怕,害怕朝下望时会再一次看到不想看见的场景。

真相也终于在沈榆死后被揭开。

谈礼和沈辞也是在那一天,才知道原来沈榆被孤立了长达一年之久。

她起初反抗过,也告诉过老师,可老师只觉得那是学生间正常的打闹,并没有重视起来。

施暴者对她施以暴行,旁观者冷漠视之。

她被欺侮到逐渐麻木,甚至生出了要和对方同归于尽的想法。

直到他们说到了谈礼。

"我看你那个朋友,叫谈礼是吧,在学校过得挺好的啊。你要是再敢把我们欺负你的事情说出去,我们也不介意去找她说说话。"那是赤裸裸的威胁。

女厕所的水池边,沈榆的脸和头发上全是水渍,她积攒已久的情绪终于彻底爆发了:"你们别动她!"

从那天起,她开始和谈礼保持距离,她开始吃不下饭,睡不着觉,连学习成绩都下降了不少。

那一年沈辞还在江城读高中,根本无暇顾及,就算偶尔打个电话问问她,也只是问她的学习情况。沈妈妈着急于她下降的成绩,担心她考不上高中。

大人们总认为学生要在乎的只有学习成绩不好这么一个烦恼,可他们的烦恼实在太多了。

大家都变得很忙,沈榆无法再找人诉说。她出事的前一天,也给沈辞发过求救短信。

可一向觉得妹妹乐观开朗的沈辞并没有当回事。

压垮骆驼的最后一根稻草,是沈榆在学校第三次模拟考试中的成绩。

她考得很烂,在学校被老师严厉批评,回家还被沈妈妈骂了一顿。

"你这个成绩怎么考重点高中啊,上普通高中都难。"老师的话一字一句砸在她的脸上,让她羞愧不堪。

她的前途,一片昏暗;她的梦想,遥不可及。

从沈榆离开的那一刻起,她们两个人的梦想全部压在谈礼一个人的身上了。

后来沈辞将一切怒火都发泄在谈礼的身上。

沈辞始终认为,沈榆走到那一步都是因为谈礼。

可沈辞忘记了沈榆也曾无数次地向她求救过。

她怪谈礼,怪谈礼没有注意到沈榆的不对劲,怪谈礼那天为什么没有抓住沈榆。

"那一起起恶性事件,就像是没有尽头的海,永远都不会停下。"

人人都在趋炎附势,人人都害怕那把火烧到自己身上。

"但我对那段被人欺负的往事并没有太深刻印象。"谈礼麻木地笑着。

谈礼满脑子都是沈榆最后的样子。

沈榆笑着和谈礼说了再见。

沈榆还说:"阿礼,我的梦想,你一定要替我实现啊。你要开开心心的,你的未来一定会超级幸福的,我会保佑你的。"

沈榆永远都是那么好。

"其实现在,我也记不太清初三那时候发生的事情了,沈榆死后,时间就好像停止了。"

十六中的学习环境很差,但她硬生生地熬到了最后,还考上了江中。

但她和沈辞的恩怨并没有就此结束,那人像是缠上了她。

谁也不知道沈辞消失的那两年里她经历了什么,谈礼再见她时,她已经成了一个偏执、疯狂的样子。

直到再提到沈辞,林赴年的眉头才蹙起。

"她明明就是自己心有愧疚,却要通过欺负你来弥补。"林赴年沉声说着,表情很难看。

光是听完,他的心就已经很痛了——心疼她经历了那么多,心疼她有个不好的原生家庭,未来的路还那么不顺利。

"当时我很害怕,因为她什么事情都做得出来。但现在我已经无所谓了,也许就是我活该吧,因为的确是我的错……"谈礼无奈地扯了扯嘴角。

"阿礼,你不要被'受害者有罪论'给洗脑好不好?你没有错,无缘无故被欺负,错的人不是你。"林赴年听到她这么说,心里更苦涩了。

她到底承受了怎样的苦楚,被欺负成那样,却竟然认为是自己活该。

今天晚上她听到的恶语实在太多了,尤其沈鸿的那一句她活该,最让她难过。而此刻,林赴年却坚定地告诉她,她没有错。

谈礼眼眶一热,声音哽咽:"可是小榆的确不在了。"

她不在了,世上再也不会有这个人了。

"我虽然不认识沈榆,但她宁可失去生命也要保护你,那说明她把你看作很重要的人。所以,阿礼,这一切都不是当时的你能预料到的。沈榆也不希望你这样。"他握住谈礼的肩膀,让她看自己的眼睛,"阿礼,这个世界上,还有很多人希望你能好好活下去。所以你不要放弃好不好?想想外婆,想想徐落沉他们。这些事情你不要自己一个人扛,我们永远都站在你身边。沈榆也在保佑着你。"

他说话时的表情很认真,声音温柔缱绻。

无论如何,他都会坚定地站在她身边。

谈礼没有回答。

后来他们聊了很多,她哭了又哭。直到最后,她才问了林赴年一个问题:"你知道当年沈榆被孤立的原因吗?"

林赴年摇了摇头。

谈礼看着他,笑了,笑里含着讽刺:"因为,他们说看她不顺眼。"

说完,她看向林赴年,而他几乎怔住。

毫无缘由的恶意,何其荒谬。

沈榆的生命,本不该结束在十五岁的。

31

年后,江中高三部的学生很快又投入高强度的学习中。

谈礼和林赴年一如既往地上下学结伴,冬天的脚步来时慢,走时却匆忙。

这一年的春天,是从江中校道边光秃秃的梧桐树枝上冒出的第一片绿叶开始的。

春回大地,万物复苏,气温回升,金黄的阳光穿过枝叶间隙洒在校道上,光影斑驳。

世界上的每一片叶子都是独一无二的,落在地上的影子更是各不相同。

不少学生上下课时从这里谈笑风生地路过，青春气息扑面而来。

谈礼和林赴年也走在这条校道上，肩并肩朝校门口走去，恰巧起了一阵风，风吹动枝叶，几片叶子缓缓飘落。

有一片叶子擦过谈礼的脸，然后落在了她的脚边。

她步子一顿，下意识地抬手摸了摸刚被树叶擦过的地方，再抬头，她才发现学校的树已经长了这么多叶子。

此刻的树在阳光下轻轻随风晃动枝叶，新长出来的叶子看着还很幼嫩，和落在她脚边的那一片叶子一样。

耳畔的风依旧，树叶被风吹得沙沙作响。

她收回目光，继续跟林赴年一起往前走。

风吹起刚刚落在她脚边的那片树叶，在半空中转了好几圈，又重新落在了地上。

林赴年和谈礼迎着风走出了校门，回家的路上，两人一言不发。

他们都闭口不提那晚之后发生的事情。

一切好像又恢复到了正常。

那天后，谈礼浑浑噩噩地过着自己的生活，只是托林赴年眼泪的福，她这一阵子都没有再出现轻生的念头。

也是那天和沈辞通过电话后，两个月内她再没有收到任何一条沈辞发来的那些乱七八糟的消息。

谈礼不知道沈辞要做什么，但没了后者的打扰，她的日子也能好过一些。

对她来说，活好每一天早就是奢望了。

"阿礼，我想去超市里买个东西。"路过超市，林赴年喊她，"你要和我一起进去吗？或者你在这边等我，我买好东西马上就出来。"

他又觉得不妥："不行，我们还是一起进去……"

"知道了，我就在门口等你。"谈礼望着他那副莫名紧张的模样就想笑，这些天他总是这样。

学校里，他总趁着课间跑来她的班级或者舞蹈房门口，只为确定她没事。

她想告诉他，她不会重蹈沈榆的覆辙，毕竟她就连从学校的二楼朝下望都会发抖、冒冷汗。

"你进去吧,里面人太多了,我就在门口等你。"谈礼催促着他赶紧进去。

林赴年知道谈礼不喜欢人多的地方,于是千叮咛万嘱咐,让她不要乱跑。

谈礼将他往超市门里推。

透过玻璃门,林赴年还在频繁地回头看她。

谈礼站在超市门口,无奈地摇头。

迎面吹来的风轻柔地拂过她的脸,像是妈妈温柔的抚摸,谈礼并不知道这样的比喻是否贴切。

谈礼低下头,脑海里不断回忆起谈芝的样子,可家里连她的一张照片都没有。

谈礼还在走神,就听到一个熟悉的声音喊着她的名字。

"阿礼。"

谈礼瞬间抬起头。

在看清马路对面那个人的时候,谈礼浑身的血液好像都凝固了。

谈礼就这么和她隔着马路对视着。

十字路口的绿灯亮起,谈芝跑了过来。

从马路对面跑过来需要的时间很短,可谈礼觉得,这短短的一分钟,好像比一生都漫长。

谈芝站在她的面前,脸上带着笑意。她动作亲昵地试图拉住谈礼的手:"阿礼。"

"别碰我。"谈礼后退了一步,盯着眼前的女人。

谈芝还是和以前一样漂亮,穿着一条白色的长裙,梳着一头漂亮的黑卷发,看起来很是年轻,岁月似乎对她格外开恩。

母女俩长得太像了,甚至连眉心间的那颗痣都一样。

谈礼看着眼前人的脸,突然明白了,为什么沈鸿这些年一看见自己的脸,就会莫名其妙地发脾气。

之前的那些年,她多想再见一见谈芝,现在不期望了,谈芝却出现了。

谈礼的心里没有高兴,反而充斥着痛苦——有些人的出现,好像就是为了提醒她当初被抛弃的事实。

谈芝并不知道谈礼在这么短的时间里想了这么多,看到女儿后退几步躲避她的样子,她几乎心碎,声音都在颤抖:"阿礼,你不认识妈妈了吗?我是妈妈啊,阿礼……"

"你为什么会在这里。"她没有在意谈芝的委屈,说话的语气冷漠又疏远。

"妈妈来找你啊。"谈芝听到她冰冷的语气,眼眶一下子就红了。

谈礼自嘲地"呵"了一声:"你现在想起来找我了?"

"谈礼,妈妈知道错了,当年妈妈不该抛下你的,你别这样对妈妈说话,妈妈会伤心的。"谈芝执意拉住她的手,不断道歉,滚烫的眼泪一滴滴地流下来,砸在了她的手上。

谈礼面无表情地收回自己的手,低头看着那几滴眼泪,神色不明,嘴里说出的话字字戳心,没给谈芝留半点儿面子:"伤心?你当年抛弃我的时候,不是挺高兴的吗?"

可只有谈礼自己清楚,这样做,不过是"伤敌一千,自损八百"罢了。

谈礼的心疼了起来,像是被银针不断扎着。

"对不起……"谈芝低着头,不断地给谈礼道歉。

"我不想听到你的对不起,也不想再见到你。既然当初你选择抛下我,那今天你也用不着觉得愧疚了,更不必再来找我。"谈礼越说越激动,最后甚至还带了些恨意。

她不想再听到"对不起"了,她只想被对得起一次。

"妈妈真的错了,你能不能原谅妈妈……"谈芝始终保持低头的姿态,自然看不见面前眼角红了的谈礼。

谈礼听着她的话,心情酸涩。

谈礼闭上眼,深深吸了口气,再睁开眼,又换回了方才伪装的冷漠表情:"不能,也永远都不会。"

说完,谈礼回头刚好看见已经买好东西冲她走过来的林赴年,于是也不管谈芝的反应,在林赴年出来的那一刻,拉着他头也不回地走了。

她步子迈得很快,像是落荒而逃。

她害怕自己下一刻就会控制不住自己,回过头大声呵斥那个女人,问当年为什么不带自己走,为什么那么轻易地丢下她,让她过着这样乱七八糟的生活,让她变成了今天这个样子。可她又不敢问。

谈礼害怕听到谈芝说出真正的答案。

到底为什么,其实她比任何人都清楚。

189

林赴年不明所以地回头瞥了一眼正蹲在门口哭的女人,又看着眼眶有些红的谈礼。

他张了张嘴,想问什么,但最后还是没有说出口。

他给谈礼怀里塞了一瓶热牛奶。

32

之后的几天里,谈礼以为谈芝会因为自己不留情面的话而作罢,可事实并非如此。

谈芝会站在江中的校门口等着谈礼,哪怕谈礼一直忽视她,她还是想用时间来改变一切。

谈礼不想和谈芝再有任何瓜葛。

谈礼在放学的路上提前支开了林赴年,现在只剩下她和谈芝两个人。

"你到底想干什么?"她语气不善。

"阿礼,妈妈就是想对你好啊。"谈芝的声音弱了下来,她是真的对眼前的这个女儿感到愧疚,想为女儿做些什么。

"如果你想弥补我的话,没必要。这么多年过去了,很多事情也不是可以弥补的。"

她长长地叹了口气,努力让自己的情绪不要再出现大的波动。

谈芝当年莫名其妙地离开,如今又莫名其妙地回来。

对于谈礼而言,好像从头到尾都没有办法选择,只因为他们是有血缘关系的人,所以无论谈芝、沈鸿怎么做,都不会错。

不管他们是抛弃她,还是重新捡起她,她只能被人随意抛下或者捡回来。

想到这里,谈礼觉得自己的头更疼了。

因为谈芝的突然出现,她最近几天再度噩梦不断。

梦中,她被抛下,谈芝说最后悔的事就是生下她。

老天真是不想让她好过,她在心里想着。

她抬手揉了揉太阳穴,声音很疲惫,累得不想纠缠:"所以如果你是想弥补我,那我真的不需要。我现在只想好好上学,参加艺考,然后考大学,我……"

话说到最后,谈礼咬紧了后槽牙,没说实话。

手腕的伤疤隐约泛痒,好像在提醒她说谎话是会被揭穿的。

她别过头，躲避谈芝的眼神，话语却依旧冰冷："我不希望你再来打扰我了。"

谈芝陡然一怔，含着热泪死死盯着面前的人。

可谈礼只给她留了个倔强的后脑勺。

谈礼是真的不希望自己再出现在她的生活里。

谈芝在这样的情况下，得出了答案。

从什么时候开始，她和自己的亲生女儿居然走到了形同陌路的地步。她努力压抑住心里的苦涩，明白谈礼是真的要赶她走，情急之下只好说出自己真正的目的："阿礼，你怎么能赶妈妈走呢？妈妈就是希望能陪着你，刘音和我说了，你舞蹈天赋很高，你跟妈妈走好不好？俞镇太小了，你要去更大更高的舞台，你跟着妈妈一起，妈妈供你读书，供你学跳舞，好不好？"

"你还认识刘老师？"谈礼很快就从她的话里抓到关键词，她则眼神突然变得慌乱起来。

谈礼现在才明白，刘音那时不时落在自己身上的欣慰的目光到底是为什么，也明白了刘音那么照顾她的最主要原因。原来一切都是有原因的。

"阿礼，你别生气，刘老师的事真的只是巧合，妈妈一开始也不知道……妈妈这次来找你，只是想带你走……"谈芝害怕惹得谈礼不高兴，连忙解释。

可谈礼现在根本不在乎这些了，她紧蹙着眉，脑袋越来越痛。

谈礼甚至都有些搞不清谈芝刚刚在说什么。

她说要带自己走？她说要让自己好好学跳舞？

一切都荒唐得要命。

谈礼觉得自己是产生了错觉。

不然当年狠心抛下她，转身自己奔向新生活的人，怎么会在这个时候说要带她走。

谈礼不想继续听这些荒唐的话，抬手制止："你和刘老师怎么认识的，跟我没有关系。如果真的是你托刘老师照顾我，我也很感激。"

无论是舞蹈比赛，还是生活上的其他事，她一直很感谢刘音对自己的照顾。她感谢每一个对她流露过善意的人。

可这并不能成为她原谅谈芝的原因。

她不想做一个"好了伤疤忘了疼"的人。

"你知道你在说什么吗?我马上就要高考了,我不会和你走的。"

"那等你高考完,妈妈送你去国外学习舞蹈,一定会比在俞镇有前途啊。"谈芝又提议。

谈芝是真的不喜欢俞镇这个小地方,她在这里和沈鸿结婚生子,换来的是无限的痛苦。她不能被困在这里,所以她逃了。而且她不能让谈礼也困在这里。

只是谈芝忘记了,从头到尾,都是她把谈礼困在俞镇的。她当年没有带走谈礼,因此让谈礼饱受痛苦。

也正是因为谈礼明白这些,所以她才无法原谅。

"你一直都瞧不起俞镇,但当年不就是你把我抛在这里的吗?"

谈礼在听到谈芝说俞镇不好后,脸色就变了。

这座小镇哪怕再不好,也还有她爱的人在,支撑着她努力活下去。如果离开俞镇,离开外婆和林赴年他们的身边,她才会真正成为因失去浮木而濒临淹死的人。

"阿礼,你爸现在有了新家庭,他根本不会在你身上付出什么的。你跟妈妈走,才是最好的选择啊。"

谈芝的语气讨好又卑微,和当年那个执意离开俞镇,在谈礼耳边说最后悔生她的仿佛不是同一个人。

谈芝好像真的是在为了谈礼好。

可谈礼的表情从头到尾没有半点儿变化,只有在谈芝提到沈鸿的时候,眼神闪烁了几下,随后又恢复如常。

因此,谈芝也知道了沈鸿对谈礼不好。

谈礼蓦然笑了一声,语气悲哀又带着嘲讽:"我不会离开俞镇,也不会离开外婆。麻烦你以后别再来打扰我了。"

她不管谈芝的反应,就往前走了。

她的心像是被人硬生生地凿开了一个洞,冷风一阵阵地灌进去,心里又酸又疼。

她不知道自己在难过什么。

曾经她以为,即使自己失去爱也是没有关系的。

可她突然发现,原来不是的。

原来没了爱,她真的会死的。

说到底,她也只不过是一个在大海里不断挣扎却无果,即将溺亡的可怜人。

那天过后,谈芝还是不死心,谈礼只能刻意地躲着她。

好几次都是等到谈芝从校门口离开后,谈礼才拉着林赴年一起回家。因为谈芝的出现,他们两个人之间的关系也一度变得尴尬。

林赴年用余光悄悄看着旁边的人,好几次欲言又止。谈礼瞥了他一眼,淡淡开口:"我知道你要说什么,但是你别来劝我了。我脑子真的挺乱的。"

"嗯?"林赴年一脸不解地看着她,"我只是想和你说,便利店里你喝惯的那种牛奶没有了,新牌子不知道你喝不喝得惯。"

他说完话,就盯着谈礼突然愣住的表情,忍不住发笑。

他嘴角浅浅一弯,笑容满面地抬手塞了一瓶牛奶给谈礼:"其实我并不打算劝你什么。因为这世界上没有完全的感同身受,这是你的事情,只能交给你自己来决定。"

其他人都不能替谈礼去做决定。

之前谈芝看他和谈礼走得近,希望他能帮忙劝一劝谈礼,可是他果断拒绝了。

谈礼已经够苦了,所以就允许他这个无论如何都要站在谈礼身边的人,继续坚定地站在她身边吧。

"反正我永远站在你身边,无论你做什么决定,我都支持。"少年的话混在晚风里,赤忱又认真,这是一个郑重的誓言。

这个誓言就这样砸进了谈礼的心里,让她死寂的心再次剧烈地跳动起来。

她太需要这样一个永远站在她身边的人了。

一个不会和她讲大道理,尊重她一切决定的人。

好在,她足够幸运,碰到了这个人。

她从不相信世界上有什么永远的事情,却在此刻,自私又真切地希望林赴年能在自己的生命里多停留一会儿。

"好了,天色都这么晚了,赶紧拿着我的牛奶回家吧。"不一会儿,他们就到了谈礼家门口,风很大,谈礼穿得很少,林赴年就催着她赶紧进屋。

以往这个时候，谈礼的外婆早早就回来了，可今天家里面一片漆黑。

不安的情绪让谈礼眼皮突突直跳，她眉头一蹙，努力掩饰住内心的害怕。

"外婆？你回来了吗？"她在院子里喊着，但没有人回答她。

她只听到大风擦过树叶的沙沙声。皎洁的月光落在大树上，斑驳的影子映在了旁边的白色墙壁上，随着风声，影子来回晃动，在夜里显得格外瘆人。

谈礼想打开院子里的灯，但试了好几下都不亮，估计是灯泡坏了，她只好摸黑朝着屋里走。

打开屋门的下一秒，她借着月光看清面前的情形，瞳孔直颤，手里的玻璃牛奶瓶掉落地面，摔了个粉碎。

谈礼觉得自己身体里的力气好像一下子被抽光了，一下子坐在了地上。

洁白的月光下，谈礼的外婆紧闭着双眼，正面色苍白地倒在地上，一动不动。

她像是睡着了，不管谈礼怎么叫，都叫不醒。

"外婆，外婆……"谈礼的声音止不住地打战，眼泪毫无征兆地砸了下来。

明明早上还好好的一个人，现在居然一动不动地躺在地上。

她逼自己找回最后一丝理智，爬起来找到了沙发旁边的手机，趴在外婆身边，手指颤抖得无法拨打电话。

"阿礼？"门外传来了一道熟悉的声音。

谈礼崩溃地回头，看见了站在月光下的林赴年。

他也注意到了今天谈礼家里的不对劲，所以就在门口，想等着看到谈礼打开家里的灯再离开。

可屋子里的灯一直都没有亮起来，他还听到了谈礼的呼喊，于是，连忙跑了进来。

刚到屋门口，他就看见了满脸泪痕坐在地上的谈礼，她的情绪几乎崩溃，声音嘶哑着喊道："林赴年，帮我打个急救电话，快，快点儿！"

他被吓了一跳，立刻拿出兜里的手机拨打了电话。

伴随着一声声鸣笛声，外婆被担架抬上了救护车。

警示灯在漆黑的夜里格外醒目，林赴年回过头，看见谈礼的脸上布满了泪痕，她眼睛鼻子通红，失魂落魄，浑身颤抖着。

两人对视，她眼底的害怕和绝望一览无余。

他们跟着救护车一起到了医院，经过一系列检查，很快，谈礼的外婆被推进了手术室，"手术中"三个刺眼的字亮起。

谈礼低头蹲在手术室门口，林赴年看不清她是否还在哭。但她的身体还是不受控制地颤抖着。

他担心外婆有什么不测，更害怕谈礼会在这时候做出什么偏激的行为。

他努力让自己冷静下来，呼吸也在不自觉地变得急促。

"阿礼……"他佯装很镇定地喊她。

可谈礼这会儿像是什么都听不到一样，毫无反应。

无奈之下，林赴年只好跟她一起蹲在地上，让她靠着自己的肩膀，给她一个依靠，让她能安心些。

和最近她每一次情绪崩溃时一样，无论发生了什么事，林赴年都会在她的身边。

"阿礼，没事的，你别害怕。外婆一定不会有事的。"他的声音很温柔。

听到他的话，谈礼的情绪终于彻底崩溃，她忍不住大声哭了出来。

压抑了很久的哭声在寂静的夜里愈发刺耳。

33

凌晨两点，手术室外的灯光亮得刺眼，内心的恐惧在这个夜晚被无限放大。

谈礼和林赴年在手术室门口等了很久，久到他们绝望。

但好在老天不是那么绝情，它没有带走谈礼的外婆。

这个消息让原本强撑的谈礼终于松了一口气。

沈鸿也是在这个时候赶过来的，一家三口急匆匆地跑进了医院，和狼狈的她撞上目光。

沈鸿满头是汗，语气焦急地问着旁边的医生："医生，我妈她怎么样？"

这还是谈礼第一次见到沈鸿这副样子。

林赴年见状，很自觉地走开，他走之前看了谈礼一眼，对她说自己饿了，去买点儿东西，实则也没有走多远。

旁边的医生不解地看了一眼沈鸿，问："你是病人的儿子？"

"对，我是。医生，我妈她到底怎么了？"

"病人年纪大了，有基础病，身体不太好，而且她的脑子里有一颗瘤，本来是良性的，但现在出现了恶化的迹象，再发展下去可能会压迫到脑神经。我建议你们家属抓紧时间让她住院做手术，现在情况不容乐观，不能再拖下去了。"

这个消息就像是一颗炸弹，丢进谈礼的脑袋里，让她头痛欲裂。

沈鸿也怔住了，一句话也说不出来。

这件事，谈礼的外婆没对任何人说过。

这么多年，她帮沈鸿照顾谈礼，赚钱贴补家用。沈鸿只想安分地过着自己的生活，从未想过原来他妈妈也会生病。

在接到谈礼打来的电话时，他正在外面喝酒，接电话的前一秒，他甚至还很不耐烦，直到听到他妈妈出事了，他才浑浑噩噩地跑过来。直到医生告诉他真相，他才如大梦初醒。

沈鸿回想着过去，一时间沉默了。

半晌，谈礼才动了动嘴唇，嘴唇却不停地哆嗦着："瘤……这是什么时候的事啊？"

"病人是半年前在我们医院查出来的。你们作为病人家属，连这个都不知道吗？"医生忍不住蹙了蹙眉，"今天病人晕倒就是因为脑子里的瘤恶化，如果不是送医及时，可能就无力回天了。"

谈礼低着头，泪如雨下——原来外婆早就知道自己生病了。

他们都以为她老人家只是身体虚弱，谈礼还给她买了些补药，但吃了都不见效果。

谈礼一直催着外婆去医院看一看，可外婆总是用各种借口拒绝。她从来没有重视自己的身体，依旧在为这个家辛苦地付出。

医生看着跟前已经呆住的两人，无奈地叹了口气，走了。

沈鸿和谈礼一路沉默地回了病房，病床上的外婆脸色苍白，苍老的脸上戴着氧气罩，布满皱纹和老茧的手上扎着针输液，她就这样安静地躺在病床上一动不动。

心电监护仪不时发出冰冷的嘀嘀声。

沈鸿看着躺在病床上的老人，她满头白发，皮肤像是一张被揉皱的纸,还遍布着老年斑。早在他浑浑噩噩地过日子时,时间就已经让他妈妈变得这么老了。

是啊,连谈礼今年都十八岁了。

时间越跑越快,没有给人留半分后悔的余地。

两人没有说任何一句关于手术的话题,却默契地决定筹钱给老人家做手术,只是这笔手术费用不菲,不是一时半会儿能凑齐的。

沈鸿这几年里没挣到多少钱,所以他只好出去跟亲戚朋友借钱。

李丽和他一样,把自己所有的积蓄都取了出来,还找娘家借了不少。

可就算是这样,也不够。

他们每一天都在为钱犯愁,谈礼在钱上帮不上忙,在学校里上课也是心不在焉的。

好在谈礼的外婆第二天就醒了,谈礼一放学,就跑到医院来照顾她。

林赴年也跟着她一起过来,陪外婆聊天,常常把外婆逗得直笑。

这时候谈礼总会跟着一起笑,可她笑着笑着就会低下头,眼泪不由自主地砸下来。

她又不希望被外婆看见,每次都只能起身快步走出去,悄悄地躲在病房门外哭。

唯一能让她欣慰的,就是林赴年还在她的身边。

如果这几天没有林赴年陪着她,她都不知道自己要怎么过下去。

徐落沉和江源两个人也会经常过来看外婆。

他们在知道谈礼家的事后,都在尽力帮她,连林文初都给她转了钱。

大家都尽力了,谈礼知道。所以她将别人转给她的一笔笔钱都记了下来,等外婆手术结束后,她就会去赚钱还债。只是她不知道要到什么时候才能凑齐手术费,外婆的病拖不起,也不能再拖了。

无力感一直充斥在谈礼的心里,让她越来越难以承受。

导致她彻底被压垮的最后一件事,是学校舞蹈课的涨价。

刘音在班里说着舞蹈课要涨价时,徐落沉担忧的眼神与谈礼呆滞的目光撞上。她们看着彼此,谈礼只觉得脑子里有一根弦断掉了。等她再回过神来的时候,她已经到了医院病房。

今天沈鸿难得坐在病房里照顾谈礼的外婆,他听见声响抬头,压低声音让谈礼跟自己出去。

他们站在医院的长廊上,沈鸿下意识地摸着兜里的烟,又意识到这里是医院,无奈作罢:"你们的舞蹈课要涨价了?"

"嗯。"谈礼低头应了一声,语气不明。

"你们舞蹈老师打电话给你外婆,没打通,所以打到我这里来了。"他和谈礼解释着,可后面要说的话有些难以启齿,"你……怎么想的?"

谈礼沉默了半晌,依旧没有开口。

他们像是在做一场无声的较量,但她知道,这场较量,她必输无疑。

"你也知道现在家里的情况。你外婆身体不好,要做手术,我和你李阿姨都忙着借钱,而且你弟弟上补习班的开销也很大,我实在是没钱来负担你上舞蹈课的费用了。"沈鸿自知心虚,声音越来越小。

可谈礼只觉得刺耳极了。

外婆要做手术是人命关天的大事,她明白,所以不会对这件事有半点儿意见。

可是沈仪呢?

他上补习班在沈鸿眼里是不能断的,而她学了这么多年的舞蹈,离艺考就差最后一步了,他却狠心地让她停止上课。

"你弟弟还小,而且成绩不好,需要打好基础。我问过你们老师了,你们老师说你成绩不错,哪怕不参加艺考,也能考上一个好大学。而且我本来就不支持你去学什么舞蹈,学舞蹈能有什么前途?费钱又没用的事情。"沈鸿见她还是不说话,语气有点儿急了,还伴装一副苦口婆心的样子,试图说服谈礼放弃舞蹈。

他一直都不喜欢这个女儿,不单单因为她是谈芝的女儿,还有谈礼那张越来越像她妈妈的脸和一样的爱好。

"你以为能和你那个亲妈一样,登上大舞台去比赛吗?"说到谈芝,他的语气变得不屑起来,"别痴心妄想了,她当年一心追求舞蹈梦,也没给家里赚到多少钱。"

沈鸿还想继续说,但谈礼已经不想听了。

"你别说了,你想怎么样就怎么样吧。"

谈礼抛下这句话就回了病房。

沈鸿见自己的目的达到了,不免松了口气。

只有谈礼自己知道,心里有一块地方在快速崩塌。

她的梦想,她和沈榆的约定,好像都没有办法实现了。

可又能怎么样？

她苦涩地笑了笑，早就没办法了。

沈鸿表面上是在和她商量，可实际上早就替她做好了决定。她从来都没有选择，从头到尾都只能被迫接受。

爱，他没有给过她，现在，自己的梦想也要被掐灭，她自嘲地笑出了声。

她的人生注定了就是这样——不会变好，只会更差。

沈鸿很快就帮她去学校办了手续，退出了舞蹈班。

哪怕刘音再三劝阻，也改变不了。

说来也是讽刺，谈礼自上学起沈鸿几乎没去过她的学校，高中时他总算来了一次，没想到是帮她办理退舞蹈班的事宜。

从头到尾，谈礼就像是一个旁观者，一言不发。直到回教室时，徐落沉走过来看她。

"阿礼……你真的要退出舞蹈班吗？"

"嗯。"谈礼点着头，见徐落沉一副担心自己的样子，撒谎道，"反正我也不喜欢舞蹈了，跳不跳舞，参不参加艺考，都无所谓。"

徐落沉显然没想到谈礼会这么说，她张了张嘴，原本想好的安慰的话，一句都讲不出来了。

直到后来她和江源、林赴年去医院看外婆。

临走时，谈礼送他们走出医院，四个人站在医院门口，无力感让他沉默不语。

徐落沉站在谈礼的身边，可她是真的忍不住。

明明已经见过谈礼在台上熠熠生辉的样子，又怎么能接受她突然说自己不喜欢跳舞的话。走之前，她突然回头一把抱住了谈礼，凑在谈礼的耳边轻声问了一句："阿礼，你真的不喜欢舞蹈了吗？"

被问的人一愣，半晌才哽咽着开口："嗯。"

话音刚落，两个女孩子一齐掉下眼泪。

生活怎么可以这么残酷，将所有不幸都压在同一个人身上。

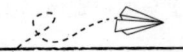

第11章
跑向世界末日尽头

34

那天过后,谈礼依旧还是每天去上学,只是她不用再去上舞蹈课了,他们再未在谈礼脸上看见过发自内心的笑,她变得越来越安静。

一切好像都回到了刚开始他们还不认识的时候。

林赴年终于意识到,他忙忙碌碌大半年,想拯救的人,又变回了最初的样子。

后来就连沈鸿都意识到了谈礼的不对劲,他试图和她聊天,却被她拒绝。

他们之间那脆弱的父女关系,因为退出舞蹈班的事情降到了冰点。

谈礼麻木地接受了一切事实,每天像是行尸走肉般过着两点一线的生活。

一个人崩溃到了极点是没有声音的。

半个月后,春回大地,万物复苏,土里的小草争先恐后地冒出了地面,淡黄色的迎春花迎风摇曳。

在温柔的阳光下,一片生机盎然。

春天是一个生机勃勃的季节,但只有一个人在这样好的季节里,临近枯萎。

唯一的好消息就是谈礼外婆的手术费终于凑齐了。

那天他们把谈礼叫出来一起庆祝这个好消息,希望她能开心点儿。

谈礼像是早就预料到了一样,只是抿嘴轻轻笑了笑,说:"是啊,凑齐了就好。"

"对啊！凑齐手术费，外婆马上就可以安排手术了！做完手术就好啦。"徐落沉显然没注意到她的不对劲，还沉浸在喜悦当中。

"不过，钱怎么突然就凑齐了？"江源看了一眼强颜欢笑的谈礼。

谈礼一愣，随后很快反应过来，淡淡地开口："我也不清楚。"

她含糊其词，江源点着头，也没多想。

林赴年将她的表现尽收眼底，不知道是不是他的错觉，总感觉她最近一副心事重重的样子。

林赴年提着一篮水果，走进了医院病房。

"外婆。"

"哎哟，小林来了啊，快坐，快坐。"谈礼的外婆招手喊他赶紧坐下来。

"外婆，阿礼……不在吗？"他把水果篮放在旁边的桌子上，环顾了病房一圈，都没见到谈礼。

"我让她回去休息了，每天看她都是一副很累的样子。小林啊，你们现在高三是不是很累啊？"

听着面前老人担忧的话语，林赴年心一沉，勉强地点了点头应着："是啊，外婆，离高考也没几个月了，大家压力肯定都挺大的。"

外婆听他这么说后才稍微放下心来，但不知道为什么，她还是有些不安，不免开口拜托他："我就说嘛，看阿礼天天无精打采的，我老婆子现在生着病，管不了她。你们三个孩子可要替我监督她好好睡觉啊，不休息好，她哪里有力气跳舞啊。"

跳舞……

听到"跳舞"这几个字，林赴年顿时神情紧绷，艰难地开口答应："放心吧，外婆，我们会的。"

他没有办法告诉外婆——谈礼已经不跳舞了。

这件事情，他们都瞒着外婆，沈鸿也一样，如果谈礼的外婆知道她的手术费里有一部分的钱本来是给谈礼学习舞蹈的费用，她一定会选择不做这个手术。

其实在谈礼外婆知道做手术要花那么多钱的时候，她就不愿意待在医院了，她知道家里的情况，更不愿意拖累沈鸿他们。后来是谈礼和沈鸿在病房里哭着求她，她才无奈地同意了。

所以他们谁也不敢告诉外婆关于谈礼不学舞蹈的事情，生怕她老人家不愿意继续接受治疗。

她是最疼爱谈礼的人,即使以前家里的条件差,谈礼上舞蹈课的钱,她也从来没有吝啬过。

谈礼也明白,所以她默认了这一切。

对现在的她来说,外婆身体能好起来就行了。

"欸,好、好、好,真是谢谢你们了,阿礼有你们这帮朋友啊,真是她的福气。"谈礼外婆苍白的脸上露出感激的笑,"不光是阿礼,你三个孩子也是,现在压力这么大,高考固然很重要,但也要适当地放松,知道吗?尤其是你,小林,外婆看你的黑眼圈好重,要好好休息,知道吗?"

林赴年不由得眼睛一酸,连连点头答应:"我知道了,外婆,您别担心,好好养病,等您身体好了,我和江源、徐落沉还想吃您做的菜呢。"

"好、好、好,我看你们几个人最近都瘦了好多哦,尤其是落沉那个小姑娘,本来就瘦,现在更是瘦得像一根竹竿了。等我病好了,就给你们补回来。"

外婆又拉着他讲了好一会儿的话。

林赴年有问必答,但其实他现在心里比任何人都乱。他突然想到了一件事情,他看着外婆,犹豫了会儿,还是开了口:"外婆,我有一件事想和您商量……"

下午四点的时候,谈礼到了医院。

她垂着眼睛,眼下全是乌青,看着状态很不好。

今天是周末,外婆催她回家好好睡一觉,可她只要一闭上眼,脑子里就是各种乱七八糟的画面。

她看不清那些画面到底是什么,最近发生了很多事,她根本来不及消化。

谈礼站在病房门口,拍了拍自己苍白的脸,深吸一口气,对着门勉强地扬起嘴角,装出很高兴的样子,这才推开病房门。

病房门被推开时,李丽正在一边和外婆聊天,一边削着水果。

她没想到李丽今天会来,明显一愣。

"谈礼来啦。"李丽回过头,笑着喊她。

谈礼闻言,僵硬地点了点头,有些不解:"今天不是轮到我……"

她的话还没讲完,林赴年就无声无息地走到了她的旁边。

"外婆！"

谈礼被他突然的靠近吓得一惊，疑惑道："你怎么也过来了？"

"外婆，我来和你借个人啊。"林赴年没回答她的问题，只冲着病房里的外婆笑了一下。

谈礼的外婆好像也早就知道了似的，摆了摆手："去吧，去吧，你们好好玩。今天晚上有你们李阿姨照顾我了。"

"是啊，最近上学你们也辛苦了，这两天放假，好好放松放松吧。"李丽含着淡笑，"你放心去吧，外婆这边有我在。"

他们的对话让谈礼一头雾水。

林赴年也没给她多问的机会，拉着她的胳膊就往外走。

谈礼被他莫名其妙地拉上了公交车。

她坐在位子上，看着窗外不断变化的风景，问："我们要去哪儿？"

"先保密，等会儿你就知道了。"林赴年一副故作神秘的样子，又突然想到什么，转过头问她，"对了，你的身份证带在身上吗？"

"没有啊，谁没事把身份证带在身上。"谈礼不解地摇了摇头，如实道。

"那先回趟家，去拿身份证。"

林赴年没和她商量，在她家附近的车站下了车，然后又催着她从家里拿了身份证。

"拿好了？"

"嗯。"谈礼见眼前的人火急火燎地又要拉着自己走，她着急了起来，"你到底要带我去哪儿？"

她停在原地不肯走。

林赴年回头就被她这副样子逗笑了，脸颊两边的梨涡浅浅陷下去，嘴角勾起一个好看的弧度，他玩笑道："你这副样子，就好像我要把你卖了似的。"

"你什么都不说，拉我又拿身份证又要走的，是个人都会觉得奇怪吧。"谈礼一撇嘴。

闻言，他低头笑了笑，发现真要是把谈礼逼急了，她才会流露出点儿不一样的情绪。

"你笑什么？到底去哪儿？"

"去江城。"少年的声音轻快而坚定，"你要不要和我一起去？"

谈礼听到他说要去江城,张了张嘴,却不知道说什么。

总之,等她反应过来的时候,她和林赴年已经坐在去往江城的高铁上。

窗外的天色渐渐地暗下来,他们离苏城越来越远。

这真是一件荒唐事。谈礼想。

高铁到达江城的时候,已经是深夜了,温柔的晚风吹动两人的发丝。

一出站,林赴年就拉她上了公交车。

路程很远,谈礼却始终没开口问他接下来要去哪儿。因为这条公交车的路线,她比任何一个人都要清楚。

她望着夜空发呆,今晚没有星星,只有弯弯的月亮挂在夜空中。

他们两个人在车里都是一言不发,谈礼紧紧盯着夜空中的月亮,而林赴年的目光落在了她的身上。

这条路甚至比谈礼想象中的还要远。

中途,他们换乘了好几辆公交车,等两人下车时,早已筋疲力尽。

首末站的灯光微弱,他们打开手机,看了一眼手机上的时间。

晚上十一点半,临近午夜。

"还是没算准时间啊,我以为不用这么久的。"林赴年有些无奈。

"是啊,真的用了好久。"谈礼用手揉了揉发酸的腰。

他们沿着黑漆漆的小路走着。不远处已经传来了海水拍打礁石的声音,眼前却有一扇生了锈的铁门拦住了他们的去路。

林赴年上前推了推铁门,发现门被锁住了。

"太晚了,门都被锁起来了。"看着推不开的铁门,谈礼的语气有些遗憾——或许她的确和海没什么缘分。

"这算什么,就这么一扇铁门,还想拦住我?"林赴年回过头,在月色下冲她扬唇轻笑,下一秒两只手抓住铁门上的栏杆,几下就翻了上去。铁门不高,和江中的矮墙差不多。

林赴年冲她伸出手:"来都来了,哪里有不看一下就走的道理?"

少年的声音恣意又张扬,在夜风里显得格外清晰。

皎洁的月光打在他的脸上,他冲她轻轻一挑眉,带有些挑衅的意味:"怎么,学校的矮墙都敢翻,这铁门你不敢啊?"

明显的激将法,偏偏谈礼着了他的道。

她轻哼了一声,忽略了林赴年伸在半空中的手,也抓着栏杆爬了上去。两人稳稳落地。

"走吧,我们去看海。"林赴年看着身旁的人脸上带笑,他还是喜欢看见这样鲜活的谈礼。

少年用手拉着她的胳膊,两人直奔大海而去,海浪拍打礁石的声音离他们越来越近,越来越清晰。

谈礼看着少年拉着自己胳膊的手,不由得想起那次林赴年来学校救她。他们一起翻墙出了学校,在夜色里结伴回家,也是在那个时候,她感觉自己第一次触碰到了光。

很多出格的事情都是林赴年拉着她一起做的,可他的用意,就只是为了让她高兴。

月光下,他们拉着彼此朝着大海跑,谈礼却恍惚中有一种逃离世界的错觉。

海边的风很大,吹得人有些疼,谈礼却希望,能永远这么跑下去。

——一直跑到生命尽头,跑到世界末日。

35

面前的大海一望无垠,在夜晚望上去却有几分沉重。

林赴年和谈礼跑上了不远处的灯塔,坐在最高处的台阶上。

从这儿朝下望,能看见涨潮的大海,海浪拍打着礁石,朵朵浪花在月光下翻涌。她呆滞地盯着海面,海水波涛汹涌,她的心却像是一潭死水。

明明是自己那么多年都想看的大海,可真正见到后,她好像并没有很高兴。

林赴年坐在她边上,小心翼翼地观察着她脸上的表情,欲言又止。

谈礼看着大海,终于发出了一声感叹:"好漂亮啊。"

"是啊,很漂亮。突然觉得一路上的辛苦都值了。"林赴年笑了一下。

今晚的海边并不平静,似乎也暗示着他们两个人的心境。

"林赴年。"她喊着他。

"嗯,我在。"他一如既往地给予回应。

"你为什么要突然带我来看海啊?"谈礼盯着他的眼睛,问。

他被这个问题问住,一时间竟然不知道该说什么。

"你是不是有什么话想问我,看你一路上总是显得犹豫不决的。"

谈礼见他怔住的样子，不禁失笑。这段时间发生了太多的事，他们甚至都来不及好好说话。

"是。"林赴年回答得很快。

"你想问什么？"谈礼问他。

"有很多。"

"想问你是不是真的不喜欢舞蹈了，想问你不跳舞后是不是很难过，想问你最近是不是又没休息好，黑眼圈那么重，想问你……"林赴年一顿，他想问的事情有很多，可在这个夜晚，他最想问的，只有一个。

"现在我最想问你的是……看到大海，你开心一点儿了吗？"混着海风声，林赴年清润的声音传入她的耳朵。

他最想问的，就是这句话。

她一愣，随后扯着嘴角笑了笑："你怎么总是觉得我不开心啊。"

"如果不想笑，也不用强撑的。"他盯着谈礼努力装作很高兴的样子，心里莫名地发闷。

林赴年的话像是一下撕开了她伪装的面具，她想开口狡辩，说自己其实很开心，可那些话好像卡在她的喉咙，不管她怎么努力，都说不出口。

一阵沉默后，谈礼生硬地转移话题："我还以为你想问我，外婆手术费的事情。"

毕竟那天，四个人里只有他一个人坐在那儿一言不发，沉默得可怕。

"这的确也是我想问的。"他直接承认了。

谈礼没想到他会这么直接，有些错愕。

"这有什么好问的。"她想继续装傻。

可林赴年不依不饶："外婆的手术费能凑齐，我们大家都很高兴。但我知道，这笔手术费不是小数目，光靠你爸他们是很难凑齐的。"

他的眼睛紧紧地盯着她。

谈礼知道瞒不过他了。

"是啊，你说得很对，光靠我爸他们，是凑不齐这些钱的。"她点点头，嘴角依旧保持着微笑的弧度，"所以我答应她了，高考完就跟着她走，这样一切问题就都解决了。"

说起这件事，她的笑容有些僵硬。

他们两个都心知肚明，谈礼嘴里的"她"是指谁。

"她说能帮我继续交上舞蹈课的钱，更重要的是，她愿意看在我的分上,帮外婆凑齐手术费。所以我答应了她。"

谈礼忽略掉林赴年担心她的目光,尽量把这些话说得轻松。

谈芝为了能让她回到自己身边,也算是无所不用其极了。

"我一开始还是不同意,所谓的自尊心作祟吧。直到她后面说,只要我答应高考后和她走,她就能帮外婆的时……"谈礼说到这儿,声音有点儿哽咽,她笑出泪花,"我觉得挺好的。这样我就可以继续学舞蹈,然后参加艺考了,外婆也有钱做手术了。这么说起来,我一点儿都不亏啊。"

"挺好的,我没有不开心啊,我特别开心。"她像是在给自己洗脑。

"可是……"谈礼抬起头,忍着心里的苦涩,不断做着深呼吸,再开口时声音已经沙哑,"可是,我不知道为什么,好像无论怎样都不能发自内心地笑出来。"

"阿礼……"

月光下,海风越来越大,似乎要把空间割裂开来。

林赴年沉默了好一会儿,终于忍不住开口,只是他说话的声音在发抖。

他还没有把她"拼"好,她就又要碎掉了。

"我以为我见到了海,就会特别高兴。可是你知道吗,我现在看着海,突然特别想跳下去。"她望着深不见底的大海,眼神闪烁,整个人快要因负面情绪崩溃。

她不知道自己在难过什么,但她真的高兴不起来。

"你说我是不是特别矫情啊,明明一切都在变好,可我还是这么不开心。"谈礼抹了一把脸上的眼泪,麻木地笑着。

好奇怪,她明明不高兴,却一直在笑。

"不是的,阿礼,你只是生病了,这都不是你的错。"林赴年急着安慰谈礼。他却在抬头看见她脸上的笑容时,那根紧绷着的线倏然断了。

他在谈礼脸上看见了和那天晚上一样的表情。她垂着眼,神情灰败。

他低着头,刘海遮住了眼睛。他不太会安慰人,只能声音颤抖着一遍遍地重复:"不是你的错,不是你的错……"

说到最后,他自己都要哽咽了,声音混在风声里,沙哑又难听。

谈礼看见他的眼圈泛红了,眼泪流了下来。

她的眼泪也像断了线的珠子似的,啪嗒啪嗒地往下掉。

他们就是两个爱哭鬼。

谈礼想，她大概是生了一场大病。这场病是从什么时候开始的，她不清楚。

可她害怕，怕这场病永远治不好。

那晚，大海成了灰色的背景板，月光下，他们相对无言，她在哭，他也是。

林赴年试图用承诺来绑住谈礼："阿礼，我们以后每一年都来看海好不好？"

言外之意是——你好好活下去好不好，哪怕是为了我。

他卑微到了尘埃里。

谈礼不回答他，他就一遍遍地问着。

"好不好？你答应我行吗？算我求你了。"他低下头，肩膀在颤抖。

十八岁以前，他自负、骄傲，只顾自己，直到遇见谈礼，他的姿态放到了最低。

林赴年的眼泪顺着他的脸颊往下滑，他早就不知道该怎么办了。

如果眼泪是糖衣炮弹，那他希望能攻破谈礼心中的防线。

少年用自己的眼泪和乞求，终于在最后换来了眼前人的一个点头。

无论如何，他都要拼尽全力留住她。

凌晨两点，他们离开湿冷的海边。

去往铁门的小路上，林赴年的步子突然一顿。

"怎么了？"谈礼回头，看到他正低着头，鲜血不断地从鼻子里滴落。

血滴在沙滩和他的身上，他狠狠地用手擦着："没事，我就是最近有点儿上火，鼻子总是流血。"

"拿纸擦一擦。"谈礼连忙从口袋里拿出纸巾递给他，他接过纸巾擦拭着，过了好一会儿才终于把血止住。

两人刚好到铁门那儿，就听到不远处有一个声音大吼道："喂，你们两个！干什么呢！！"

林赴年下意识地拉着谈礼开始跑，后面有人追了上来，离他们越来越近。

他突然松开了谈礼的手，用力往前推了她一把，快速说道："快跑，别停下来。"

谈礼担心地回头，看见林赴年站在那里一动不动，他的手上满是血迹。

不知道为什么,她的心里突然很慌张。

她觉得,自己即将失去他。

他把她推向了远处,自己留在了黑暗里。

36

"你们两个人跑什么跑啊?都叫你们站住了。大晚上的,我还以为是小偷呢!"

他们被追过来的保安大叔一顿训斥。

林赴年和谈礼站在一边,一遍遍道歉。

"行了,行了,以后不许这样了啊。都这么晚了,赶紧回家吧。"保安大叔训完就放两个人走了。

他们乘坐最近的一班高铁回到了苏城。

这次来江城看海,成了他们之间的秘密。

回到俞镇,让人心烦意乱的事情依旧存在,没有任何改变。他们只逃避了一晚上,也只能逃避一晚上。

接下来的日子里,天气一天天暖和起来。

谈礼外婆的手术很成功,谈礼才终于放下心来。

她重新回到了舞蹈班,每日继续重复着枯燥的练舞和学习。但她的情绪依然糟糕。

他们都在熬,等待天亮。

今年的樱花开得很晚,谈礼总会看着马路边的樱花走神。想起去年林赴年带她去看的樱花,那么美好,就像是发生在昨天。

谈礼每天坚持练习舞蹈,距离艺考的时间越来越近。她在等艺考的那一天,等一个成绩,等一个答案。

其余的时间,她不是在刷题,就是去医院照顾外婆。

谈礼外婆的手术虽然很成功,但还需要住院观察。林赴年他们三个人也会经常去医院探望外婆。

高三的日子煎熬又漫长,林赴年的成绩一向不太好,现在补起来更是困难。但哪怕忙得像陀螺,他也会挤出一部分时间,为谈礼祈福,求上天保佑她一切平安。

五月中旬，苏城艺考时间定在了五月十九日。

十九号当天，李丽特地早起给她做了早饭。

"谈礼，今天就要艺考了，千万别紧张，加油啊。"李丽将手里的三明治递给谈礼，温柔地鼓励着她。

"嗯。"她点了点头，看着手里沉甸甸的三明治，有些愣。

以前她不在家里吃早饭，主要是为了避开李丽他们一家三口，免得大家都尴尬。但其实李丽对她一直还不错，尽到了一个后妈的责任。

"那快点儿趁热吃，吃饱了才有力气考试啊。"李丽心里是真的为她感到高兴。

一开始沈鸿要谈礼放弃舞蹈课时，李丽就不同意，可后来实在没办法，人总归还是自私的，就是因为这个，她才总是觉得愧对谈礼。

好在现在谈礼又继续学舞蹈了，为了舞蹈吃了那么多年苦，也总算熬到头了。

谈礼咬着嘴里的三明治，瞥向主卧。

房门依旧紧闭，显然沈鸿还没有起来。哪怕是对她来说这么重要的日子，他也不会放在心上。

李丽顺着她的目光看去，很快就明白了，心里感到难堪，可又不想她伤心："你爸昨天照顾你外婆，清早回来才睡下，现在还没醒呢。不过他特地嘱咐我，今天一定要代他和你说声加油。"

这番话可信度实在不高。

谈礼笑了笑，没拆穿。

其实谈礼知道，自从沈鸿知道自己答应谈芝，高考后跟谈芝走后，他没少骂她白眼狼，对她学跳舞这件事，也更加看不惯了。

沈鸿当然不会给她加油，说不定他巴不得自己艺考失败。

谈礼很快吃完了手上的三明治，出门前瞥了一眼挂在客厅墙上的日历——五月十九日。

林赴年已经在门口等她一会儿了。

直到他们两个人并肩离开，沈鸿才慢吞吞地从房间里走出来。

"你醒了？"李丽见他突然打开房门，有些诧异，嘴里又难免埋怨，"醒了为什么不出来，今天你女儿艺考，这么重要的一天，你也不说点儿什么祝福的话。"

沈鸿没回答，目光始终落在谈礼的背影上。

他们二人到教室的时候,徐落沉正站在班级门口等着,和徐落沉一起等的还有江源。

"你们两个加油啊,好好考。"江源靠在墙上,懒散地说着鼓励她们的话,"尤其是你啊,徐落沉,我可不担心谈礼,你可得给我争口气。"

不出意外,他被徐落沉狠狠地踩了一脚。

"嗷!"

"江源,你小子找死是不是!"徐落沉气急,狠狠地剜了他一下。

他们两个人又闹起来了。

谈礼和林赴年对视一眼,忍不住笑出声来。

持续了一早上的紧张心情,如今被他们两个人冲淡了不少。可谈礼不知道为什么,从早上到现在,心里都在发慌,好像预感到会有不好的事情发生。

林赴年就站在她的旁边,很快就发现了她的不对劲。

"别紧张,等会儿你们坐校车走的时候,我和江源一起去送你们。"

他安慰的声音传入耳朵,谈礼闻声一怔:"可是我们走的时候,你们应该正在上课。"

"我有办法。"少年昂起头笑着,晨曦将他的头发映成棕色。

他的头发又长长了,不知道是不是错觉,谈礼总觉得他瘦了点儿。

林赴年的声音温柔中带着一股力量:"别想那些没用的。谈礼,胜利就在前方,你的未来,一定是最耀眼的。"

他语气坚定,像是暴风雪里屹立不倒的松。可是谈礼依旧没底气回应他。

许多年过去以后,她再想起这一天,都会无比后悔。那天她应该开口问问他:"那你的未来呢,又在哪里?"

上午九点,江中要参加艺考的学生准备在操场集合,然后一起乘坐校车去指定的考场。

谈礼走在人群最后面,舞蹈班的人都在为彼此打气,刘音更是比其他老师都要紧张。平日里关系不好的同学,也在这会儿放下了芥蒂,真心地互相祝福,鼓励着对方。

每一个人都明白这一场艺考背后的艰辛。

大家脸色紧张地走下楼梯,徐落沉挤在人群里,还不忘喊着谈礼。

谈礼站在楼梯口，迎着吹来的风，在这个让所有舞蹈生都期盼已久的艺考当天，她看着面前的人群，再一次想起了沈榆。

时间实在是过得太快了，转眼间，这已经是沈榆去世后的第三年了。

谈礼偶尔会想，如果当初沈榆没有出事，那今天和自己一起去参加艺考的人中，会不会也有她。

风有点儿大，吹得她的眼睛干涩，鼻子也有点儿酸。

没人知道，谈礼从学舞蹈的那一刻起，身上就背负了两个人的梦想。

所以无论能否成功，她都要去搏一搏——为了她自己的舞蹈梦，更为了沈榆。

"阿礼，快走啦！林赴年他们两个不是说要来送我们吗？怎么还不来啊。"徐落沉朝走廊张望着。

"他俩要是敢食言，等考完试，我一定要揍他们一顿！"

谈礼看着她不停张望的样子，笑着应了一声："来了。"

话落，谈礼伸出腿，刚要走下楼梯，后背却被人用力推了一把。

她瞬间失去了平衡，整个人滚下了楼梯，大脑一片空白，甚至来不及想什么。

单薄的身体直滚到缓步台才停下，却意外撞倒了垃圾桶。

她的腿被垃圾桶里滑出的碎玻璃割伤，不停地往外冒血，疼得她浑身冒汗。

谈礼下意识地抬眼看去，站在高处的那个人正是沈辞。

她此刻正环抱手臂，居高临下地看着谈礼，眼神轻蔑又癫狂。

谈礼躺在血泊里，终于明白，原来沈辞一直在等这一天。

让她失去参加艺考的资格，亲手摧毁她的舞蹈梦想，让她这些年的努力付之东流。

她的梦想，她的未来，毁于黎明之前。

谈礼不知道还有什么能支撑自己活下去，她心如死灰地闭上了眼。

在她彻底失去意识的前一秒，落入了一个温暖的拥抱，那个怀抱的气息很熟悉，熟悉得叫她鼻酸。

在救护车的警笛声中，她被人抱着上了救护车。

林赴年紧攥着她的手。

现场一片嘈杂，她居然听清了他的声音。

他哽咽着说："求你，别死。"

第12章
枯木不再逢春

37

当谈礼在医院里醒过来,已经是第二天上午了。

她睁开眼,医院雪白的天花板晃得她眼睛酸疼,她的病床边站满了人,外婆、沈鸿、谈芝……见她醒了,沈鸿去叫了医生。

谈芝双眼通红地喊着她的名字。

他们都在说话,谈礼却听不清。

她身上留下了很多的伤口,腿上的最为严重,半月板撕裂,小腿骨裂。麻醉药效过后,她又开始疼了起来。

所以,哪怕谈芝又惊又慌地安慰她,她都知道自己或许很难再跳舞了。

谈礼的目光扫过病房内,并没有看见林赴年的身影。

她记得,自己受伤后是他把自己送来医院的。

她想开口问,可是说不出一句话来。

金黄色的阳光顺着窗户照射进来,在病房的地上投下斑驳的光影。

阳光很温暖,她的心却冷得麻木。

艺考的时间早就过去了,她错过了这次考试,也许也不会再有机会参加下一次考试。

谈礼躺在病床上,配合地输液、吃药,人看上去异常平静,似乎那个曾经靠近梦想又被击碎梦想的人不是她。

徐落沉他们是下了晚自习后来看她的。

徐落沉一走进病房,眼泪就控制不住地往下掉。

她先痛骂了沈辞一顿，随后又心疼地趴在谈礼旁边哭。江源身后跟着林赴年，他们两人见到这幅场景，一时有些无措。

还是江源听不下去了，连忙叫停了徐落沉："好了，好了，你别哭了啊。知道你生气，但是你这么吵，让谈礼怎么休息啊。"

"沈辞怎么能这样做？而且现在人又不见了，我真的是气死了！"徐落沉怒气冲冲。

谈礼却在她的话里抓到了重点，嘶哑着声音开口问："沈辞又不见了？"

"是啊，不过，谈礼，你别担心。你爸他们已经报警了。"江源见徐落沉说漏了嘴，连忙瞪了她一眼，"你现在别担心这些，先好好养病，把身体养好才是最重要的。"

"是啊，是啊，阿礼，你别去管那个莫名其妙的疯子了。"徐落沉知道自己说错了话，急忙凑在她身边讲了好几个冷笑话，试图让她高兴点儿。

徐落沉他们并不知道，沈辞之所以那样做不是临时起意。

在艺考当天凌晨，沈辞又给谈礼发了消息。

"谈礼，你还记得今天是什么日子吗？"

谈礼没有回复她，于是沈辞开始发疯。

"你怎么能忘记？"

"谈礼，谁都可以忘记，唯独你不行！"

"你怎么可以忘记她？你没有资格忘记，你也不能忘记！你就应该一辈子都活在悔恨里，一辈子赎罪！！！"

……

消息的提示音在静默的夜里不断响起，听着分外刺耳，可谈礼一个字都没有回。

谈礼一辈子都不会忘记三年前的这个日子发生的事情，今天是沈榆的忌日，她记得很清楚。

因为只有她知道，那天对她来说，是怎样的一场噩梦。

三年前的今天她没有拉住沈榆，三年后的今天她被沈辞推下了楼梯。

沈辞无非就是不希望她这个所谓的"杀人凶手"能通过参加艺考去开启新的人生。因为自己的妹妹沈榆早已躺在冰冷的地下长眠了。

沈辞应该很早之前就做了这个决定，之前发生过的种种，不过只是为了让她不安罢了。

但沈辞不知道，跳舞不仅是沈榆的梦想，也是谈礼的，她一直背负着两个人的梦想活着。

现在梦碎了，谈礼反而不知道自己还能为沈榆做些什么了。

她欠沈榆的，好像一辈子都还不清了。

林赴年站在一边，沉默地看着病床上脸色苍白的谈礼，明明已经疼得快哭了，可还在强撑着笑。

他想开口说些安慰她的话，可又像是突然想起了什么，硬生生地憋住了。

他们默契地对视了片刻。只是这次是林赴年先移开的目光。

看着他闪躲的目光，谈礼一愣，心底倏地泛起一阵苦涩。

林赴年身上有一种说不上来的奇怪感觉。

在他们离开时，林赴年是最后一个走出病房的人，谈礼突然喊住了他。

"阿林，你说的未来，真的还会有吗？"

如果他不和她讲话，那她就主动开口。

谈礼喊他阿林的次数屈指可数。

她的声线在颤抖，像是在寻求一个答案，好给自己一些慰藉。

可他的回答和过去的回答并不一样。

"你好好养病，别想那么多了。"林赴年没有正面回答这个问题，而是抛下这么冰冷的一句话后就匆匆逃走，这样的行为不禁让谈礼怔住。

他突然的冷漠让谈礼不知所措，她从来没见过这样的林赴年。

他很少会对她生气，唯一一次生气，也是因为她伤害了自己。

他似乎永远都是个小太阳，散发着光芒努力照亮她。

如今他这样冰冷的语气和态度，像是换了一个人。

艺考过后不久，就是万千学子奔赴的高考。

高考第一天，医院里的树开花了，淡粉色的小花开满枝头，是个好兆头。

谈礼的伤很重，腿至今都无法下地站直。

她无缘参加今年的艺考和高考。

早上，她在徐落沉拉的四人小群里给他们加油，江源和徐落沉都回了"一起加油"的表情，而林赴年依旧沉默。

高考成绩放榜那天，徐落沉他们三个人过来看过她，希望能把自己的好运送给她。

那天的林赴年依旧没说什么话。

谈礼真心为他们高兴，笑着看向林赴年，却见他又避开了自己的目光。

谈礼发现他好像瘦了很多。

林赴年没说他考上了哪所大学，谈礼也是后来才从徐落沉嘴里知道他们考得不错，都去了自己理想的大学。

只有她还待在这个冰冷的小屋子里，继续养伤。

整个暑假里，林赴年来看过她很多次，只是望向她的目光里，有着让她看不透的情绪。

他们之间好像也没有什么话题可聊。

直到那时候谈礼才意识到，原来此前他们聊的话题都是林赴年主动提起来的。

好像是不舍，又好像是决绝，他在无声地和她说着再见。

九月，大学开学后，林赴年来的次数慢慢变少。

他从一周来一次，逐渐变成了一月来一次。

谈礼努力安慰自己——他只是忙得没有时间过来而已。

可林赴年朋友圈的内容每天都很丰富多彩，他参与了学校举办的很多活动，也获得了很多的奖，虽然朋友圈里并没有晒出他自己的照片。

他们三个人的生活都很有趣，只有她的生活宛如一潭死水，即使抬头看，前方也只是无尽的黑暗。

谈礼开始进入复健期。复健的过程很痛苦，她的小腿使不上力，只能扶着两边固定的把杆试着行走，可还没走几步她就会脱力，然后狠狠地摔在地上。

谈芝焦急地扶起她，心疼地一遍遍揉着她摔疼的地方，就像小时候她曾渴望的那样，可现在她的内心毫无波澜。

在漫长又痛苦的复健过程中，她也曾想过联系林赴年，可每当她打开手机，想拨通那个号码时，手总会不由自主地停住。

林赴年已经两个月没来看过她了，他们的微信对话框里的消息还是在她出事之前互发的。

谈礼不停地翻看那些聊天记录，努力猜想着到底是什么让他们之间的关系变成了这样。

可是,没有答案。

曾经心疼她、为她落泪的人,现在跟她杳无音信,再没人愿意听她哭诉自己的委屈了。

于是她就算把嘴唇咬出血,也不让自己落泪。

这场意外就像是一面墙,她在墙这边的黑暗里,而林赴年早就走到了另一面,远离了黑暗,奔赴光明了。

他们不再是同一个世界里的人。

她在痛苦中挣扎度日,而他在新的环境里肆意生活。

这一切仿佛是回到了刚开始,而他们就像是从来没有遇到过一样。

38

谈礼腿上的伤虽然已经痊愈,但她还是不能站立太久。

她和林赴年慢慢断了联络,关于他的很多事情,她都只能从徐落沉那里知道。

她还没来得及为这段无疾而终的关系难过,外婆又出事了。

谈礼的外婆术后本来恢复得还不错,可她毕竟年纪大了,如今又有复发的迹象,一切都来得猝不及防。

家里人每一天都忙得焦头烂额的,没有时间管谈礼。

谈礼也着急,可因为行动不便,也不好去添乱。

担心和害怕的情绪在深夜里发酵,她又开始失眠,梦里总会重现她被推下楼梯的那一幕,沈辞居高临下地站在楼梯上,讥讽地冲她笑着。

然后画面倏然一转,变成了躺在血泊里的沈榆,最后居然变成了倒在地上的外婆……

她陷入无限循环的噩梦之中,开始吃不下饭,严重的时候,连喝水都会吐。

她浑浑噩噩地过着每一天,沈鸿、谈芝他们都很忙,他们总是会习惯性地忽略她。

这段时间,谈礼总会习惯性地点开林赴年的微信聊天界面。她很想问问他,最近过得好不好。

可打出来的字从未发出去过。

无形之中,这段关系就已经莫名其妙地破裂了。

于是她又和很久以前一样，身边空无一人，没人知道她心灵世界的贫瘠、荒芜。

等到他们四个人再见面，是在十二月的下旬。

本来就担心外婆的三个人，一回苏城就赶来了医院。

冷空气来袭，连下了三天的大雨，林赴年他们三个人带着一身寒气进了病房。

此时谈礼正坐在病床边和外婆说着话，难得今天外婆的精神很好。

谈礼削着水果，听见开门声抬起头，和站在门外的三人对视上。

她没想到会在这个时候再见到林赴年，恍如隔世。

病房内的灯光亮得刺眼，落在他的脸上。谈礼愣愣地坐在病床边看着他，他穿了一件很厚的羽绒服，里面是一件黑色高领毛衣，整个人看着有些臃肿。他的下巴尖了很多，眼下一大片乌青，两边脸颊瘦得有点儿脱相。

谈礼盯着他，眼中闪过一些不解。

而林赴年难得没有回避她的目光，直勾勾地盯着她。

他们两个人都瘦了很多，因为整晚的失眠和难熬的复健，她的脸色变得憔悴。

她是个病号，可林赴年不是。

他们好像很久没见了。

"小林啊，你们来了。"谈礼的外婆笑着开口打破了凝固的气氛，她冲着林赴年三个人招了招手，"快过来，我老婆子好久没见你们了哦，快来让外婆看看。"

"外婆，你身体怎么样啊，我们都想死你了。"徐落沉第一个跑过去，拉住面前老人的手，看着外婆皱巴巴的手上的留置针，不禁眼睛一酸。

"外婆没事，你们别担心啊。"老人家笑得慈祥，声音极温柔地安慰着她。

"小林啊，你是不是没好好吃饭，怎么瘦了这么多啊。"谈礼外婆眼底含笑，目光慢慢扫过面前三人，看到林赴年时，她的笑容有些僵硬。

外婆的话音刚落，徐落沉和江源也有些慌乱地看向他。

林赴年被这话问住了，他张了张嘴，却未说出只言片语。

后来还是徐落沉替他回答："是啊，是啊，外婆，我和你说，最近林赴年在大学可忙了,我们都见不到他几次的,所以,你看看,人都累瘦了。你说是不是啊,江源?"

徐落沉说完,揪了一把江源的胳膊,江源忍痛附和:"是、是、是,阿林,你注意身体,别总是那么累了。"

"小林啊,你再忙也要好好吃饭,再这么瘦下去是不行的。"外婆苦口婆心地嘱咐道。

这些温暖的话语让林赴年有些怔住,他低下头,突然想起什么似的,苦笑了声,点头答应:"外婆,您放心,不用担心我。"

"你们啊,一个个都是大人了,还那么不管不顾自己的身体,不只是小林啊,还有你们两个,也要好好吃饭,知道吗?"

"知道啦,外婆,您放心吧。"

……

谈礼的外婆又嘱咐了好几句,直到药性上来了,开始犯困,他们四个人才退出病房。

谈礼起身时,林赴年就站在她边上。他下意识地伸出手想要扶着她,可动作又在半空中僵住了。

徐落沉见状,无奈地叹了口气,伸手过来扶起谈礼。

他们在病房门口说了会儿话。

徐落沉一直在分享自己的生活,江源偶尔插一嘴,提到大学的话题,林赴年抿着嘴依旧沉默。

徐落沉说了很多话,试图缓解他们间尴尬的气氛,可大家的笑容还是很勉强。

徐落沉低头不知道在想什么,莫名鼻子一酸。

大概她也想起了曾经大家一起去烧烤店兼职的日子。

可事到如今,那些曾经习以为常的日子,也已成为奢望。

半晌,徐落沉抬起头,看了江源一眼,下一刻他俩默契地说有事先走,把空间留给了谈礼和林赴年。

这会儿外面又下起了雨,雨水打在树叶上,噼啪作响。

"你……"

"你……"

他们默契地一起开口,随后又同时一愣。

谈礼笑了,转头看着他,声音有些哽咽:"最近过得还好吗?"

"挺好的,你呢?"他笑着问她,露出那对好看的梨涡。

谈礼却盯着他脸上的梨涡有些发怔,明明一切没变,可又好像都变了。他的笑,竟让她看出几分悲伤来。

"我也挺好的。"她笑着自己的莫名其妙,明明眼前人的朋友圈每天都显示着他过得有滋有味的,她怎么会觉得他不高兴呢。

"那就好。"他看着谈礼消瘦的脸,抿了抿嘴,没有拆穿她的谎言。

气氛一度又僵持了,他们不知道还能说些什么。

谈礼看他低头缄默的样子,心里发闷。

"你就没什么想问问我的吗?"

比如问我的情况,问我身体恢复得好不好,问我的腿伤怎么样了。

"想不到该问什么。"他的声音冰冷得没有一丝温度。

他们早就不是半年前知无不言的关系了。

林赴年的话就像是一把刀,刺进了她本就溃烂不堪的身体里。

如果换作以前,林赴年一定不会这么说的。他会拉着谈礼,和她不停地聊着自己的大学生活,然后鼓励她,陪着她。可他没有,他们失去了联系。

在医院长廊静寂的环境下,她鼓起勇气问出口的话,被狠狠堵了回去。

她不知道自己还能再问什么。

两人之间的气氛继续僵住,直到隔壁病房内传出电视的声音。

"据中央气象台报道,苏城本周即将迎来大雪……请广大市民注意出行安全……"

苏城要下雪了。

"在此插播一条新闻,江城城南的大海在本月出现涨潮情况……"

后面的声音,她听不清了,大概是隔壁病房调低了电视音量。

江城,大海……

她就抓住了这么几个关键词,距离上次他们偷跑出去看海,好像还不是很久,却又遥远得像是上辈子的事。

她心里想着那次看海,想要开口,但话还没来得及说,林赴年就起身要走了。

"你等等!"谈礼急得抓住了他的衣角,眼陡然一红,声线都在抖,"林赴年,当初说好以后我们要一起去看海的,我们还会一起去的,对不对?"

她的声音听着可怜又沙哑,林赴年转头,看见她死死攥住了他的衣服，红肿着眼睛，整个人显得惶恐不安。

她在问自己，可又好像在求他答应。

他没办法对这样的谈礼说"不"，两人僵持下，最后是他妥协。

他重重地叹了口气，眼底一暗："嗯，等你伤好了，我们就去看海。"

"好，一言为定，你不要食言。"她听到他的话后便不停地点头，滚烫的泪水砸在地上，模样狼狈又可怜。

林赴年见她这样，心里一苦，不受控制地抬起手，用指腹轻轻抹去她的眼泪，声音温柔又干涩："好，那你一定要好好治病，我不会食言。"

"我一定会好好复健的，你再等等我好不好？"

他点着头，勉强笑了笑："好。"

在那个夜晚，外面大雨滂沱。

他们彼此都不知道对方撒了谎。

谈礼那时候以为只有自己说了谎，因为她过得并不好。

后来她才知道，原来他也撒谎了。

他骗了她，他食言了。

那是他们的最后一次见面。

39

十二月的最后一天，是谈礼的生日。

这天大家依旧很忙，没一个人记起她的生日。

谈礼是在三十一日的最后一分钟接到林赴年的电话的。

她因为外婆的事情彻夜难眠。

电话里的声音传进她的耳朵时，她有些愣："阿礼，生日快乐。"

这是她今年生日听到的第一句"生日快乐"，与这句话一起来的，还有窗外无数炸开在夜空中的烟火。

"也祝你新年快乐，一年又过去了。"

林赴年那边也全是烟花炸开的声音，不知道是不是谈礼的错觉，那些声音似乎和她这儿的重合了。

可她还没来得及多想，就听到了一个女孩子的声音。

"阿林，别打电话了，快一起来放烟花。"

"对啊，对啊，你小子干吗呢，撂下女朋友，和谁在打电话呢。"

那边人说话的声音混在烟花声里，很吵，好像有很多人在起哄，但谈礼还是准确地抓到了关键词。

她瞬间呆滞，大脑一片空白，开口时声音都带着迟疑："女……朋友？"

"是啊，忘了和你说，我在大学交了个女朋友。"

林赴年像是没听出她话里的不对劲，满是笑意："有空介绍你们认识，她一直都想见见你。"

谈礼沉默了。她不知道自己听到这些话时心里是什么感觉。

明明在这通电话打过来时，她已经想好了要和他说什么。

她想告诉他，自己在很努力地做复健，复健虽然很辛苦，她会摔很多次，但她都咬着牙坚持下来了。

因为他们说好的，等她病好了就一起去看海，她想快一点儿，再快一点儿。

——快一点儿走进他的世界，而不是被他的世界所抛弃。

过去，总是林赴年在不断地走向她，现在，她也应该努力往他那边走了。

她那么艰难又努力地朝着那个约定一步步走去，却在今天被宣判了死刑。

"谈礼？"林赴年在电话那边没有听到她的声音，于是喊了她的名字。

他那边的风声很大，顺着手机传到了谈礼的耳中，她才终于回神。

或许是她的心里也有一场永不停歇的风。

"林赴年，今年你不会去看海了吧。"她脸上的眼泪无声地砸在地上。

那头的人明显怔了一下，再说话时，声音恢复如常："嗯，我不会去了。"

谈礼死死地咬着唇，泪水像是开了闸。直到这一刻，她才知道原来一切都是自己痴心妄想。

那些郑重的承诺和约定，不过是许下的人随口一说而已。他甚至都没有记在心上，让她沦为最好笑的那个笑话。

"你不要我了对吗？"

"是，不要你了。"

那你当初为什么要答应我？为什么那么笃定地说自己绝不食言？

谈礼在心里崩溃地吼着。

为什么要给她希望，又亲自赐给她绝望？

为什么送她大梦一场，最后又亲自击碎？

为什么短短半年像是变了一个人？

为什么说好要永远陪着她却又半途而废？

为什么以前拼命留住她，而今天却亲手推开她？

这半年里的冷漠、不耐烦，让谈礼再也看不到过去的那个他的影子。

小太阳消失了。

她有太多话想问他了。

然而，到了今天，她才发现，原来她一直都没资格问。

他们是什么关系？

同学？还是朋友？

抑或是他在他顺风顺水的人生中，遇到的一个孤僻、悲观、总给人带来负面情绪的路人？

可她又能说什么呢。

电话那头的女孩子还在喋喋不休地缠着他讲话，听声音，她都能猜到对方是一个开朗明媚的人。

小太阳找到了另外一个小太阳。

果然，没人会爱她这样奇怪又悲观的人。

"怎么突然问我这个，我本来也不是很喜欢去看海。"

他的语气充满不解。

他不喜欢看海，他也不会再陪她去看海了。

约定这种事，最怕的就是说者无意，听者有心了。

谈礼瞬间被气笑了，情绪终于崩溃，口不择言："林赴年，食言的人，会不得好死的。"

那天他的表情那么奇怪，原来是在勉强自己。

谈礼很想告诉自己，林赴年不是这样的人。可是事实就摆在她的面前，让她不得不去面对。

她也没想过，有一天她会和林赴年这么不体面地说再见。

谈礼说完，很快就后悔了。

她怎么可以这样说林赴年？

明明去寺庙时她还许愿要他百岁无忧的。

谈礼想收回那句话，但电话那头的林赴年只是沉默了一会儿，混着那头的风声，他轻笑了声，声音发苦："谈礼，那就让我不得好死吧。"

他的话音刚落，身边的人就催促着他去放烟花。

这通电话是什么时候挂断的,谈礼也记不清了。

她只记得她坐在冰凉的地板上,终于在黑夜里失去了太阳。

去年这个时候,他们一起跨年,一起给她过生日。那是她过得最开心的一个生日,美好得让她感觉不真实。

但一切都结束了。

谈礼胸口一阵阵地发疼,过去和林赴年的所有,就像是录像一样,不断在她脑海里播放,最后停在了他哭着求她别死的那一幕。

那时的林赴年和现在的他完全是两个不一样的人。

他应该爱上一个乐观、明艳的女孩子,而不是她这个悲观、破碎了无数次的人。

是她不死心,想抓住生命里照进来的光,是她不自量力,她就该一辈子都待在暗无天日的世界里。

谈礼不知道自己坐在地上哭了多久,直到眼睛都肿得快睁不开。

直到深夜,医院走廊突然传来一阵骚动,她听到了沈鸿的声音。

"医生,你们快看看我妈,她情况不太好!"沈鸿的声音焦急又崩溃。

谈礼在病房里听得一清二楚。她的大脑轰的一声炸开。她挣扎着想站起来,可坐在地上太久了,没有半点儿力气。

无助和害怕再次席卷全身,她不知道,如果外婆出事了,自己还怎么活下去。

内心的很多东西都在这一刻崩塌,她的胸口很疼,疼得她冒出了一身冷汗。

她的心底本就是一片枯木,等不到枯木逢春的那天了。

她抬起头望着夜空中皎洁的月亮,鬼使神差地伸出手想去触碰,却发现那束光遥不可及。

在她痛苦地倒在地上的前一秒,听到有人在喊她的名字。

好像是徐落沉。

"谈礼!"

徐落沉尖叫着,不停地呼叫医生。

谈礼不知道她为什么三更半夜会来医院,还来不及细想,她就没了意识。

她真的太累了,累到撑不住了。

就这样吧。

第13章
不见海亦不见你

40

谈礼醒后看到了沈鸿和谈芝满眼通红，愧疚又自责地站在她的病床边。

他们终于意识到她生病了。

他们开始找心理医生给谈礼治病。

谈礼积极配合复健和心理治疗。

心理医生接触过的病人里，她是最积极配合治疗的。

心理医生也曾问过她原因。

"别着急，虽然从某种程度上来讲，你那么着急是好事，但我们还是要慢慢来。"她的心理医生温柔地劝着她，问她，"是打算等病好了之后去做什么吗？"

谈礼闻言，虚弱地笑一下，随后摇着头："不是。只是曾经……有个人叫我要活下去。我想快点儿治好病，然后告诉他，我会好的，我真的会好的。"

她只是想，治好自己身体和心灵的病，然后……也就没有然后了。

也许她能做的，只是病好了后，去见见林赴年，和他说声"对不起"。让他被她这样悲观的人折磨了这么久，辛苦他了。

然后她也要和他说声"谢谢"，告诉他自己真的好了。

她会好的，只是有些晚。

如果她能早点儿明白这个道理就好了，那样他们至少还能做朋友。

现在她这个灰暗的人彻底离开他的生活了，她想，他的未来，一定是充满阳光的吧。

公安局在一月抓到了沈辞。

那天谈礼被谈芝他们几个人护着去了公安局,她最先看到的是沈辞的妈妈。

沈辞的妈妈是个温柔、知性的人,沈妈妈也很喜欢她,尤其后来得知她家的情况后,更加心疼她。她是真心把谈礼当作自己亲生女儿来对待的。

那年沈榆出事,她也从未怪过谈礼一句,只让谈礼要好好生活,不要受这些事情的影响。

可他们一家才是困在噩梦里永远出不来的人。很快,沈母带着沈辞搬了家。

谁能想到有一天,她们会在公安局再见。

"阿礼。"沈母肿着眼睛哀求她,"阿姨知道自己这样很过分,但阿姨能不能求求你,放沈辞一马,我只有小辞这么一个女儿了。是我的错,我没有管好她。当初我只顾着为小榆的死难过,不知道小辞后面居然给你找了那么多麻烦……"

沈母拽着她的手说了很多话。

谈礼才知道原来当年沈榆死后,沈辞因为太过自责,得了精神疾病。

怪不得那会儿她没有看到沈辞。

但沈辞还是不愿意放过她,于是从医院里逃了出来。

直到这次,沈辞险些造成大祸,被抓捕。

"阿姨……"谈礼不知道该怎么回答她。

沈母很快也察觉到了谈礼的为难,她看着面前的人,居然比初中那会儿还要瘦,甚至腿站着都有些吃力。

见此,沈母突然像是泄气了一般,长长地叹了口气:"阿礼,这些年,你过得也不好,是阿姨的错,没管好小辞,造成了今天的后果。"沈母说着说着又哭了起来,她从口袋里拿出两封皱巴巴的信,把其中一封塞进了谈礼的手里,"是阿姨自私,那时候事情发生得实在太突然,我没来得及把小榆给你们两个留的遗书交到你们手上,如果这封信被小辞看到,也就不会发生这么多事了。"

她当年丧女,早已悲痛欲绝。

沈榆留下了三封信，两封给家人，一封给谈礼。

沈母不希望这封信再揭开任何一个人的伤疤，又出于私心，觉得这是女儿的遗物，想好好保存，却不想，造成了今天的局面。

"阿姨不该逼你的。是沈辞做错了事，无论你做什么决定，阿姨都能接受。但这封信请你一定要打开看看。好孩子，你还有美好的未来，别困在过去了。"沈母轻轻摸了摸她的手腕，语气心疼又无措。

沈母怎么能再去逼谈礼，明明是他们家人犯的错。

谈礼听着沈母的话，眼圈瞬间红了。

谈礼本来已经做好沈母和自己撕破脸的准备了。可最后沈母只是心疼地揉了揉她的头，还在心疼自己这些年过得不好。

谈礼想到这儿，羞愧地低下头，觉得手里的那封遗书分外沉重。

她就站在公安局的门口，支开了所有人。她一个人站在阳光下，手指颤抖着拆开了那封信。

陈旧泛黄的信件，多年后，终于到了她的手上。

谈礼在公安局见到沈辞时，沈辞神色平静，双目无神地坐在那儿，一动不动。

"听警察说，她死活都不承认自己推了你，还说自己什么都忘了。"徐落沉跟在她身边，狠狠地剐了一眼沈辞。

沈辞是确诊了有精神疾病的，只要她一口咬定那是自己发病时的行为，那他们对她都没有办法。

然而，谈礼很清楚地知道沈辞推她下楼的时候到底有没有发病。

沈辞眼神轻蔑地扫过她的腿，露出了一抹笑。

徐落沉气极，道："你什么意思啊，推了人还不承认是吧。"

如果不是有人拦着徐落沉，她大概率会上去把沈辞打一顿。

沈辞目光戏谑地盯着谈礼，等待她开口。

"我可以同意私下和解。"谈礼目光平淡地看着旁边的沈母，语气平缓。

"不行！"

"绝对不行，她这是蓄意谋杀未遂，我们不会同意和解的！"

她这话一出，立刻遭到了沈鸿、谈芝还有徐落沉的极力反对。

沈辞转头看着沈母，见到她同样错愕的表情，更是一怔。

她不明白谈礼是什么意思,但她不甘示弱地盯着谈礼,语气不善:"谈礼,我劝你少在这个时候当'圣母'。如果你今天放过我,我以后一定还会来找你!"

沈辞的话音一落,徐落沉气得撸起袖子就要动手。沈母听着自己女儿这么无理取闹的话,心里比谁都冷。

谈礼像是早料到了似的,她伸手拦住了徐落沉,抿了抿嘴,语气冰冷:"你想多了,沈辞。我没那种'圣母'心,也更不想放过你。沈辞,我真的恨你。"她的话像是十二月的大雪,冷得让人发抖,"可是,偏偏你是沈榆的姐姐,也是沈阿姨现在唯一的女儿。"

谈礼说完,低头无奈地嗤笑了声,脑海里不断想起那封信的内容,那是沈榆的遗愿。

再开口时,她收回了脸上的笑,眼底全是漠然:"一切都是我欠沈榆的,今天就当作我还给她了。"

她说完这话,就转身慢慢离开了。

沈辞愣在原地,她看着前边远去的背影,似乎被谈礼的这番话狠狠地扇了一巴掌。

沈鸿几人还在努力劝着谈礼。可她的背影落寞又凄凉,像是已经没力气和沈辞纠缠了。

莫名地,沈辞觉得谈礼身上好像有什么东西正在死去。

她看了好一会儿,才觉出了不对劲。

那个……一直跟在谈礼旁边的男生呢?

怎么不见了?

"谈礼,你是不是疯了啊?怎么能接受和解呢?"徐落沉看她一言不发,手里只紧紧攥着那封信,愈发着急。

沈鸿和谈芝也劝她,可见谈礼脸色惨白的模样,话又不敢说重。

此刻在所有人的眼里,谈礼虚弱得仿佛一阵风就能吹走。

"是啊,阿礼,你怎么能这么草率地同意呢?"谈芝小心翼翼地问她。

沈鸿见状,也跟着接话:"是啊,你妈说得对,你还是得再想想。"

谈礼闻声回过头,看着三人焦急的神色,她眯了眯眼,居然觉得有些不真实。

在谈芝帮忙给外婆付了一部分手术费后,沈鸿和谈芝的关系才缓和,谈礼上次出事之后,两人像是达成了某种共识,在她面前成为一对合格的父母。

可惜现在的谈礼内心毫无波澜。

她的心在那个晚上已经死去了。

她没说话,只是更加攥紧了手里的信。

徐落沉看她还是不讲话,更加着急:"谈礼,你说话啊,你不会就是为了这封信才答应和解的吧?你就不怕她到时候出来了,对你不利?!"

"不会了。"谈礼迈着步子继续往前走,她伸出手,遮住头顶刺眼的阳光,她的声音笃定又苦涩,"不会了。一切都结束了。"

次日,谈礼在病房里休息,徐落沉推开她的病房门,语气急切:"阿礼!公安局那边说沈辞自首了。她承认自己一直在威胁你,还把你推下了楼。"

徐落沉忍不住骂:"她终于良心发现了一回!"

从徐落沉进门到现在,谈礼的反应似乎一点儿都不意外。

"你怎么好像早就知道啊?"

"嗯。"

"为什么?她昨天还在公安局那么嚣张跋扈,怎么今天突然就自首了?"徐落沉不解,见到谈礼坦然自若的模样更是疑惑。

"因为我和她都是为了同一个人。"谈礼笑了笑,目光却定格在了手里的信上。

她同意和解,沈辞愿意自首,都是为了沈榆。

"这封信里到底写了什么啊?"徐落沉盯着信,信纸破旧又泛黄,里面的内容除了谈礼和沈辞,还有沈母外,无人知晓。

阿礼:

当你看到这封信的时候,我想我已经不在了吧。

请不要为我悲伤,也不要为我自责。这是我自己的决定。

但在我写下这些话的时候,我还是很害怕——害怕下辈子会遇不到你,遇不到姐姐和妈妈。

阿礼,如果有一天,你知道了一切真相,我恳求你,一定不要怪自己。那时候我也不知道哪里来的勇气,就是一心想要保护你。

在那段苦闷的灰色初中生活里,你常说我是你人生中的小太阳,其实我想告诉你,你也是我的小太阳。

这一路上,因为有你的陪伴,我才没有那么孤单。

但现在我要走啦,也希望我的阿礼,在往后的人生中,还会拥有无数个炙热的太阳。

阿礼,你一定要好好活着,带着我们的梦想去更远的地方。

小太阳要先启程啦,所以小太阳在世界上的姐姐和妈妈,也要拜托你帮我常去看看她们啊。

阿礼,一切就都拜托你啦,妈妈和姐姐,也只能麻烦你多照顾了。

下辈子,我们不做朋友,做一家人。

而沈榆留给沈辞的那封信的告别内容也是相似的,除了让沈辞好好生活外,还有几段话。

姐,不要为我自责,也千万不要去怪阿礼。

保护她,我从来都不后悔。

谈礼是我这辈子最好的朋友,是我除了你和妈妈以外,在这个世界上的另一个家人,虽然我和她没有血缘关系。

你不是总教我,要保护我自己的家人吗?我做到啦!

其实,在这一路上,从来都不只是我在拯救她,也是她陪伴着孤独的我。

你大概想不到吧,你妹妹我虽然人很开朗,但我没什么朋友。

遇到阿礼是我最高兴的事情,所以,你绝对不能去欺负她,不能认为一切都是她的错。

阿礼已经很苦了,你得答应我,替我好好照顾她,如果你欺负她的话,我可是不会原谅你的!

沈辞在公安局看完这封信后,趴在沈母的怀里崩溃地大哭。

她的妹妹是全天下最好的女孩子。而她一直在伤害对她妹妹来说那么重要的人。

在看完那封信的晚上,谈礼梦到了沈榆。

第一次在梦里,四周很亮,不再是一片令人窒息的黑暗。

她看清了沈榆的脸,沈榆没有长大,还是十四五岁少女稚嫩的脸庞。

沈榆冲她摆了摆手,笑得明亮:"阿礼,你该开始新的生活了。再见啦,我会一直保佑你的。"

话落,沈榆慢慢消失在了那个梦境里。

她在梦里和谈礼说了最后的告别。

41

往后的日子里,谈礼日复一日地进行复健和心理治疗。

后来她回江中去复读,又参加了艺考。

她的病好了,腿也终于痊愈,一切好像都在变好。

来年的五月,她终于考上了梦寐以求的舞蹈学院。

所有人都在为她庆祝高兴,徐落沉和江源更是无比开心。

那天谈芝特地请大家吃饭,庆祝谈礼成功考上舞蹈学院,她也不再逼着谈礼和她一起走。

那天的气氛很好,谈礼坐在位子上,听着大家说话。

江源却在吃饭的过程中拉了徐落沉一把。他小声地问徐落沉:"你说谈礼的病……是真的好了吧?"

"也许吧。"徐落沉勉强回答了一句,他们一齐看着坐在主位的谈礼。

可徐落沉觉得奇怪,那股怪异的感觉无法言说。

"可我总觉得她有点儿奇怪,像是少了什么似的。"

"是啊,我也觉得她心里好像缺了一块似的。"徐落沉和他的感受相似。

谈礼大病一场后,就像变了一个人似的。

她不再生动,表情也总是淡淡的。这一切虽让人挑不出错,却总让人觉得很别扭。

少了什么?

他俩思索着,突然想起了某个名字,两人对视着苦涩地一笑——原来是少了林赴年啊。

谈礼在这一年的九月步入大学校园,成了比徐落沉低两届的学妹,对此,徐落沉没少调侃她。

大学生活和高中很不一样,如今的谈礼又瘦又漂亮,身边自然不缺乏追求者。

其中有个追了她四年的同校男生,叫江云生。

谈礼之所以会对他印象很深,是因为他追得实在是太紧了。

他似乎很了解她的喜好,会送她玫瑰花,会问她春天要不要一起去看樱花,会在冬天上选修课的时候,和她一起,然后塞给她一瓶热牛奶。

江云生的确很好,可他所做的一切,都和她记忆里的那个人重合。

谈礼不可避免地想起了林赴年。所以无论江云生怎么追求她,对她示好,她都坚决拒绝。

直到大四毕业,江云生都没追到她。

那四年对谈礼来说,就是普通的大学生活,她心如止水,没什么值得高兴的事。

毕业后,她开始忙自己的事业。

她天赋好,又有谈芝帮忙,工作第一年,她就策划了只属于自己的舞蹈演出。

她每一场舞蹈演出的名字,都会有一个字:榆。

她真的是在带着沈榆的梦想一起,好好生活着。

谈礼把自己所有的时间都用在了排练和演出上。

虽然后来台下的观众越来越多,但她谢幕时总会想起自己上场表演的第一场舞蹈时收到的那束玫瑰花。

她也偶尔会从徐落沉和江源的嘴里得知林赴年的消息。

她知道他毕业工作后就和女朋友去了国外定居,知道他和女朋友关系稳定,知道他过得好。

但一切都与她无关。

他们早就是两个世界的人。

时间过得很快,这一年,谈礼二十七岁,仍旧未婚。

这一年,林赴年二十八岁,听说他即将和恋爱长跑八年的女朋友订婚。

这也是他们失去联系的第八年。

谈礼开始渐渐忘记那年发生的事情,忘记了他的样子和声音,她很久没见过他了。

那段属于他们的记忆,在岁月的长河里逐渐消散。

同一年，谈礼回家开始被催婚。

那些亲戚逢年过节时，都变着法子问她有没有谈男朋友。

她尴尬地摇了摇头说"没有"。

"那不行的哦，谈礼她外婆，你也不着急啊，都老大不小了哦，总是忙工作也不行的呀。"

"不急，不急，让孩子自己决定。"这时谈礼的外婆总是笑着打哈哈。

但谈礼知道，外婆一直都是希望她能成家的。

她总是这么一个人飘着，老人家难免不放心。

谈芝和沈鸿也开始不停地催着她。

原本谈礼还想继续糊弄下去，可外婆的身体等不了她了。

自从上次手术后，谈礼的外婆身体就变得很虚弱，这几年隔段时间就会进医院。

外婆老了，身体各器官都在衰竭，谁也不知道她还能撑多久，但她还有未了的心愿。

那天谈礼等到外婆睡着，才走出了房间。

客厅没有开灯，沈鸿正站在窗前沉默地低头抽着烟。

"你外婆睡着了？"他听见关门的声音，才回过头问谈礼。

谈礼看着他，简单应了一句："嗯。"

"你外婆这几年身体愈发不好了，主治医生说最多撑不过三年了。"沈鸿眼神落寞地看了她一眼，转头又继续抽烟。

月光下烟雾缭绕，谈礼第一次见到了沈鸿头上的白发。

原来不止外婆老了，他也老了。

这几年里她不怎么回家，主要还是为了避着沈鸿。

她忙着工作，有时候会回来看外婆、沈仪他们，但并不和他多说话。

沈鸿也很少主动找她说什么，她印象里没有过几次。

"你外婆啊，操劳了一辈子，最放心不下的就是你，她希望能看到你成家，不然她放心不下，也……不会愿意走的。"

说到最后，沈鸿的声音在不停地颤抖，他是个浑蛋儿子，也是个不称职的丈夫，前半生浑浑噩噩地过着，全靠谈礼的外婆帮衬着。

现在一切都在好转，可他的妈妈时日无多了。

"你啊，就让你外婆能安心地走吧。"沈鸿用力抽了一口烟。

他们终究逃不过亲人的生离死别。

谈礼站在他身后,低着头,抿着嘴不回答。

她手机上的消息不停跳动着,谈礼打开看了一眼,一愣。

她盯着那些消息苦笑,跟着回了一条:"订婚快乐。"

随后,她关了手机,叹了口气:"你们安排吧,我听你们的。"

僵持了那么久,最后还是她妥协了。

手机上群里的消息仍在继续,谈礼一条也没再看。

她……也没什么执念了。

订婚快乐,林赴年。

她在相亲时,遇到了一个老熟人——江云生。

谈礼没想到会在这里见到对方,两人面对面坐着,都有点儿尴尬。

"你也被逼着来相亲了啊。"江云生开口打破僵硬的气氛。

谈礼闻言,点点头:"嗯,我需要个结婚对象。"

"什么?"江云生被她这句直白的话搞得猝不及防。

"就是字面意思,家里催得紧。"

"那正好,我爸妈也催得紧,你要是不介意,我们俩试试?"

谈礼没料到他会这么说,有些错愕。

江云生见她这样,忍不住发笑:"没事,你好好想想,我不着急。"

他给了谈礼充足的时间考虑。

他的条件不错,谈芝、沈鸿对他挺满意的,江云生的父母更是对谈礼没意见。

似乎只要等谈礼的一个点头,结婚的事就能水到渠成。

但她犹豫了很久。

答应江云生的前一天,谈礼一个人开车去了江城最南边的那片大海。

有人不喜欢看海,不会再来了,那她自己来就好了。

这八年里,只要她有时间,就会过来,久而久之,看门的保安大叔都认识她了。

大老远保安大叔就认出了她的车,喊道:"哎哟,今年怎么还是你一个人来啊?之前和你一起翻墙那小子,怎么后面都没见到了?"保安大叔每次都要这么问她。

谈礼的答案和往年一样:"他身边有人陪,没时间来看海了。"她难堪地笑了笑,"不过,明年,大概就不是我一个人来了。"

"是吗!有好消息呀,提前恭喜你了啊。"

"嗯,谢谢。"

谈礼没有等到明年,那片大海因为开发需求而被填掉了。

那些属于她和林赴年的记忆都在慢慢消失。

世界在变化,八年,足够消磨一切的情感和记忆。

谈礼在答应江云生那天,第一次和人说起自己那段灰暗的往事。

她想,既然要共度余生,总得坦诚相待。

江云生听完她的事情后,陷入了长久的沉默。

他问了她一个很现实的问题:"所以当初你不谈恋爱,都是因为在等他吗?"

谈礼想了想,最终还是否认:"不是。"

"而是,我的确不知道该怎么去爱一个人。"她低头轻笑了声。

她没学会去爱谁,也不知道自己对林赴年的那份感情算得上什么。

可能在对方眼里,她什么都不算。

"我听你讲的事情里,很多地方你都是很茫然,你和我诉说时,总在下意识地问着为什么。既然那么想知道对方突然改变的原因,为什么不去问清楚呢?"江云生问她,试图帮她解开心结。

谈礼自己都没意识到,原来她一直抓着过去的那点儿事情不放,是因为太想知道原因。

事到如今,她仍然不懂。

不懂一个人的改变为什么能那么大,可现在答案已不重要了。

她垂下眼睑,笑了笑,语气坦然:"因为我说过,如果他想走,那我就要放他走。"

42

那天谈礼和江云生聊完后,她不再提起林赴年。

既然决定开启一段新的生活,那就要抛下过去的人和故事。

已经过去八年了,她也该放下过往,往前走了。

她和江云生本来就相识,加上双方父母催得紧,再加上谈礼外婆的身体状况愈发不好,于是两家父母一拍即合,很快就把举行婚礼的日子给定了。

对谈礼来说，江云生的确是个很合适的结婚对象。

他们是旧相识，彼此知根知底。

反正她无论如何都是要结婚的，找个熟人也好。

"真没想到啊，当初追你追了四年都没追到，结果通过相亲，倒是能娶到你了。"

"你应该不喜欢我了吧？"谈礼认真地问他。

"是啊，我都不知道谈了几任女朋友。"

"那就好。"她点点头，没看见对方低下头时脸上露出苦涩的笑容。

他们就只是因为双方家里催得紧，才决定一起搭伙过日子的。

双方都对对方没感情，才是最合适的。

在她结婚前一夜，谈礼接到了一个陌生电话。

电话的IP显示的是苏城，但电话被接通后，对面只听到无尽的风声，听得她有些心慌。

"喂？你好？"她对着电话喊了几句，都得不到回复。

那通电话最后是对方按的挂断键。

电话被挂断后，下一秒，那个陌生号码给她发来了一条短信。

"新婚快乐。"

她看着这条消息，眼皮一跳，心里突然不安，这让她莫名想到了林赴年。

她心慌意乱地点开了和林赴年的微信聊天界面。

她换了手机，过去那部手机不知道被丢到哪儿去了，以前两人的聊天记录也全被清空。聊天界面一片空白，她有些犹豫要不要发信息给他。

可那个电话实在让她太不安了。

她犹豫了半晌，还是发了一条消息过去。

"是你打的电话吗？"

"你是找我有什么事吗？"

但她第二句话还没有打完，第一句话就显示了发送失败。消息旁边，有个刺眼的红色感叹号。

谈礼盯得眼睛都泛酸了，才反应过来，不禁笑自己多此一举。

他们之间早就没了交集，只有她还陷在那段回忆里无法走出来。

现在她要结婚了，故事也应该结束了。

谈礼长长地舒了口气，随后删除了林赴年的微信。

这么多年，谁都不该再停留在原地了。

该结束了。

结婚这天，她和江云生并没有请太多的人，来的都是关系好的亲戚朋友。

那天江源没有来，只有徐落沉带着一个红包来了。

她在婚礼后台将红包塞进谈礼的手里，声音哽咽："林赴年让我给你的。"

谈礼看着手里发旧的红包外皮有些愣，她眨了眨眼，努力忽略心里那些涌上来的情绪，笑着调侃徐落沉："干吗啊，我结婚，你那么感动啊。"

"谁叫你速度这么快，真是我们四个……人里最早结婚的人了。"徐落沉别过头，擦了擦眼泪，想努力憋住自己的眼泪。

她从来没想过，他们四个人会是这样的结局。

有的人结婚，有的人在国外……有的人……

"合适就结婚了啊，人这一辈子很难遇到合适的人。"谈礼笑着说。

"那他呢？"徐落沉冷不丁地问了一句，谈礼脸上的笑瞬间僵住。

她不知道徐落沉为什么要在今天提到林赴年，可是，就算提到……又能怎么样呢。

"人总是要往前走的吧。"谈礼收起脸上的笑，她把手里的红包和其他亲戚朋友给的红包放到一块，回过身冲她笑道，"落沉，一切都过去了。现在他过得很好，我也有自己的生活要过。我们都往前走吧。"

把所有好的、坏的，都丢在过去吧。

在和林赴年失去联系的第八年，谈礼结婚，她把林赴年留在了过去，再也不会出现在她的未来里。

曾经说好彼此陪伴，一起往前走的两个人，于某一个分岔路口，背道而驰，再也没遇见过了。

谈礼婚后的日子平淡又美好。

她和江云生的父母关系很好，做着一个称职的妻子。

江云生万事都为她考虑。

在外人眼里,他们就是琴瑟和鸣的一对夫妻。

见他们夫妻生活顺利,谈礼的外婆也终于能放下心来了。

自从谈礼结婚后,她老人家再无牵挂,身体也越来越差。

谈礼外婆的病危通知书,是在谈礼结婚后的第二年某一天下达的。

这天,病房里来了很多人,就连江源、徐落沉都来了。

外婆虚弱地睁着眼睛,对病房里的每一个人一一嘱咐着。

她操劳了一辈子,到生命的最后一刻,依旧还在惦记着他们。

大家低着头,面色凝重。

"好孩子,别哭。"谈礼的外婆拉着徐落沉和江源的手嘱咐了好多话,徐落沉不停地点着头,眼泪却不受控制。

直到最后一个人被外婆拉着说完话,她老人家转过头,盯着江源的旁边。只有谈礼知道,她嘴里喃喃着某个人的名字。

那个名字,让她一瞬间更崩溃了。

"你们……能联系到林赴年吗?"谈礼强撑着,把徐落沉和江源拉出病房。

徐落沉正在抹眼泪,一听到林赴年的名字,手上的动作倏地顿住了。

"怎么……突然提起林赴年啊。"徐落沉说起林赴年的名字,连声音都在打战。

"能联系到他吗?能不能让他回来一趟?"谈礼努力憋着自己的眼泪,她咬紧牙,不想哭出声来。

"能让他回来一趟吗?我想,外婆应该也很想见见他。"

刚刚在病房内,外婆嘴里不停呢喃着的名字,是小林啊。

林赴年啊,外婆也有好几年没见过他了。

这些年里,外婆从不在谈礼的面前提到他,可外婆从来没有忘记过他。

那是她看着长大的孩子,她又怎么会忘记呢。

徐落沉和江源都没想到,这么多年过去,外婆在生命垂危之际,竟然还记得林赴年。

他们两人一愣,江源的眼眶很快红了起来。

"他……最近在国外挺忙的,应该赶不回来了。"江源转过头,用手背擦着眼角的泪,甚至都不敢面对谈礼。

谈礼看出面前两人的为难,突然意识到了什么,不确定地开口问道:"你们,是问过他了吗?他知道外婆……快不行了吗?"

面前两个人的沉默,让她一时难以接受:"所以他……知道了,也并不打算回来,是吗?"

"……"

他们的沉默给了谈礼沉重的一击,她不停地往后退,直到后背靠在医院冰冷的墙壁上。

"原来,他连外婆都不在乎了啊。"

她突然不知道自己还能说什么。

外婆即使生命垂危,也还在想着林赴年。

而他连回来见一面都不愿意。

她们对林赴年来说是什么?

是糟糕的回忆吗?所以他跑去了国外,永远都不打算回来了。

"不是的,不是的……"徐落沉听谈礼这么说,边哭边不停地摇头。

"是……是……"徐落沉想告诉谈礼原因,却被江源一把拉住,他冲着徐落沉摇摇头,徐落沉心里顿时更难受了。

"姐,外婆喊你进去。"沈仪这时打开门,他的声音也是沙哑的。

生离死别,注定是人生最难以面对的。

"外婆……"谈礼抬起满是泪水的脸,踉踉跄跄地跑进病房,哭着喊她。

病床上脸色苍白的老人笑了笑,她抬起手,用尽全身最后的力气,替谈礼抹掉脸上的眼泪。

"囡囡不哭,囡囡不哭。"她就像当年哄谈礼睡觉一样,语气温柔。

谈礼哭得几乎站不住,全靠身边的江云生扶着她。

"要……好好的。答应外婆,要幸福。"外婆半闭着眼睛,她的神志已经很不清醒了。

她对着谈礼身边的人喊着:"小林啊,囡囡啊,是那个,送你花和牛奶的小伙子,是他,是他啊……好喜欢你,要一起一起……"

在弥留之际,外婆拉着江云生的手,把他错认成了林赴年。

江云生没有生气,他只是蒙了几秒钟,随后弯下腰,认真地对着外婆保证:"是我,外婆,我会对阿礼好的,您别担心。"

床上的老人终于听到了满意的答案，闭上了眼睛，再也没有睁开。
"外婆！"谈礼大声喊着外婆，病房里其他人的脸上也都流下了眼泪。
沈鸿站在病床另外一边，哭得痛不欲生。
"妈，你睁开眼睛看看我啊，妈……妈！"
可是无论他们怎么喊，外婆都再也不会醒过来回应他们了。

第14章
爱了很久的朋友

43

生命中那些离去的人,是否会化作一阵风,化作一场雨,回来看看自己的亲人呢。

谈礼的外婆下葬那天,她站在墓前,耳边刮过一阵风,她的眼睛一下就湿了——那是外婆。

外婆葬礼结束后的第三天,谈礼回到老宅收拾外婆的遗物。

她老人家没留下太多东西,唯一一张银行卡在她清醒的时候就塞进了谈礼的手里,那是她一生的积蓄。

谈礼打开客厅的门,房子里一片死气沉沉。

她工作后就不再住在俞镇了。

沈鸿和李丽在去年沈仪成年后离了婚。

孑然一身的沈鸿去了外地工作,李丽和沈仪找了苏城的一间房子住下。但他们时常会回来,因为这里有外婆。可如今外婆走了,好像大家都没有再回来的必要了。

外婆就是他们之间亲情的纽带,她不在了,谈礼自然也不会再回来了。

外婆将这一栋房子的房产权给了谈礼。

谈礼垂眼看着客厅里的那张桌子,桌子上曾经总是摆放着热腾腾的饭菜,她从江中放学后,徐落沉他们会一起过来,缠着外婆给他们做饭吃。

她还记得,那年林赴年的生日,他们聚在一起,就坐在那张桌子周围,大家都笑得开怀,那个蛋糕上的奶油被徐落沉涂到了林赴年的脸上。

谈礼想起那些美好的画面，不禁笑了，可她又想到了什么，唇边的笑很快就凝固了。

那是她回不去的一段时光，那段时光里有她的朋友们，还有外婆。

十年过去，她走到今天，和当年的那些人，还有外婆，或生离或死别。

坐在桌子边的十七八岁的他们早就消失了，如今只有她还站在客厅，看着面前积灰的桌子。

她的背影十分落寞，身后空无一人。

这栋房子里充斥着太多属于她的回忆。

"姐，你怎么一个人在这儿？"谈礼正在走神，沈仪在她背后喊了她一声，拍了拍她的手。

她回神，看见比自己高很多的弟弟，勉强笑了笑："想来收拾一下外婆的遗物。"

"那我陪你一起吧。"沈仪见她脸色不好，不免有些担心。

"嗯。"谈礼轻轻应了声，随后拉着他一起在家里收拾起来。

他们一起整理着外婆的东西，客厅里很安静，只有翻找东西的窸窣声。

沈仪很多次回头小心翼翼地看着谈礼，见她面色如常，只是眼眶依旧是红的。

他知道姐姐心里很难过，他也何尝不是如此。

沈仪抿了抿嘴，想要找点儿事情分散她的注意力："姐，上次我说要借你高中的物理书来着，我还没找到呢，你帮我找找呗。"

谈礼闻言，停下手里的动作，转身："你怎么还没找到啊……"

她嘴上无奈地说着，手上却已经帮他找了起来。

"哎哟，我不是没找到嘛。"

"好了，快点儿找吧。"

谈礼不想听他给自己的懒惰找借口，催促着他赶紧找。

他们找遍了客厅和卧室的每一个角落，但时间过去太久，谈礼自己也不记得那本书丢在哪里了。

沈仪在外婆房间的柜子里找到了一部老式手机。

"姐，这是你以前丢了的那部手机吗？"他拔掉了充电线，拿着手机走到客厅问她。

谈礼接过手机看了一眼，黑色的手机屏幕上有好几道划痕，还满是灰。但她认出来,这正是自己高中时用的那部手机。

谈礼用力摁了几下开机键,手机没反应,正当她以为坏了的时候,手机屏幕突然亮了一下。

"这手机质量可真好,这都多少年了,居然还能开机。"沈仪凑在她边上,手里捏着那根充电线,眼神有些好奇。

"电是充满的,你在哪里找到的?"谈礼问他。

"外婆的房间,我看到的时候就是充着电的,应该是外婆帮你保存着的吧。"提到外婆,两人的情绪迅速低落。

"也不知道坏了没有,就放在这儿吧,先去把你的书找出来。"

手机运行得很缓慢,他们站在客厅里等了一会儿,见迟迟没什么动静,谈礼干脆把手机随意地放在了一边,催促沈仪继续找书。

沈仪见手机一直打不开,也只能暂时作罢,继续找书去了。

他们分别在杂物间和谈礼的房间里,翻出了两本书。

"找到了。"

"找到了!"

谈礼和沈仪两人走到客厅,手里各自拿着一本书,面面相觑,一本是在杂物间的箱子底下找到的,另一本是在谈礼卧室的柜子里找到的。

"怎么有两本啊。"沈仪一脸疑惑。

"哦,我想起来了。"谈礼眨了眨眼,"我当时不是复读了吗?那年高三的物理书改版了,所以有两本。"

她看了一眼自己手上的,是新的那一版:"喏,这版是你要找的。"

"哇,姐,当年这书还改版了啊,这你都能考上大学啊。"沈仪翻了翻自己手里旧版本的物理书,笑着调侃她。

"是啊,所以你最好给我认真对待高考,你要是没考上大学,你妈肯定揍你。"谈礼把书放在旁边的桌子上。既然找到了书,那她就要继续去收拾外婆的东西了。

她说完后,挽起袖子,见沈仪翻着书的动作突然一顿,有些奇怪:"怎么不讲话?把书拿好,继续收东西去了,说好帮我的,你可别想偷懒。"

"姐……"沈仪脸色苍白,从他手里的那本书里滑出来一张纸,泛黄的纸轻飘飘地掉在了地上。

"怎么……"谈礼还没来得及把话说完。

旁边那部卡在开机界面很久的手机,突然叮咚叮咚弹出了无数条

243

消息。

提示音在安静的客厅里显得格外刺耳，谈礼和沈仪双双一愣。

"什么情况啊。"她拿起那部又小又破旧的手机，信息还在不断进来。

这些消息都来自同一个人。

谈礼看着上面的备注，一怔。

Sun。

太阳。

是林赴年的微信号。

她的微信很早就改了密码，在这个手机上自动退出了。

这个微信是连谈礼自己都忘了的小号。

她不知道林赴年为什么要给自己发消息，她解锁手机后，打开微信聊天界面，属于他的那个聊天框，已经有了"99+"的信息。

谈礼看着那么惹眼的红色消息提醒，眉头蹙得更紧了。

她点开了这个聊天框，点了上面的消息提醒键，那些消息在聊天界面上滚动了很久，才到顶。

2016年6月5日，早上06:00
Sun：我今天有空，可以来拿外套。

2016年6月5日，早上6:15
Sun：人呢？怎么不回我消息啊？

2016年6月5日，下午7点
Sun：谈礼，你放学没？
Sun：你不在烧烤店啊，是家里有事吗？怎么不回我消息。

那是当初她被困在江中舞蹈房时，林赴年给她发的信息。

她统统没有回复，因为那天他们加了她常用的另一个微信。

此后几年，林赴年再没给她这个微信号发过消息。

直到……2019年，是她复读的那一年。

她回江中复读的第一天，林赴年给她发了一条信息。

Sun：你看到物理书里的字条了吗？我是开玩笑的，你别当真。

字条？
什么字条？
谈礼看着信息皱眉，她都不知道林赴年给她发过微信。
那一年她换了手机，忘记了这个小号，自然也忘记了密码。
他明知道她收不到信息，为什么还要给自己发那么多？
"姐，是……这个吗？"沈仪有些犹豫地从地上把那张纸捡起来，递给谈礼。
纸是象牙白色的，周围有一圈浅浅的花纹，时间过去太久了，纸都有些发黄了。
纸中间画着一只站立的白鹤，她一眼认出来那是俞镇山顶寺庙里的祈愿纸。
那张纸上写着三行字，字迹认真。

希望谈礼永远开心。
希望她永远幸福。
希望……我能永远陪在她的身边。

谈礼看完这三句话，大脑轰的一声，一片空白。
那么简单的几行字，她却怎么也看不懂。
"姐，翻过来，还有字。"沈仪看她呆滞的样子，提醒她看纸背后的那行字。
谈礼动作僵硬地翻过那张祈愿纸，看到后面有人用黑色水性笔写下了一句话——

礼礼，我喜欢你。

少年眼神缱绻，在某天午后，低下头，一笔一画郑重地写下每一个字。
那一瞬间，连冰冷的文字好像都有了生命。
少年嘴角边的梨涡若隐若现，柔和的阳光落在他的脸上。
林赴年好似就在不远处。

他冲她笑着，声音温润又带着笑意，他说："礼礼，我喜欢你。"
可她不会听到，永远都不会听到。
这张祈愿纸上的日期是2017年的五月十八日。
她艺考的前一天。
少年趁着班里没有人，将饱含自己少年心意的纸条夹塞进了她的物理书里。
可第二天她就出了事，她再没有翻开过那本书。
只差一步。
这么多年里，让她曾夜不能寐的答案，原来离她这么近。
然而林赴年没有得到回应。
祈愿纸夹在书中，被丢进了杂物间里，压在箱子下整整十年。

44
2019年底。
过了大半年的时间，林赴年才终于意识到这个微信已经被她弃用，于是给她发了很多信息。

Sun：今年冬天好像没那么冷，听徐落沉说你的病好了，还失眠吗？如果还是睡眠不好，记得喝牛奶。我明天……

Sun：算了，你别忘记。

2019年12月31日，0:00
Sun：阿礼，生日快乐。

2020年1月1日，0:00
Sun：新年快乐。

同年的五月，她再战艺考那天。
Sun：艺考加油。

6月中旬。
Sun：高考加油。

……
Sun：祝你大学生活一切顺利。

2020年12月31日，0：00
Sun：阿礼，生日快乐。希望你每天都开心。
……
Sun：阿礼，毕业快乐。
……
Sun：你的舞蹈演出很好看，今天应该收到了很多鲜花吧。如果有机会，我还想再递给你一束玫瑰花。

八年来，他坚持不懈地给她发了很多信息。

谈礼盯着信息上的玫瑰花，还有"牛奶"两个字，直蹙眉，她又想起了外婆临走前说的那番话。

在她那段难熬的治疗时间里，每天清晨出现在她病房门口的玫瑰花和热牛奶，到底是谁放的。如果是他，可又为什么……

谈礼觉得自己脑子里一片混乱，她不自觉地翻看着那些未读的消息。

Sun：昨天在俞镇车站看到你演出的宣传海报了，我就说吧，你的未来，一定是发着光的。

Sun：还没告诉你，我剪头发了，又变回了你嘴里的混混样。我看着镜子里的自己，第一次觉得原来我也能这么丑，幸好你见不到我。

Sun：今天是我生日，我就不许愿了。阿礼，祝你好。

Sun：江城的海今天很漂亮，我最近总想到我们高中的时候，想起我和你，还有徐落沉、江源在一起的那段日子。我常想，如果时间能停留在那一刻，那该多好。

Sun：最近外婆身体还好吗？我总不去看她，希望她老人家别怪我。

Sun：阿礼，今年苏城的樱花又开了，我们……不会再见了吧。

Sun：生日快乐，演出顺利。

Sun：新年快乐。

Sun：今年春天来得好早，很适合结婚。希望我莫名其妙打的那通电话没有吓到你。我只是……想再听听你的声音，我怕快要没机会了。

Sun：新婚快乐，阿礼，你一定会幸福的。

两年前她结婚的那个晚上，他发来了最后一条信息。
谈礼看着这条语音信息，眼睛酸涩。
每年从未缺席的节日祝福，每年准时的"生日快乐"。
可她从来没有收到过，谈礼心里百感交集。
到底是为什么，这个明明应该在国外，和自己热恋中的女朋友订婚的人，会在这八年里，不断地给她发送消息？又为什么，在她结婚的前一晚，要打通她的电话？
谈礼的脑子里一团乱麻，心里有一股浓浓的不安，可她不敢去细想。她颤抖着手指点开那条聊天记录中最后一条语音信息。
那条语音信息的背景音很嘈杂，让她分外不安。
林赴年的嘴上似乎罩着什么东西，让他的声音有些含混不清。
她将手机话筒紧贴着耳朵，听到一声沙哑又苦涩的笑。
"阿礼。"他唤着她的名字，声音温柔缱绻，一如当年。
风很大，夹杂着冰冷的仪器运转声。
说话的人在哭，声音颤抖，他轻声诉说着："好想和你有个未来啊。"
谈礼手一松，紧贴耳朵的手机骤然滑落，狠狠地砸在地上。
她被声音惊醒，终于反应过来。
"不对，不对，这一切都不对！"谈礼拼命地摇着头，她觉得自己一定是听错了——怎么可能是这句话，林赴年怎么可能会对她说这句话。
像是终于完成了自己的使命，无论谈礼怎么摁，那部旧手机都无法再开机。
"不可能的，他到底在说什么啊，他明明……"谈礼不死心地摁着开机键，眼泪不受控制地往下掉，情绪有些失控。

沈仪看着突然跪在地上泣不成声的姐姐，不知所措："姐？你怎么了，姐？"

"不会的，不会的。"谈礼死死攥住沈仪的手，她摇着头，满脸都是眼泪。

一定是搞错了，不然……不然林赴年的那句话，为什么会那么像遗言？

"我要打电话给他，我要把这一切都搞清楚。"她嘴里不停地喃喃着，手忙脚乱地拿出口袋里的手机。

她没有存林赴年的电话，但两年前那个陌生号码发来的信息——新婚快乐仍被她保留着。

谈礼想都没想就将那个号码回拨了过去，等待的时间里，她屏息凝神。

直到几秒后，电话被人接起，她才松了口气。

"喂？"接电话的是个女生。

谈礼的第一反应——这是林赴年的女朋友。她立刻慌乱起来。

"不好意思，我打错……"她不想打扰他，道歉的话还没说完，就被打断。

"你终于打电话过来了……"那头的女生声音哽咽着，断断续续道："我是林赴年的姐姐。"

"我……林织姐，我想找一下林赴年。"谈礼一时不知道该说什么，她知道自己这通电话有些唐突。

可她现在顾不上这么多，她不知道林织说的那个"终于"是什么意思，更不明白为什么林赴年的手机会在林织手上。可她现在只想确定一件事，那就是林赴年还好好的。

可林织接下来的话让她难以承受，成为她心上最深最疼的一道伤疤。

"他已经去世了。"

林织说完就崩溃了，她带着哭腔不停地质问着谈礼，一遍又一遍："你为什么现在才打电话给他？"

她痛苦地大哭起来。

谈礼身体一僵。

两年前就去世了？

她有一刻甚至觉得自己耳鸣了,林织还在继续哭。

她仿佛是一个溺水之人,心痛得无法呼吸。

"不会的,不会的……"谈礼不愿相信。

她神情恍惚地摇着头,指甲在手掌心掐出一个个深陷的凹痕。

"要是没什么事,我就先走了。"

"江源!你就那么着急吗?"

门口传来徐落沉和江源的声音,江云生见他们又要吵起来,连忙劝着:"好了,好了,你们要走,也先和阿礼说一声吧。"

他们三个人一起出现在客厅,一眼就看见了坐在地上的谈礼。

"这是……怎么了?"江云生被吓了一跳,连忙跑过去将她扶起。

谈礼闻声抬起头,像是看到了最后一丝希望,她喃喃地喊着徐落沉的名字:"落沉……"

她跑到徐落沉的面前,几次险些摔倒,徐落沉连忙扶住她,看到她绝望的目光,心不禁一颤。

"阿礼,怎么了?"

"林赴年,林赴年现在在哪儿?"谈礼迫切地想听到答案,紧紧盯着徐落沉。

徐落沉在听到林赴年的名字后,脸色煞白,半响都说不出话。

"你告诉我啊,他在哪里?"她的沉默快要逼疯谈礼,谈礼拽着她的手,恳求着她,"你告诉我啊,你别不说话行不行……"

"他在国外,怎么了?"江源轻轻瞥了徐落沉一眼,替她开口回答。

"对,他应该在国外的。给他打电话,你们给他打电话,我有事想和他说。"谈礼不停地点头,催促江源给林赴年打电话。

"不行!"徐落沉瞬间有些激动,她看着谈礼呆滞的目光,"我是说,他现在应该在忙,不方便接电话。"

"在忙?"谈礼低下头,呢喃了一声,心底的那一丝期盼顷刻间烟消云散。

她以前怎么就没有发现呢,他们总是用"林赴年很忙"来敷衍她,她却从来都没有怀疑过。

"是啊,林赴年很忙的,他前年不是订婚了吗,最近在忙着准备婚礼……"

"嗯,他在哪个国家?我现在就要去见他,我们订机票去机场,飞过去见他。"谈礼死咬着牙,执拗地拉着徐落沉要去机场。

徐落沉有些不知所措,她不知道谈礼今天怎么了,为什么突然要去找林赴年,过去这些年,谈礼从没想过要去打扰他。

"我们现在就飞去国外。"

徐落沉这下彻底慌了,她努力想阻止:"不行,不行,谈礼,不行……"她越是慌张,谈礼的心就越冷。

"你不是说他在国外吗?不是说他要结婚了吗?我们去祝贺他。"

"不行,谈礼,不行,我,我,我……"徐落沉甚至不知该如何应对。

就在她们僵持不下的时候,站在一边的江源倏然开口了:"不用去了。"

他见终于瞒不下去了,紧握着拳头,试图让自己的语气听起来很平静:"林赴年已经不在了。"

话音刚落,整个客厅都寂静了,所有人都怔在原地。

"江源!"徐落沉愣了几秒,大声斥责着他。

"瞒不下去就别瞒了,你不累吗?"江源的面色很平静。

所有人的目光都聚焦在谈礼的身上。

她看着空旷的客厅,桌上还摆着外婆的遗物,蓦地想起外婆的遗言,还有林赴年最后的那条语音信息。

外婆临走前还惦念着的人,原来早在两年前就死了,而她,还因为他的不愿意来心生怨气。

外婆知道该有多伤心啊,她心心念念着的人,居然死在了她的前头。

谈礼眨了眨眼,恍惚地感觉自己眼前的世界都在晃动,她眼前一黑,随后整个人倒下,失去了意识。

45

谈礼做了一个很长的梦,梦里的他们一切都好。

她和林赴年虽然各自长大成家,但他们都活着。

在梦里,他们还是十七八岁的少男少女。

少年在阳光下对她笑得明媚,她踮起脚,用手指戳了戳他的梨涡,自己也笑了。

她轻声说:"林赴年,再见了。"

少年闻言一愣，眼睛瞬间红了，却仍在笑："嗯，再见了，谈礼。"

他们都笑着和对方告别，离开彼此的世界。

可时间不能重来，梦里的事情也永远成不了真。

谈礼被逼着醒来，眼前的这个世界里依旧没有林赴年。

他死了，死在了两年前，在某个她不知道的地方，她甚至来不及和他告别。

他们可以分开，可以疏远，可以各自过着自己的生活。但这个世界上，不能只有她一个人活着。

那个曾经说好要拯救她的人，怎么可以死在黎明到来之前。

谈礼不记得那天徐落沉和江源是怎么和自己说的，她清醒过来的时候，入眼又是一片雪白的病房。

徐落沉在和她道歉，江源在讲述被埋葬在过去的往事。

她只觉得恍惚。

林赴年怎么可以连自己生病都不告诉她。

"他查出这个病时，是在你被推下楼的那一天。"江源低着头，逼迫自己去回忆那些痛苦的过去。

那天林赴年抱着她跑下楼，他们一起上了救护车。

他们是彼此活下去的理由，唯有死亡能够分开他们。

那天午后，直到谈礼被推进了手术室，林赴年才终于松了一大口气。

可下一刻，他突然眼前一黑，就倒在了手术室门口。

没有人知道那段时间他是怎么过的，直到后来，江源和徐落沉发现他越来越瘦，发现他没有参加高考，发现他……生病了。

"为什么……不告诉我？"谈礼听着他的话，猛地抬起头，满脸的不可置信，原来那么早……他就已经决定好一切了。

"是他让我们不要告诉你的。"江源站在病床边，神情痛苦。

他至今都记得林赴年的那番话。

那个曾经不可一世的人啊，至死都在为她考虑。

"她现在已经足够痛苦了，如果再让她知道我出事了，我怕她真的会撑不住。"林赴年苍白的脸上挤出一个笑容，拜托他们两个人不要把这件事告诉谈礼，"我和她之间，总要有一个人活下去的。"

他的语气苦涩,情绪无奈又崩溃。

至此,一场长达十年的谎言拉开了序幕。

在这一刻,谈礼终于明白,在那些他躲避自己眼神的午后,他都在和她做着无声的道别。

她那会儿居然没有注意到他的不对劲,没明白他望向自己的目光为什么总是带着悲伤。

他和自己说了很多句再见,但没有一句是被她听见的。

他们最后一次见面的那个晚上,他离开时外面下着雨,他却没有撑伞。

谈礼站在医院门口,林赴年突然回过头,他弯着唇,冲她轻轻笑着,他说:"谈礼,再见。"

从那天起,他们渐行渐远。

"那……他嘴里说的那个女朋友……"谈礼躺在病床上,神情恍惚。

病房窗台上的盆栽沐浴在阳光下,冒出了嫩绿色的新芽。

"都是假的,朋友圈发的,跨年夜那天的女声也是提前拜托好朋友录的音。"

江源说着说着就忍不住嗤笑了声,那笑声悲伤又无奈:"你说林赴年是不是一个傻子啊,什么都要自己扛着……"

他笑着笑着,眼角就挂了泪。

那年的十二月三十一日晚上,其实他和徐落沉都在林赴年的病房里。

窗外烟花在夜空中绽放,俞镇的街道上人潮拥挤,热闹非凡。

跨年夜,注定不会平静。

和每年一样,很多人相约着在俞镇广场倒计时跨年。

他们也曾四人凑在一起,手里拿着烟花,大声说出第一句"新年快乐"。可现在,他们四个人都在病房内,林赴年的诊断通知书被扔在床单上。

2017年十二月三十一日,谈礼的十九岁生日那天,他确诊了胃癌中期。

他站在窗前,外面的风吹起他病号服的衣角,夜空一片漆黑,连半颗星星都见不着。

林赴年手里拿着电话,不知道在看什么。

江源和徐落沉就站在他的身后，病房里没有开灯，他们紧紧地盯着他，生怕他出事。

但他没有，他只是努力压着声线，和谈礼打电话。

不知道谈礼在电话那头问了他什么，他拿着手机的动作一僵，窗外的风愈发大了。

他沉默了半晌，突然垂下头，说了句什么。

随后，他自嘲地笑了笑，无数的烟花在夜空中炸开。

零点了，新的一年到来了。

借着外头微弱的灯光，江源看见他在哭。两行泪从他的脸颊滑下："谈礼，那就让我不得好死吧。"

电话被挂断后，徐落沉第一个在病房里哭出了声。

"别哭了，落沉。"林赴年抹了一把眼泪，他声音嘶哑，哽咽着开口，"替我去看看她吧，拜托你了。我怕她情绪不好，会想不开。"

在他们的关系被他单方面结束之后，他的心里还始终记挂着谈礼。

徐落沉走后，林赴年拿出拜托江源买的电动推子。他在地上蹲了很久，站起来后，双腿打战。

"阿林……"江源知道他要做什么，想抬手拦住他。

可林赴年没有理他，只是平静地走进厕所，对着镜子，摁下开关。

"反正都要掉光的，不如先剃了。"他回头冲着江源笑着，脸上毫无血色。

江源就倚在门框上盯着林赴年。

这小子都这样了，怎么还在冲他笑啊。

江源眼睛一酸，眼泪控制不住地砸下来："林赴年，等你好了，头发还会长出来的，你少说这种丧气话。"

他别过头用手背擦着眼泪，嘴上掩饰着："我的眼睛怎么突然好痛啊。"

林赴年也不拆穿他。

林赴年抬起头盯着镜子里的自己苦笑："她那会儿说，我头发这个长度刚刚好。可现在……我又要变成她最讨厌的样子了。"

他笑声苦涩，像是浸泡在药罐子里的残渣。

深夜里，安静的病房，机器运作的声音持续响着，林赴年的头发不断地掉在地上，江源迟迟不敢抬头看。

"你又何必这样。"许久，江源哽咽着开口问他。

林赴年盯着镜子里的人，觉得自己剃头发的技术太差。

他瘦得两边脸颊都凹陷了下去，眼下的乌青严重，下巴更是尖得吓人，看着像是个将死之人。

林赴年看着这样的自己，有些失神。

幸好谈礼不会见到这样的他，不然……自己可真是形象尽毁。

他没有正面回答江源的问题，只是眼神涣散地盯着某处。

半晌，他才虚弱地开口："因为……比起我们一起痛苦，我宁愿她恨我。可我就怕，等一切真相被揭开的时候，她会是第一个承受不住的人。那就再等等吧，能等多久就等多久。"

那时候江源并不知道林赴年嘴里的"等等"是什么意思。

后来，林赴年开始接受化疗，化疗摧毁了他的身体，他们从来没见过林赴年瘦成那样。

记忆里那个鲜活的少年，如今变得面色蜡黄、瘦骨嶙峋。

但在谈礼心里，林赴年永远都是十七八岁时的样子。

他这几年里过得很痛苦，大大小小的手术做了几次，但之后无一例外都是复发。

老天似乎是执意要带走他。

可林赴年硬撑着身体，依旧在等。

他变得越来越沉默寡言，几乎不和他们说话。一个人的时候，他就拿着手机，不知道在给谁发消息。

那些年徐落沉的情绪很差，老是大半夜打电话给江源。

他们每一个人，都在为他痛苦。

江源甚至想怒斥天道不公，为什么执意要带走他。

从前的林赴年宛如一个太阳，给他们这些人的生命带来光明。

可现在他的光快要灭了，他们再也无法见到曾经的他。

癌症摧毁了那个张扬的少年，林赴年变得越来越不像自己。

那段日子里，林织和林赴年的父母还有他们两个人，轮流照顾他。

林赴年痛苦挣扎了八年，被癌症折磨得不像人样。

那是他生病治疗的八年，也是他缺席谈礼生活的八年。

第一年，他会每天在谈礼的病房门口，按时放一瓶热牛奶和一朵玫瑰花，直到后来他没力气过去了，才换成林织去做。

第二年，化疗让他的身体状况非常糟糕，明明应该在医院静养的人，却出现在了江中。谈礼回来复读，他跟在她的身后，拜托以前认识的学弟多照顾她。

第三年，谈礼上大学。他坐在轮椅上，在她入学那天，偷偷看了她一眼。

她过得很好，他终于放心。

在那年，林赴年也遇到了一个人。

他观察了那个人很久，确认那个人是真的很喜欢谈礼，于是喊住了他："你叫江云生是吧。你很喜欢她吗？我可以帮你追她。"

……

那时候的江云生，坚定地认为，爱情是可以不顾一切的，是要勇敢追求的。

所以，无论谈礼怎么拒绝他，他都从来没有气馁过。

后来林赴年突然冒出来要帮他，他虽然对眼前这个瘦到皮包骨的人存疑，却还是因为很喜欢谈礼的缘故，答应了。

在林赴年的帮助下，的确拉近了他和谈礼之间的关系。

江云生和谈礼一起去选修课的路上，他偶尔会看见，角落里坐在轮椅上的那个男人眼底流露出的落寞和羡慕。

他不解，直到和谈礼相亲那天，才终于明白。

那天谈礼和他坦白了所有事情，这让他想起了一个人。

他心中终于有了答案。

在他结婚的前一天，他去见过林赴年。

那时候江云生感觉林赴年随时都会死去。

可林赴年那天艰难地伸出手指着他，语气发狠："你要是不好好对谈礼，我做鬼都不会放过你的。"

明明林赴年只是个病号，可江云生还是被他镇住了。

他的爱情观在那一刻被眼前面无血色的人狠狠击碎。

原来真正的爱情是无私地放开手，让所爱之人幸福。

林赴年亲手把谈礼推向了他。

第六年，林赴年没有缺席谈礼的毕业典礼。

那个穿着合身的学士服和室友合照，笑容灿烂的女孩，是他爱了很久的人。

第七年……

往后的日子，他没有缺席过谈礼的任何一场演出。

他独自去看海，独自去看樱花，连医生都没想到他竟然能拖着病重的身体，活了那么久。

第八年，徐落沉告诉他，谈礼要去相亲了。

江源看见他终于笑了，知道他等到了。

谈礼用了八年之久才放下过去。

没人能说清，到底是谁低估了谁的爱。

谈礼起身走到病房的窗前，阳光笼罩在她的周围，迎面吹来了一阵风。

她的眼神暗淡又涣散，等到病房里的他们三人都沉默，她的眼泪砸进窗台上的盆栽里，才终于声音嘶哑地开口："他……走的时候，痛苦吗？"

谈礼回过头，眼睛通红地看向他们两个。

江源在听到她话的那一刹那，鼻子泛酸，他忍到了现在，却因为她的这么一句话，彻底破防。

谈礼站在阳光下，脸色惨白，轻风温柔地擦过她的脸，像是在抚摸着易碎品。

徐落沉就这么看着谈礼，她低下头，彻底崩溃了。

此刻，在谈礼心中，阳光是他，风也是他。

林赴年走的那一天，天气晴朗。

他收到了徐落沉发的婚礼现场照片，照片里的两个人郎才女貌，他看着谈礼穿着婚纱，身材高挑，她的皮肤依旧很白，婚纱衬得她整个人闪闪发光。

时间好像偏爱着她，这么多年过去了，她还是和自己初次见时一样。

而他……早就不复从前了。

那天晚上，他和身边的人说了很多话。

临死前，他似乎能与世界上的一切和解。

他嘱咐姐姐，让她好好吃饭，别只顾着忙工作。

他嘱咐父母，让他们以后注意身体，他无法尽孝了，还要让他们白发人送黑发人。

他拉着江源和徐落沉的手，回忆着高中时的事。

"你们俩啊，也老大不小了，抓紧时间在一起吧。我们四个里，总要成一对吧。"他那天笑得格外高兴，甚至开起了他们两个的玩笑。

江源和徐落沉看着对方，江源的目光不好意思又期盼，而徐落沉始终躲避着。

林赴年的时间所剩无几，他和自己身边最重要的人说完了话，除了谈礼。

他们是不会再见面了，可他……还想和她再说说话。

那天他支开了病房里的其他人，虚弱地坐在桌子前，清晨的第一道阳光落在那张白纸上，他瘦骨嶙峋的手几乎拿不住笔，他试了好几次，最后落在白纸上的字歪歪扭扭，那是他的绝笔。

他的信刚写好，就昏了过去，被推进抢救室抢救，他已经到了生命极限。

胃癌晚期的他全靠各种医疗手段吊着半条命。

次日凌晨，他被抢救了回来，戴着氧气罩，继续苟延残喘。

不知道这是他们经历的第几次抢救了，林织身心疲惫地坐在病房里，直到林赴年情况稳定，开口劝她回去休息。

"这里有值夜班的大夫护士在，我出不了事。姐，你早点儿回去休息吧。明天……"他看着林织眼下的黑眼圈，一顿，"明天你记得去给我买份小馄饨，就是我们小时候总去的那家。"

他还憧憬着明天，林织被他劝动，这阵子她的确很累，累得沾床就能睡着——而且她现在这样，也照顾不好林赴年，还不如回去好好休息。

"那你好好休息，我回去睡会儿，醒了就给你买馄饨送过来。"她站起身，心疼地摸了摸弟弟的头，看着瘦削的他，掉下了眼泪。

林赴年没有回答她。

见林织离开病房，他才艰难地坐起身，扶着自己脸上的氧气罩，努力去够自己写好的那封信。

他用力伸长着手臂，手指不停颤抖。

窗玻璃上映出他影子，他盯着自己，愣了愣——枯瘦如柴的身体，惨白的脸色，两边脸颊深深凹陷了下去，眼睛布满了红血丝。

他苦笑着，原来有一天他也会变成这副鬼样子。

常年生病，早把他磋磨得不成人样了。

很快，他就可以不用再硬撑着了。

林赴年盯着玻璃上的自己，倏然想起了什么。

他一只手扶着氧气罩，另外一只手慢慢放在了自己的眉间，摸着眉骨上的那道疤，用指腹轻轻摩挲着。

这是他为救谈礼留下的疤，是一辈子都不会消失的疤。

寂静的病房里，他冲着窗外轻声喃喃了一句："如果有下辈子，你能通过这道疤找到我吗？"

没有人会回答他，他也不知道答案。

人真的会有下辈子吗？

他遗憾地笑了笑，把信和口袋里常年放着的平安符一起捏在了手里，稳稳地放在了胸口上。

他没有力气了，只好重新躺回了病床上。

月光皎洁，风吹进病房内，他的生命在风中慢慢消散。

在这一天的零点，谈礼婚礼后的第二天，他安详地躺在病床上，面带笑容闭上眼，等待死亡的到来。

少年的眼角滑过一行泪，语气苦涩，声音颤抖："阿礼……我们……下辈子，再见。"

随后，他用最后一点儿力气，扯掉了脸上的氧气罩。

嘀嘀——冰冷的监护仪发出刺耳的警报声。

林赴年的生命在这一刻终止。

46

林赴年去世的那一天，他送给谈礼的那个镯子，原本好好躺在柜子里，突然断成了两截。

他们不是朋友吗？可为什么她什么都不知道？他们甚至都没有说再见。

他们对彼此的记忆都停留在十八岁的那一年。

谈礼是那天突然生病的，连医生都查不出个所以然——是心病。

她的身体逐渐变得虚弱，脸色惨白，像当年的林赴年。

她无法面对这个事实——不仅恶毒地说他会不得好死,还在他最爱自己的岁月里怨他、恨他。

愧疚和悔意充斥着她的内心。

徐落沉终于看不下去了,拿来一封信递给虚弱的谈礼,这封信曾被他至死都紧紧压在胸口。

他有话想对她说,可她永远也听不到了。

白纸上的文字冰冷,谈礼常想,为什么林赴年不想想,也许自己也有话想对他说。

……

他们第一次一起去墓地看了林赴年。

江中的四个人,终于在十年后再次聚齐,只是林赴年早已长眠在冰冷的地下。

黑白照片上的人浅浅地笑着,露出那对好看的梨涡,他还是十七八岁时的模样。

谈礼怔在原地,眼泪无声地决堤。

江源和江云生把时间留给了她们两个女生。

他们走到一边,江源从口袋里掏出一根烟递给他,问他:"你真的就不打算告诉谈礼了?"

江云生接过那根烟,无奈地指了指旁边的"禁止吸烟"标志,听到江源的问题后,目光落寞。他的语气淡淡的,心里却已经有了决定:"没什么好说的,她已经觉得自己很对不起他了,何必还要再加个我。"

江云生笑了笑,他们把很多事情都告诉了谈礼,却隐瞒了当年林赴年帮他追谈礼并且安排相亲的事。

那个人为她安排好了一切,唯独将自己从她的世界里摘了出去。

江云生不在意地笑了笑:"我现在挺幸福的,过去的事情,就让它过去吧。"

不必觉得对不起他,因为他在婚前就知道了一切,是谈礼主动向他坦白的。

他是自愿的。

而且他能够和谈礼在一起,也是他的幸运。

"哈哈。"江源听完他的话,笑了声,"看来林赴年的确没看错人。"

他嘴上说着这样的话，目光却停留在不远处的徐落沉身上，她还在哭。自从林赴年生病后，她就变得特别爱哭。

"我会对谈礼好的。"

"那最好了，你要是对她不好，林赴年那小子做鬼都不放过你。"江源绷着脸，语气严肃。

"放心，我一定说到做到。"江云生坚定地承诺。

江源转头看着徐落沉走神。

江云生抬头顺着他的目光看去，心中了然，问："不说我了。你们呢？这么多年了，怎么也不在一起？"

江源身体一僵，随后低下头自嘲地笑了声："我们不会在一起了。"

"为什么？"

"因为……"他顿了顿，声音苦涩，"她喜欢的人，从来都不是我。"

话落，周围起了一阵风。

他们其实是一群很会演戏的演员。

十年一场戏，可有些人的戏，在很早就开始了。

"所以……那封信里到底写了什么啊？"

风止，身边这个和谈礼高中时候长得有七八分像的女孩子，开口好奇地问着她。

徐落沉的回忆被打断。

她猛地抬头，望向医院玻璃窗上映的自己，一怔——白发苍苍，佝偻的身体，脸上布满皱纹。

这是林赴年去世后的第四十年，他们也都老了。

谈礼三十二岁那年，在舞台上摔伤了腿，她不能再继续跳舞了。

也是在那一年，江源去了国外定居。徐落沉在俞镇结婚生子，她还和谈礼保持着联系。

曾经的江中四人组，随着岁月流逝，各奔东西。

徐落沉很少见到江源，他心里始终怨恨着谈礼，他们都明白。

只有在林赴年忌日那一天，他们三个人才会不约而同地前往墓地，见到彼此，沉默着，不知道该说什么。

很多时候，徐落沉会想，如果他还在，一定不希望他们这样吧。

谈礼每一年去，都是盯着他墓碑上的黑白照片，抿着嘴沉默着。

江源见她那样，就更加生气，气谈礼怎么可以忘记林赴年。

可徐落沉不那么觉得，因为每一年林赴年的忌日，来墓园最早的那个人一定是谈礼。

林赴年死后的第四十年，谈礼也病倒了，被确诊为阿尔茨海默病。

她在病床上神情恍惚地谈起了很多人，唯独没有提到过林赴年的名字。

"徐奶奶？你怎么不说话啊，那封信里到底写了什么啊？"

徐落沉回过头看着小姑娘的脸，有些感慨——谈礼这个外孙女，和她长得几乎一模一样。

"那封信的内容，只有你外婆和他知道了。"徐落沉轻轻摇了一下头，低头看着自己满是褶皱的手。

"你还是少在你外婆面前提这封信，还有樱花、大海，都不能提，知道吗，免得刺激到你外婆。"徐落沉拍了拍小姑娘的脑袋。

这小丫头快要十九岁了，虽然长得像谈礼，性子却十分欢脱。

小姑娘没得到想要的答案，有些失望地点着头，不解道："知道了，可是，既然那位林爷爷是外婆的朋友，还对外婆那么好，为什么不能提呢？"

闻言，徐落沉脸上的笑僵住，她没说明具体的原因，只说："你外婆之前这些年总在自责里活着，在余生里，就让她忘了那些不开心的事吧。"

谈礼每天精神恍惚，身体状况也越来越差。

医生告诉他们，谈礼照这样子下去，是活不久了。

徐落沉沉着脸，打通了江源的电话，要他赶紧回来。

看到他们两个人进来，谈礼嘴里嘟哝着他们的名字："落沉，江源，你们来了啊。林赴年呢？他怎么没和你们一起过来？"

病房里的其他人在听到林赴年的名字后，都怔住了。

谈礼见面前的两个人不讲话，着急了："他是不是很忙啊，怎么这么久都不来，我都快忘记他的样子了。"

谈礼的记忆停在了她十八岁那年。

他们谁都没有想到，她会让记忆停留在那么痛苦的一年。

他们也没有想到，她会自己说起林赴年。

她忘记了很多事情,却记得那一年的他们三个人。

那是谈礼在生病后第一次提到林赴年的名字。

不知道过了多久,徐落沉才勉强找回了自己的声音,她笑得比哭还难看,声音哽咽着:"他……最近是挺忙的,得过几天才能来看你了。"

"是吗……"谈礼眼神空洞,觉得自己好像忘记了什么,可又想不起来,只能点了点头。

"那你一定要让他来,我还在等他,我有话要对他说。"她的眼睛望着天花板,神色呆滞。

这三个人是她贫瘠的青春里最好的朋友,她都没有忘记。

后来谈礼的器官开始衰竭,全靠医疗手段吊着一口气。

她每天都在问他们,林赴年怎么还不来。

哪怕现在这么痛苦,她还是不愿意走。

"病人现在的情况很不好,她全身的器官都在衰竭,到后面会更加痛苦。"江云生他们三个人站在病房门口,低着头听着医生的话,神情凝重。

"病人是不是还有什么遗愿没有完成,她在强撑着。尽量替病人完成未了的心愿吧,别让她继续痛苦下去了……"

他们都明白,谈礼的生命已经到了极限。

可她还有未了的心愿。他们知道是什么。

医生走后,江云生他们三个人看着彼此,欲言又止。

"我早就说了,你就应该直接告诉她,告诉她林赴年早就死了,何必到现在还要骗她?"江源实在憋不住了,语气不善,想告诉谈礼真相。

"江源!"徐落沉见状,连忙一把拉住他的胳膊,语气急切,"你别这么冲动行不行,我们再想想办法!"

"想什么办法,能让她见到林赴年吗?"江源面色难看,提到林赴年,语气更是激动,"他早就不在了!"

他大声地冲徐落沉吼着,两人一把年纪,却在病房门口说红了眼。

"好了,你们都别吵了。"江云生无奈地开口阻止他们。

"我去告诉她。"他长长地叹了口气,眼神痛苦。他不想让谈礼走,可她实在太痛苦了。

江云生走进病房的时候,谈礼眼神呆滞地看了他一眼。

他在她病床旁边坐下,动作温柔地握住她苍老的手:"阿礼……好久没和你好好说说话了。"

江云生声音颤抖:"这些年,你过得很累吧。"

作为他的妻子,他女儿的母亲,也是最疼爱外孙女的外婆,她的身上有很多道枷锁,可她一直都在尽职尽责地做到最好。

但她并没有那么快乐,他知道。

她一直活在愧疚自责里,虽然她从来没有说过。

"这么多年里,因为有你,我过得很幸福。"

他紧紧握着谈礼的手,眼角笑出皱纹,她不知所措地望着他。

"曾经我总以为,爱情该是自私的,因为爱让人变得斤斤计较,变得什么事情都无法退步。我自认为是真的很爱你,爱到我觉得没有人能与我相比,直到……我知道了他的存在。"

说到这儿,江云生一顿,随即无奈似的笑了声:"我发现我怎么都没有办法比过他。他爱你,爱到无私,爱到成全,爱到可以放手。我才发现,和他比起来,我的爱真是不值一提。我从来没见过一个人,能够爱人爱到那样的程度。"他说得苦涩,却又已经知足,"但我想,我已经很幸运了。能和你度过一生,我已经知足了。所以在这最后的时间里,我希望……你不再是我的妻子,也不是孩子们的妈妈和外婆,我想你做回你自己,去做回那个十八岁的谈礼吧。"

江云生知道,在江中的那三年,一定是谈礼生命里最重要的三年,不然她不会到此刻都只记得那段时光里发生的事。

她遇到了他们,也在无望的青春岁月里见到了光。

所以在生命的最后一刻,他希望谈礼能做回她自己,他想让她自由自在地离开。

谈礼听着他的话,蹙了蹙眉,脸上露出疑惑的神情。

江云生的眼泪滑过他沧桑的脸,一滴滴砸在谈礼的手上。他继续声音沙哑地说着话,好像要在今天把一切都说给她听。

"我这一辈子,已经足够幸福了。"

"所以下辈子,我就不和他争你了,下辈子你一定要记得去找他,记得要早点儿找到他。"江云生说完,笑着流泪。

他不想贪心,这辈子得到的足够多了,下辈子,她是属于林赴年的。

谈礼抬眼,不解地盯着他,她的大脑一片空白。

江云生心里五味杂陈，他知道谈礼还在等，可是他们都不能再这样看着她痛苦下去了。

哪怕他再不舍，他也硬逼着自己开口："阿礼，所以……如果现在你觉得太累了，那就走吧，别硬撑着了。我想，他应该……已经等你很久了。"

他应该在那边等你很久了。

江云生的声音不断传进她的耳朵，可是她听不懂他在说什么。

她只是突然模糊地意识到，她要等的那个人永远都不会回来了。

她好像等不到他了。可是她……她还不能走，她还有事情没有做完。

谈礼意识到这一点，费力地开口，声音虚弱到听不清："可是我……还有话要对他说。"

她睁大眼，目光呆滞地盯着医院的天花板，眼角滑过一行泪，心里像是失去了什么。

她声音颤抖："我还要……还要和他说声'对不起'……"

她不知道自己为什么要对他说"对不起"了，她只记得一件事——那就是，她有愧于他，她要和他亲口说声"对不起"。

可是，她等不到了，林赴年永远都不会来了。

谈礼再一次陷入了昏迷，在梦里，她终于见到了林赴年。

少年笑了笑，一如当年。

那一年的林赴年十八岁，身体健康，意气风发。

前方的他冲她招着手，脸颊两边的梨涡若隐若现。

谈礼想起昏迷前江云生说的那番话。

"他应该……已经等你很久了。"

于是她想问他，是不是等她很久了。可他好像能洞悉她心里的一切想法。

少年摇了摇头，轻声说着："不久，只要是等你，无论多久我都会等。"

她听着他的话，不知道为什么又哭了，她真的好想和他说声对不起。

她要道歉，她心里有愧，她做错了太多事情。

可林赴年只是看着她，目光里有着不属于十八岁的他会有的情绪。

他沉默了很久，再开口，声音却沙哑了。他问她，这几十年里过得好不好，开不开心。

谈礼哭着不停点头,面前的人这才终于满意,他释怀地笑着:"你过得好,就好。"话落,他随着风慢慢消失。

谈礼想要伸手抓住他,却无能为力。

在风里,她也终于看见梦境里的自己,枯瘦如柴的身体,脸上布满了皱纹,原来她已经这么老了。

谈礼终于想起了一切——原来他早就死了,死在了很多年前。

她哭得几乎说不出话来,声音破碎:"林赴年,你怎么……不老啊。"

我都那么老了,你怎么……不老啊。

冰冷的监护仪突然急促地发出警报声,病房内一时间大乱。

谈礼的耳边只有大海的声音。

突然狂风呼啸,海水涨潮,海浪疯狂地拍打着礁石,像是要把什么东西击碎。

谈礼笑了笑,到生命的最后一刻了。她不害怕,只想见到他时一定要和他说句对不起。

他们虽然没说过再见,但一定会再见的。

天空乌云密布,雷电交加,如同她十八岁前的人生,灰暗不堪。

而有人闯入了那里,把她推向了光明。而那个人却永远留在了黑暗里。

现在,她要去找他了。

"林赴年,我来见你了。"

她这一生圆满,却终生有遗憾。

徐落沉和江源站在病房门口,他们听见了江云生和谈礼的谈话,才明白,原来她死撑着痛苦到现在,只是为了和林赴年说声对不起。

"可他是林赴年啊,又怎么会怪她。"徐落沉哭着,心里百感交集。

林赴年永远都不会怪谈礼的。

他似乎是注定为她而生,为她而活的。他从来没有怪过她,他只怪过自己,怪自己没有一个好的身体。

江源仍旧站在原地不讲话,他垂着头,死死咬着牙,眼睛猩红。

他们都没有忘记林赴年,从来都没有过。

那天,他们两个人又一次站在冰冷的医院长廊,如当年般,送走了他们的另一个朋友。

……

他们见惯了生离死别，可还是会心痛。

江源望着病房，目光不明，半晌，他突然想起江云生的那番话，开口问："你说人真的有下辈子吗？"

"我不知道。"徐落沉神情恍惚地摇着头。

"如果有下辈子，你说，他们两个，真的还会再遇见吗？"江源问她，好像想确定什么。

徐落沉听着江源的话，望着医院长廊叹了口气，陡然想起了林赴年死前最后一天发生的事。

他拖着残败的身体，硬是要爬上俞镇的那座山。

林赴年的身体早就撑不下去了，可他不愿意借助缆车登山。他执拗地，一定要三拜九叩，自己爬上山。

那座山并不算陡峭，她和江源还有林织一路轮流扶着他，在太阳下山前，他们终于爬上了山顶。

他穿着单薄的黑色衬衫，脸庞瘦削、惨白，额头冒着一层冷汗。

山顶寺庙边祈福的人不少，纷纷好奇地望着他。

林赴年以前经常来，庙里的住持认识他。

"施主……又来为你说的那位女士祈福吗？"

"不是……这次，是为了我自己来的。"他摇着头，声音轻得快要听不见。

可他还在坚持着，一步步艰难地走向寺庙的正殿。

江源想扶他，他却拒绝了，他扶着墙一步又一步地走过去。

他每走一步，身体都仿佛要散架，几乎站不住。短短几十步的距离，他背后已经有一大片的汗渍。

他几乎是摔在蒲团上的，双手撑着地。江源他们急匆匆地跑过来，却见他竭力地撑直身体，双手颤抖着合十，紧闭双眼，额头的汗珠顺着他的脸颊滑下，砸在地上。

到底是什么值得他今天这样不要命了似的爬上山来？

徐落沉和林织都背过身，死死咬着嘴唇，不敢发出哭声。

"苍天在上，我残病之身，本该早早入土，却到今日，仍有一个私心。"他在心里默念着，身边好似刮过一阵风。

林赴年艰难地睁开眼，转头望向自己身边，脑海中浮现出当年他们

267

一起祈福的场景——

谈礼和他双双跪在蒲团上,她许完愿,笑着问他:"林赴年,你许了什么愿啊?"

她明艳地冲他笑,于是他也笑了。他想把她永远记在自己的心里。

他不想忘记她,也不会忘记她。他要许的愿,也永远都和她有关。

他眨着酸涩的眼睛,心想着他们这辈子没缘分,他也没资格站在她的身边。

所以……他就不求这辈子了。

"求佛祖保佑,我愿意付出一切代价,只求您保佑我……"他低下头,身体打战,瘦削的脸上滑过两行泪,声音卑微,随风而逝。

"保佑我和她,下辈子……再相见。"

——正文完——

番外一
男主视角：一眼便是万年

阿礼，我只祈求下辈子。

2016年的那个夏天，在谈礼印象中是自己第一次遇见他，可不是林赴年第一次遇见她。

他认识她，要追溯到许久之前，在江中那场迎新晚会上。

他那时候叛逆，无论做什么事情都要和老师、学校的要求反着来，也试图做些出格的事情，来吸引他爸妈的注意力。

所以，那天的迎新晚会，他是全校最后一个到场的。他打开后门，弯着腰溜进礼堂时，台上刚好是舞蹈班的新生在表演。

"你小子，刚跑哪儿去了？"江源摸着黑过来，朝他肩膀上打了一拳，轻声问他。

林赴年佯装吃痛，笑骂他："干吗啊？"

他靠在墙上，冲江源挑衅地挑了挑眉。

那天全校的学生都穿着统一的校服，只有他特立独行地穿着一身黑色，融入了礼堂的黑暗里。

林赴年抬头看了台上一眼，追光灯打在台上站在C位的女生身上，她有一张白皙的脸和一双冷漠的眼睛。

她如一潭死水般的眼神，和周围的人显得格格不入。

那才是他们之间的第一面。

很久之后，有人问起林赴年，问他相不相信一眼万年。

江源在旁边笑着打趣："我们林哥肯定不信啊，是不是啊，林赴年？"

林赴年没立刻回答，只是目光看向不远处，舞蹈班的学生正排着队朝着舞蹈房走。

迎着九月柔和的风,他舒服地眯了眯眼,脸上梨涡乍现,笑道:"我相信。"

他是从那天开始注意到谈礼的。

但他并没有去打听她的名字,他总会刻意和她偶遇,但他们的目光再也没有撞上过。

谈礼在学校好像没什么朋友,独来独往的。

直到后来,徐落沉和江源吵了一架,竟然是因为谈礼。一个说谈礼是自己新认识的好朋友,另一个则说着谈礼的坏话。

他听得直蹙眉,从江源的嘴里了解到谈礼的一些事情。

冷傲孤僻,待人不善,是很多人安在谈礼身上的词。

但他始终不相信。

一切大概就是从舞蹈房见的那一面开始发生变化的。

他也没料到有一天会被她抓包。那天他抬起头听到声音,发现是她在笑自己。

唇红齿白、明眸善睐是她,笑着提醒他的人也是她。

林赴年尴尬地掩饰着自己的无措,瞪了她一眼。

再后来,他翻墙逃课,回来时又在矮墙边和她撞个正着。

那天他不禁在心里大骂,为什么每次做坏事,都能被她碰上。

但他心态好,即使被喜欢的女生抓包那么多次,还能不管不顾地递给她一颗自己从树上摘下来的果子。

那应该是他们真正互相相识的一天,只是他从来没有告诉过谈礼,早在她认识自己之前,自己就认识她很久了。

他们慢慢相熟,也多亏了他的厚脸皮。

跟着谈礼一起去兼职、砸坏学校保安室的玻璃救她出来,还在眉骨上留了一道消不下去的伤疤,他来去自由惯了,做这些出格的事不会让人感到意外。

只是他从来没有想过有一天,他这样自由的人,也会为一个人停下脚步,并且悄无声息地改变很多。

他会在下雨天送她回家,会在她睡着时给她披上外套,会因为她不及时回自己的消息而烦躁。他那样粗心大意的一个人,也会细心地留意到她的所有情绪。

有时候连他都觉得自己是谈礼肚子里的蛔虫,不然他怎么会那么明白她的言下之意。

后来谈礼也问过为什么他会这么了解自己。林赴年想了想,没回答。

很多年后,他又想起自己当年没说出的答案。他想说,因为我是为你而生的,也为你而来。

他们一起去樱花林见过花海、一起过生日、一起跨年、一起学习、一起了解彼此的生活,互相慰藉。

他在不停地救赎她,她也在竭尽全力地卸下伪装的冷漠外壳,努力靠近他。

明明一切都在变好,但意外出现,他只能看着事情开始越来越不受控制,逐渐偏离轨道。

直到他们两个人都无法心平气和地对这个世界说句"没关系",直到谈礼开始不停地伤害自己,他才明白,原来喜欢一个人,想去拯救一个人,就是要付出代价的。

看海的那天,是他们之间最后一次好好说话。

那时候他已经数不清了,到底有多少事情压着她。

是沈辞的骚扰,外婆的生病,舞蹈课的涨价,还是被逼着放弃梦想……这些令人崩溃的事情,全部落在谈礼的身上。

那一日,海边的风很大,谈礼转头绝望地告诉他,说她压力太大了。

他们沉默地看着彼此落泪。

他求她要好好活着,求她以后要和他一起来看海。

只是,那时候林赴年没想到,后来失约的人会是他自己。

高三下学期,谈礼接受了她妈妈提的条件,告诉林赴年,高考完她就要和她妈妈一起走。

于是林赴年开始计划。他成绩不大好,没什么很想考的大学,但他想去她的身边,离她更近一些。

他常常看到她眼底流露出来的痛苦。可他仍旧不死心,反复告诉她:你会好的。

其实他也明白,这条路太难走,她过得太痛苦了。

可是他想带着她去更好的地方。

——她是我人生中出现的骄阳，虽然如昙花一现一般短暂，但我仍想带着我的太阳往前走。

　　"阿礼，我带你去我的未来。"我们共同的未来。

　　可是人算不如天算，高三那次艺考，是他的疏忽。

　　其实那天，他打算和她告白。他只想告诉她。如果没有人爱你，那我来爱你。或许是他们没缘分，老天有意分开他们。

　　她被沈辞推下了楼梯，奄奄一息地倒在血泊里，他的心脏传来一阵闷痛，脑海里混乱不堪。他害怕得不知道该说什么，只是一直重复着："别死。"

　　救护车上，她说不是他的错，他牵着她冰冷的手，脸色惨白。

　　谈礼仍拉住他的手安慰着。

　　她生病了，她要治病，而他想陪着她。

　　他们从救护车下来后直奔手术室，也是在这里，林赴年看见了谈礼的父母。

　　手术室外，他以阿礼朋友的口吻和她的父母说了很多，以一个十八岁的刚成年的学生的身份对两个大人声嘶力竭地控诉着。

　　"她生病了，再这样下去，她会死的。你们能不能……救救她？"

　　说完这些话，林赴年便坐在椅子上沉默不语，直到医生出来通知家属——谈礼没有生命危险，他才放心。他刚要起身，眼前一黑，倒在了冰冷的瓷砖地上。

　　等再醒来时，他已经躺在了医院的病床上。医生告诉他得了病，现在还不能确诊，需要全面检查。

　　听到医生那些话时，他一下愣住了。

　　他爸妈还在国外，自己和他们关系一向不好，所以只有他姐抱着他哭。

　　父母负责提供他们金钱，并不负责提供爱。

　　那天他姐哭得崩溃，他久久缓不过神来。

　　这场病来得突然，更像是上天向他索要的代价。

　　他和谈礼是两个世界的人，是世界上最与众不同的两块拼图，不该有交集。

　　所有人都在劝他不要踏进那个泥潭里。可他硬要闯进去，硬要和她一起走，或许这就是他执着的后果与代价。

上天不愿意看见悲惨的人得到救赎，于是要将那道光掐灭。

他确诊的那天，和她出事是同一天。

在那半年里，他曾妄想过，这一切都只是一场梦。他没有生病，还能继续陪在她的身边。可逐渐消瘦的身体、被疾病折磨得意识模糊，都在提醒他，这是一场死局。

他知道，自己生病的消息不能让谈礼知道，她已经太累了。

但他相信一切总有好转的那一天。

只是他不会再有未来了。

高考后的那个暑假，是他能待在她身边的最后时间。

他知道，自己要开始从她的世界慢慢抽身而出。

可他还是好舍不得啊，明知道不该再见，却总是控制不住，不忍心看见她委屈又慌张的表情，不忍心见她失落的模样。

可他们终究是要分别的人。

明明在那之前，他早就和她悄悄告过别了，用炙热的眼神，用遗憾、无奈的神情。

他也劝自己，今日有此一程，已足够珍贵，他不该再有遗憾。

可他还是好遗憾——

好遗憾，我不能继续陪你走下去了。

我不能陪你一起去看海了，我们也不会再见了。

他终究还是要食言了。

他无法再成为她的依靠，因为他自己都要活不下去了。

刚开始接受治疗的那一个月，林赴年的健康水平急速下降，身体越来越消瘦。

他常常看着镜子里的自己，有些恍惚。

原来有一天他也会变成这副样子，他不敢去见她。

他想过很多办法让谈礼讨厌他。

可无论他怎么疏远她，还是冷漠地对待她，谈礼好像永远都不会生气。

明明是一个敏感、感受到他人半点儿厌烦就会转头走开的人，偏偏还在等他的解释。

可林赴年给不了解释，所以他打电话告诉她，说自己有女朋友了。

跨年夜，他看着医院窗外的烟花绽放，不知道自己还能活多久。

他还记得电话那头的她愣了很久，没有说话，风声在他们的耳边徘徊，她不知道，此刻，他和她在同一家医院。

他挂断电话后，窗外下起了大雪，白雪皑皑，遮住了这个城市。

他还记得他们见的最后一次面，那一天，天气预报说苏城要下雪了。

瑞雪兆丰年，来年应该是个好年头。

那也是他人生里看过的最后一场雪。

他生病的第二年，谈礼恢复得差不多了，并考上了舞蹈学院。

他们也在那一年彻底失去了联系。

化疗让他饱受折磨，他的生命悄无声息地流逝。

她大一的那一年，他混进学校悄悄见过她，也是这一年，他认识了江云生。

江云生是个不错的人，没交过女朋友，家庭也很和睦，身体也很健康……而且很喜欢谈礼。于是他开始借机帮他追谈礼，那是他做过最冲动又不后悔的事情。

如果无法成为那个人陪她左右，那是否能让他亲眼看见她幸福。

他开始怂恿江云生去追人，告诉他阿礼的喜好与厌恶。

可一直到了毕业，这家伙也没成功，他隐约意识到了什么，心里一股苦涩。

后来他想，是他的错，他低估了他和谈礼的感情。

大一到大四这四年，他看着谈礼变成一个温暖的人。她脸上常常带着笑，待人温柔、友好，从前那个孤僻冷漠的她，早已消失不见了。

毕业那天，他就躲在角落里。

江云生又一次告白被拒绝，她给的原因是："你很像我认识的一个人。"

"但是……"她穿着毕业学士服，难看地笑了笑，"我已经很久没有见过他了。他现在应该过得很幸福。但我，现在并不想谈恋爱。"

江云生问谈礼和那个人是什么关系。

她说："是朋友。"

他被林织推着轮椅躲在一边，把自己遮了个严实。角落里，他看见她眼角的泪花和泛红的眼圈。

他听着谈礼的话，顿时僵住了。

他们其实什么关系都没有，不过是曾经的朋友——爱了很久的朋友。

谈礼是在她二十七岁时开始相亲结婚的。

那时候，她名声大起，他也没错过她任何一场舞蹈演出。

她复读时，他找人帮忙照顾她；她毕业时，他躲在书后看她一眼；她大学开学时，他目送她奔向属于自己的未来。几年内她所有的演出，他总在观看席上。

舞台下的观众拥挤，乌压压的一大片，他买了最靠后的位子，戴了一个黑口罩，安安静静地坐在黑暗里。

他也会在演出结束后，在所有观众送的花海里，加上一枝鲜艳的玫瑰花。

他答应过她的，她的演出他都会来看，也会送她花。

这八年里，他没有出国，没有恋爱，他一直悄悄地在她身边。

婚礼那日，徐落沉问他要不要带什么东西给谈礼。

他想了想，最后还是郑重地包了一个红包。

那一年已经很少有人用现金红包了，他在准备好的破旧红包袋上，轻轻写下了四个字——新婚快乐。

那么多年，他见证她大学毕业，见证她工作、恋爱，默默地守护着她。

谈礼结婚前一天，江云生来看过他。

林赴年那时已经快说不出话了，连肌肉也已经萎缩，每天浑身都疼痛难忍。但他很高兴，他和谈礼之间，总有一个人幸福地活下去了。

徐落沉在去参加婚礼之前，来看过他。

那天她哭得很凶。

"林赴年，你这样做真的值得吗？"她第一次含着泪问出这个问题。

他想，大概很多人都想这么问他吧。

可他只是笑了笑，说："爱，怎么会不值得。"

既然注定了他是为她而来的人，那他也会为了她而离开。

爱有一万种方式，最后一种是放手。

谈礼结婚那天，徐落沉从现场发来她穿着婚纱的照片，模样温柔又惊艳，是他从未见过的样子。

在那一刻,他想,他的心愿已了,他也不必再坚持下去了。

林赴年的父母来照顾他,一向不善言辞的父亲眼角都有些红。

他们都是爱他的,只是爱得太过吝啬。

好在林赴年不是这样的人,他是个愿意热烈去爱的人。

他是个制造爱的人,这一辈子曾温暖过一个人,也是值得的。

"阿礼,千万要幸福。带着我的那一份一起幸福下去吧。"

他嘴里轻轻呢喃着,倏然想起是不是之前那些年悄悄地给她去寺庙求平安时,忘记给自己求了。

不知道自己要是求了的话,是不是今天牵她手的人就会是他。

当晚,他用尽所有力气扯掉了氧气罩,留下最后一句:"阿礼……我们……下辈子再见。"

十七岁的谈礼,坚信这世上没有任何东西是永恒的。没有什么东西能真正留住她。而林赴年的出现,像是专程为了打破她那些荒谬的理论而来。

他向她证明,爱就是一辈子的事。

他用一生告诉她,有些东西是永恒的,可以以死亡为代价。

从爱上她的那一刻起,就是永恒。

永恒不死的——他的爱。

阿礼:

见字如晤,展信舒颜。

好久不见啊,阿礼。

当你看到这里的时候,我想你大概快忘记我了吧。

最近过得还好吗,还算开心吧?不会再失眠了吧?

我想给你写封信,可笔落下,又不知道该说些什么。

时至今日,不知你是否还在恨我、怨我。

我想和你道个歉,为那段日子的疏远、冷漠,好好和你道个歉。

如果不是没了办法,我也不想那么做。

我知道不告诉你,也许是不对的。可是,阿礼,你不该是那个拘泥在尘埃里的胆小鬼,你该是最热烈的骄阳,因为你也照耀了我一辈子。

原谅我无法成为你活下去的寄托,也不再是你印象中意气风发的少年。

我不想让你见到我现在的这个样子，如果你还记得我，就请一直记得那个身体健康的林赴年吧。

看到这儿，请你不要哭，我只是去了一个很远的地方。

我们会再见的，也许在梦里，也许在世界上的很多地方。

我也许是风、是雨、是树上落下的某一片叶子，请千万不要为我的离开难过。

希望等我再见到你的时候，谈礼同学已经成为一个很幸福的人。

待我死后，黄泉故土，无论多少年，我还有个私心。

等你能够彻底放下我，能否让你看到这封信，让你知晓，我也曾爱过你。

能否到那时来我的墓前为我拂去尘土。

我想再听听你的声音，永远保佑你无恙。

阿礼，下辈子，千万还要让我遇见你，有一个健康的身体。

番外二
徐落沉的视角：爱与被爱之外的旁观者

她早就放下了那段过去，放下青春里那段懵懂的感情很久了。

可她不会忘记林赴年，他们都不会。

那是她青春里的一个秘密，但似乎又算不上"秘密"。

她对林赴年的感情，从很小就开始了。

那时候他们三人帮，她最喜欢缠着林赴年一起玩。

可情感是从什么时候开始变质的，连她自己都不清楚。

她本以为那份喜欢会藏在时间里慢慢消失，直到她第一次看见林赴年如何对待谈礼，才知道原来他喜欢一个人是这样的。

爱情很伟大，能让原本不可一世的人无数次低头，也能让一个脾气傲娇的人变得温柔。

而她，始终都是旁观者。

徐落沉比任何人都清楚，林赴年不会喜欢她。他们只是朋友而已。

可偏偏眼前相爱的两个人，都是她最好的朋友。

他们很般配，她看得出来。

林赴年真的很喜欢谈礼，她也知道，谈礼那颗冰冷的心一直在被他温暖着。

她眼睁睁地看着他们的关系越来越好，看着谈礼慢慢变得开朗，他们成了最好的朋友。

所以她更不能让任何人知道，自己曾经对林赴年有那种不一样的心思。

那时候她天真地以为,只要自己悄无声息地退出,那么他们两个人就会得到幸福。

可她还是想得太简单了。

从谈礼被推下楼梯,林赴年生病开始,他们的生活就发生了翻天覆地的变化。

生活对他们每一个人何其残忍。

谈礼养病那一年,一直都是她陪着的。

那段日子并不顺利,准确来说,应该是谈礼最难熬的一段时光。

他们所有人都不知道,为什么原本求生欲不高的人,突然那么急切地想治好病。

那一年里,谈礼每天都在积极配合治疗。甚至有好几次,她因为服药过量,进了抢救室洗胃。

他们那时候都快要被谈礼吓疯了。

她边哭边骂。可谈礼始终没有哭,每天待在窗帘紧闭着的病房里,四周没有光,又或许光消失在了黎明前。

"我不想死,我觉得太慢了,我想快一点儿啊,再快一点儿。"谈礼惨白的嘴唇轻启,虚弱地说着话。

她终于在那一刻知道——谈礼只是想快点儿治好病,再见一次林赴年。

哪怕谈礼什么话都不说,她也依旧执着地想去告诉林赴年:她的病会好的,请他别躲着她。

她也想为自己当初的口不择言,对林赴年好好道个歉。

可这件事,一直到谈礼去世,都没有实现。

那是在她大学毕业的那个晚上,宿舍的女生组了个局,谈礼少见地喝了个大醉。

她从未见过谈礼那样——狼狈地抱着啤酒瓶子,坐在边上轻声地啜泣。

"阿礼……"她没怎么见过谈礼哭,哪怕在复健的那一年里,都没有哭过。

谈礼哭得眼睛通红,拽住她的手,语气可怜巴巴地问:"落沉,你说是不是我太糟糕了,所以他连再见都要在电话里说?"

"我们不是朋友吗?为什么连说再见都不能当面说?我的病已经好了……真的好了……"

话落,谈礼抱着她,哭得崩溃。

那天她真的被谈礼的眼泪吓到了,慌张得不知所措。

听到谈礼嘴里不停喊着林赴年的名字。所以她拨通了林赴年的电话。

他接通电话后,没有说一句话,但也没有挂断。

她知道,他一定也在哭。

这个世界对他们实在是太残忍了。

一个在电话这头发着酒疯,哭得眼泪滂沱。

另一个在病房里闷声流泪,心痛不已。

很多年后,她也总是在想:那个八年,如果他们两个人在一起该多好。

可如果那样,谈礼也许就会有走不出去的很多年。

后来一切都如林赴年所愿。

谈礼结婚,有人爱,一切幸福。可徐落沉总想问他,那他呢?

他为什么孑然一身地离开了。

他离开的时候很体面,在生前最后一天,仍在关心她和江源的事情。

其实她又何尝不知道呢。正如江源明白她的心思,她也看得懂他。

他们是这个世界上最了解彼此的知己,却永远不会成为爱人。

她早在那些岁月里,在见证了林赴年和谈礼的感情后,选择放下了自己的心思。

或许她身后一直有那个人,可她没有回头。

林赴年的死,迫使他们三人的感情分崩离析。

她和江源也注定不会在一起了。

他们都不会忘记林赴年。

"徐奶奶,外婆的这些东西怎么办啊?"谈礼葬礼后的第三天,旁边的小姑娘收拾好了谈礼的遗物,指着其中一封信,犹豫地问她。

就是那封让他们很好奇的信。

"你不是想知道信里写的是什么内容吗,怎么不看看?"她见小姑娘神色迟疑,笑着说。

"啊……不了吧,您不是都说了,这是写给外婆的信吗?我怎么能打开看呢。"小姑娘为难地摇了摇头,期盼地盯着她,希望她给个处理的办法。

她笑了笑说:"那就烧了吧。反正这封信也不会有人再看了。"

她们两个人将这封信点燃,烧为灰烬。

谈礼的外孙女站在她旁边,看着渐渐熄灭的灰烬,抿了抿嘴,心里不知道在想什么,突然开口问道:"徐奶奶,你和江爷爷,还有那位传说中的林爷爷和外婆,到底是什么关系啊?"

"不是都和你说过了吗?"她回头,慈祥地看着外孙女。

小姑娘想了想,还是把心里话说了出来:"只是朋友吗?可我总觉得,好像不是那么简单,但外婆也不愿意告诉我。"说完,指了指被摆在客厅里的那张照片。

照片里有四个人,都是青春期的少男少女,笑得阳光开朗。

她回头愣愣地看着,半晌,眼眶一湿,声音哽咽:"只是朋友。"

——只是爱了很久的朋友。

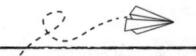

番外三
谈礼外孙女视角

外公说,下辈子他希望外婆还能遇到他。

外婆和外公一直都是很相爱的,妈妈用"相敬如宾"来形容他们的关系。虽然小时候我不太明白这个词的意思,但我知道外公很爱外婆。

在我十八岁那年,外婆突然生病了。妈妈说,外婆是心病。

从小到大,我的家庭美满、和谐,爸爸妈妈极少吵架,只会偶尔发生点儿小口角。外婆总会对他们说,不要当着孩子的面吵架。外婆也告诉我,这个世界上有很多很多人爱我。

我不理解外婆为什么突然告诉我这些,直到那天我缠着徐奶奶,听她讲了外婆年轻时的故事……

我对外曾祖父母没什么印象,妈妈说他们很早就离了婚,外婆和他们的关系直到她成年后才有所缓和,可这依旧是外婆的心病。

我没见过外曾祖父母,只从外公的嘴里听过,因为他们心怀愧疚,所以后来对外婆很好,外婆也没有去计较过去的事。后来他们先后去世,外婆十分伤心。

从我有记忆起,外婆就总会去一个人的墓地,送上一束洋桔梗。

有一次我跟着过去,看到外婆站在墓前,没有抹眼泪,眼神有些空洞地望着,嘴里念着谢谢。

有不少人去他的墓前,外公也曾偷偷去过一次,他和外婆说的话是一样的,也是谢谢。

后来我听母亲说过,外婆叫那人阿林,好像是她年轻时的朋友。

我从徐奶奶嘴里也知道了关于"阿林"的一些事情。

徐奶奶只说，他们都是很好的朋友。

可我分明记得，外婆在那人墓前说过自己对他有愧。

外婆的另外一个朋友——江爷爷，也是这么说。

他总是怪外婆，说她心狠。外婆也从没反驳。她只说："他告诉我要往前走，要去更好的未来，要活着，我答应了。这些年我拼了命地往前走，不敢回头，人声鼎沸里，单辱骂与争吵就足够把人折磨疯，所以我一直在往前走，却没有回头看看自己失去、错过了什么。"

我没听懂外婆的话，但明白她说错过的人是谁。

我在想，或许外婆要摒弃过去往前走，所以把过去里的所有人都抛在了身后。所以外婆的这个朋友明白这一点，他放手让外婆走。

听着那些故事，也不知道为什么，我有点儿想哭。

在我十八岁那年，外婆病倒了，同年我也恋爱了。

我把男朋友带到病房里见了外婆，我知道她老人家最惦记我了。那时我刚高考完，我爸妈死活不同意我恋爱。

外婆听到我的牢骚，她看着我和男朋友，说了爸妈一顿。

外婆在爸妈面前一向是有威严的，他们被说得不敢吱声。

我看着外婆看向我的双眼，突然发现，她似乎在透过我看着别人。

外婆那天还说："高考完恋爱怎么了，青春就这么一次，好好去爱吧，不要留下遗憾……"

外婆不曾说下去，但我知道她的意思。

或许年少的遗憾总是能让人记很久的。

外婆病了一年多，精神状态越来越不好了，甚至有些不认识人。但她还记得我和母亲、外公。我们都知道，她的病好不了了。

外婆被确诊为阿尔茨海默病，开始逐渐忘记身边的人。

我十九岁的某个晚上，外婆被送上救护车，我们一家子哭得泣不成声。那晚的外婆格外清醒，她看着外公含着泪的眼睛，艰难地说了三个字。

——不是"我爱你"，而是"谢谢你"。

半夜，我留下来守夜，外婆不想睡觉，硬要我回去将家里床头的照片拿来。我只能顺着她，从家里拿来照片。

她看着那张照片，随后打开相框，里面藏着一封信。

凌晨三点，我喊着她的名字，她却不认识我了。她一遍遍问我是谁，她说："帮我找找阿林，我想让他带我去看海，今年的樱花好像开了。"

我知道她的意识已经完全模糊，根本不知道自己在说什么。

外婆忘记了其他人，却唯独没有忘记那位叫林赴年的爷爷。

她永远都会记得阿林。

外婆总会在半夜里哭着说："你生病了要好好治病，不要不告诉我，我还想和你说句对不起。"

外婆的语气饱含愧疚。

外婆去世前，外公和她说了好一会儿话。

我知道我以后没有外婆了。

外婆的葬礼上，我哭得稀里哗啦。外公告诉我不要哭。

他说这是好事，外婆去找那个人了。

我问外公，他为什么不吃醋、不难过。

外公说："你外婆的大半生都和我在一起，外公已经很幸福了，我知道她也把我放在心里了，以亲人的身份。我觉得这样很好，我很感谢他。如果没有他，我说不定都追不到你外婆。这大半辈子我陪着你外婆，并且过得幸福快乐，能和爱的人在一起，我很知足。"

我想起，外婆不曾对任何人说过"我爱你"，她说得最多的就是"谢谢你"。

后来我问外公，为什么他也认识照片上的那个人。

外公告诉我，那个人是对外婆最好的人，也是外婆下辈子要遇见的人。

我想起我也曾问过外婆他们的关系，外婆的回答是——"朋友"。

听着外公的话，我回过神，有些不知所措，我继续问外公："那你呢？你难道不想下辈子再遇到外婆吗？"

外公一愣，随即笑了。他告诉我，有这辈子就足够了。

"那下辈子，外婆真的会遇到他吗？"

"会的。"一定会的。

番外四
回溯

2017年的春天，万物复苏。

在江中，林赴年还是老样子，每天早上都会将一小瓶热牛奶塞进谈礼的怀里。

"喝牛奶才能长高啊。"他淡淡地说出这句话，眼睛含笑地盯着她。

阿礼扯了扯嘴角，瞪他一眼："你是在说我矮吗？"

"是差了点儿。"他笑着站起身。

她仰起头，盯了他半晌，气得说不出话来，别扭地拧开牛奶瓶盖喝起来。

阳光正好，落在两人的身上暖洋洋的，很舒服。林赴年笑着看着她喝牛奶的样子。

她被对方盯得头皮发麻，忍不住抱怨："你能别一直盯着我吗？"

他也不慌，调侃道："你好看啊，多看看怎么啦？"

"你少来。"她别过头，耳尖不自然地泛红，嘴上不饶人。

"行、行、行，不逗你了。等会儿你要去舞蹈房练舞吗？"他问。

她点点头，边喝牛奶，边应了声："要去啊，你要过去看吗？"

撞上她期待的目光，他的心一颤，不自然地转过头，不敢对视："喀喀，不去，不去，我有事呢。"

听到他的话，谈礼目光微垂，有点儿失望，轻轻点头："行吧。"

少年总是心口不一。

中午的舞蹈房里，他靠在门口，看着里边练舞的姑娘。

她的腰很细，皮肤很白，眼前的她，舞姿优美又标准，动作充满力量感，像一只高傲又脆弱的白天鹅。

林赴年抬起头,阳光透过落地窗投进来,柔和地落在她身上。

他想,她本该是这么美好的。

高三下学期的某天,他们两个悄悄跑到江城去看海。

高铁上,沿途的风景让她觉得很熟悉,可又说不上来哪里熟悉,像是曾经看到过。

他们到江城时,已经是凌晨了,有点儿冷,林赴年见她打了个冷战,就把身上的外套脱下来塞给她。

"我好热,你帮我拿着吧。"

"?"谈礼不解地瞥了他一眼,风吹得她身上起了一层鸡皮疙瘩。

"我不冷,你穿吧。"他余光瞥了一眼旁边的人,发现谈礼的确冷得厉害。

他见她把衣服穿好才收回目光,忍不住搓了搓冰冷的手。

两人并肩坐在沙滩上,谈礼的目光没有从海面上离开过,已经很晚了,黑漆漆的海边几乎什么都看不清。

他问她:"怎么那么喜欢看海?就因为沈榆吗?"

"也不全是,小时候总觉得在海边很自由,就想往自由的地方跑,觉得看到大海,人生就圆满了。"

很多年前,她是打算看完海就结束一切的。

有些东西留住了她。

可没想到几年后,她看着眼前的海,依旧还是生出不好的心思。

她估计不会好了,再也不会了。

"哪能圆满啊,你还有好多没看的呢。"他摇摇头,看着她,心底了然,"还有极光、冰川……很多很多,没看过呢。"

她闻言一愣,知道他这样说是想留住破碎的自己。

看着对方祈求的目光,她僵硬地点点头,眼眶一湿:"那你陪我一起看吗?"

"当然,我天涯海角都陪你去。"

他的话恳切又真诚,听得她心底一软。

没等她反应过来,林赴年就牵起她的手,带着她往前跑。

"去做什么?"她不解,却还是跟他一起跑。

"去上边,看星星。"他指了指远处。

有一座高塔矗立在大海的中央。他们在铁桥上跑了很长一段路才到达那里。

她跑得气喘吁吁，身边人的脚步却突然停住。

她一愣，转过头问：“怎么了？我们……”不跑了吗？

可她的话还没有问完，面前的人突然开始变得模糊。

两人都愣在原地，半晌，她像是虚脱了似的瘫倒在地上，眼睛通红。

"原来，我在做梦啊。"她苦涩地笑着。

面前的人看着自己渐渐消散的身体，也反应过来，摇了摇头。

"看来这是我们的最后一面了。"他说。

林赴年蹲下身，在消失前轻轻抱住了她。

他声音沙哑："阿礼，再见。你该往前走了。"

海上一片风平浪静，他随着一阵风，消失了个干净。

她坠入大海，海水进入她的鼻腔，溺水的绝望感把她逼醒。

她猛地坐起身来，不停地喘着粗气。

床头还放着那封信，他的死讯，她似乎刚刚才得知。

泪水不停地砸在床上，她几乎崩溃。

2028 年冬。

她抱着一束白色桔梗花去见他。在他的墓地旁边，她遇到了他的姐姐林织。

当年那个意气风发的少年，已在眼前这座墓碑下长眠多年。

"他临走前，还在想着你。"林织没有看她，她的表情麻木，眼圈通红。

他死去的那个凌晨，在想什么？

撑了那么久，既然怕她不幸福，又为什么不愿意在死前见她一面？

谈礼听到这句话，心一疼，像是被针扎了一样，颤抖地蹲下身体。在他的墓前，她伸出手小心翼翼地拂去墓碑上边的尘土。

"林赴年，我来看你了。"眼泪砸在地上，慢慢渗进土里。

"下辈子，你一定要身体健康，可不要再生病了。而我们也不要再做朋友。"

番外五
平行时空：我会找到你

如果有一天，世界颠倒，一切是不是会变得不一样。

"阿礼，你快点儿啊，爸妈等着我们呢。"沈榆冲着花店里还在挑花的人喊着。

"知道啦，马上来！"谈礼大声地应了一句，她低头挑着花，不知道选哪一种。

今天是爸妈的结婚纪念日，谈礼和沈榆打算送束花给那对总在自己女儿面前秀恩爱的夫妻。她低着头挑了又挑，最后被一大束鲜艳的玫瑰花吸引了视线。

那束玫瑰花很眼熟，冥冥之中似乎和她有缘分。

"老板，帮我把这束玫瑰花包起来吧。"

"好嘞。"

等花店老板包装好后，她才抱着这束花满意地走出门。

谈礼前脚刚离开，后脚就有人打开玻璃门，门上的风铃发出清脆悦耳的响声。

少年温润的声音响起："老板，帮我包一束玫瑰花，要最新鲜的。"

丁零零——少年捧着花离开。

花店老板娘坐在店里，边包着手里的花，边笑："今天好巧啊，怎么都要玫瑰花。"

捧花的两人走在人群里，显得格外显眼。

不远处有人在喊他们。

"谈礼！"

"林赴年！"

她闻声转过头，和身边捧着花的人擦肩而过。

两人迎着风，背道而驰。

沈榆在马路对面看着谈礼抱着一大束花笑着向自己跑来，玫瑰花衬得眼前的女孩格外娇艳、明媚。

"怎么还是买了玫瑰花？你不是说送玫瑰花俗气吗？"沈榆指了指她怀里的花，问着。

"我也不知道。"她瞥了一眼自己怀里的花，"就是感觉这束花和我特别有缘。"

其实，她怀里的玫瑰花和普通的玫瑰花没什么不一样。

沈榆不解地蹙了蹙眉，也不再多问，催着她一起回家。

另一边。

林织盯着自己弟弟怀里的花，忍俊不禁地调侃着："看你抱着那么大一束花，不知道的还以为要去告白呢。"

少年却像是没听到似的，眼睛始终盯着不远处，可远处没有人，只有一阵风刮过。

"今年江城的游客也太多了吧。"

沈榆和谈礼走在回家的路上，路过大海。

海边的沙滩上乌泱泱的一大片，全都是人。

江城的大海，因为这一年被网络博主多次推荐而出名，许多游客纷纷慕名而来。

"是啊，大家都好喜欢看海哦。"谈礼看着拥挤的人群感叹，"可惜对于我们这种出生在海边的孩子来说，一点儿也不稀奇。"

"你这话说得多招仇恨啊。"沈榆笑她，"不过你要是不住在海边，说不定也会和其他人一样，千里迢迢地跑过来看海。"

她们边开着玩笑，边朝前走。

前边不知道发生了什么，好几辆车堵住了路。

她们只好站在旁边等待。

此时正是春天，海浪拍打着礁石，演奏出最动听的乐章。

"今天怎么这么多人。"林织看着面前拥挤的人群,稍稍一蹙眉。

"我们去那边等会儿。"林赴年指着前边,刚想抬脚走过去。

前边的几辆车突然开动,面前的人群也散开了。

林赴年被林织拉着回家。

他频频回头看去,依旧没看到想看的人。

"这堵得也太久了吧。"谈礼边走边抱怨,和身边的人不停地擦肩而过,"平常海边哪里会有这么多人啊。"

"是啊,不过也是好事,难得我们这儿这么热闹。"

沈榆和她说着话。

不远处人群里突然冲出来两个人。

"江源,你别跑!要是让我抓到你,你就完蛋了。"那个女生咬牙切齿地追着前面跑得飞快的男生。

"欸、欸、欸,我错了,我错了,姑奶奶,我就是开个玩笑,你别生气啊。"前面奔跑的男生嘴里说着自己错了,脸上却丝毫没有愧疚的表情。

他跑得很快,又时不时慢下步子来等待后面的女生。

女生与走在路上的谈礼撞了个满怀,她手里的花束被撞散,有几朵掉在了地上。

谈礼没站稳,险些摔倒,多亏沈榆眼明手快地扶了她一把。

那个女生见撞了人,连忙停下来,连声道歉:"不好意思,不好意思,没撞疼你吧?"

话音刚落,她就抬腿踹了那个男生一脚:"你愣着干吗,都是因为你,快点儿把地上的花捡起来啊!"

男生自知理亏,连忙俯身捡起地上的花。

"真是不好意思,给,你们的花。"花朵沾染上了尘土,他轻轻地拍掉后,才递给谈礼。

谈礼和沈榆都被眼前两人的行为弄得一怔。

谈礼愣愣地摇头,说了句"没关系",才犹豫着接过了对方手里的花。

四人尴尬地笑着,随后她和沈榆先走一步。

身后的两人后来去哪儿了,她们也不知道。

谈礼手里抱着花,突然和沈榆对视。

两人都笑了起来。

"这是小情侣间的打闹吗？"沈榆看着她怀里的花，忍不住大笑。

谈礼闻言也一个劲地点头："是吧，但她还当着我们的面踹了那个男生一脚呢。"

"可能……打是亲骂是爱吧。"沈榆也不理解。

两人笑着走在回家的路上。

风吹起她们耳边的碎发，谈礼用手轻轻拢了一下头发，目光却定在了不远处的灯塔上方。

她回过头，看了一眼那两个已经走远的人，很熟悉，似乎在哪里见过。

而那座灯塔，她每次看到，心里都会发慌。

从小到大都这样，谈礼说不清楚缘由。

或许是上辈子的事。

可她到底是和谁在上辈子有着这么深的渊源呢？

次日，谈礼一家四口，回苏城俞镇看望外公外婆。

老人家们身体好，一大早就去寺庙烧香了。

他们一家想给老人家一个惊喜，却扑了个空。

谈礼和沈榆不愿意坐在家里干等，干脆去俞镇逛逛。

可俞镇能游玩的地方实在太少，她们逛来逛去，实在是无聊，临时起意，她们打电话给外公外婆，说要去找他们。

俞镇只有那么一座山慕名而来的人也不少。

午后一点，山上人山人海。

谈礼和沈榆爬了一小半路程就累了，坐在一旁的小亭子内休息，边喝水，边嘲笑对方的体力。

"你还是练舞蹈的呢，体力不怎么样啊，别到时候跳着跳着就倒在舞台上了。"

"好像只有我一个人学跳舞似的。"

休息了好一会儿，两人才艰难地站起身来，继续爬山。

"林赴年，你能不能慢一点儿啊！"徐落沉冲少年抱怨道。

"不是你们说今天要来爬山的吗？现在才爬一半，就爬不动了啊。"林赴年看着气喘吁吁的徐落沉，忍不住嘲笑她。

他指着不远处的小亭子，试图给她一些动力："喏，前面有个休息的亭子，我去那边等你们啊，要是想休息就麻利点儿。"

说罢，他三步并作两步，很快就到了亭子边。

亭子里有不少人，主要是些老爷爷老奶奶，还有小朋友在歇脚。

他看了一圈，寻找无果。

徐落沉还在苦苦挣扎，她一只手死死拽着江源的一只脚，让他拉着自己。

"江源！我上不去，你也不能上去，你可不能抛弃我，我们可是拜过把子的兄弟！"

"谁和你是兄弟啊，我早八百年就和你说过了，我喜欢你，可不想和你做兄弟。"江源瞥了身边的人一眼，听她又开始胡言乱语了，皱了皱眉。

江源面色无奈又嫌弃，可嘴上说着要走，步子却没动一下。

徐落沉倒是被他那直接的告白给整蒙了。她脸色一红，又开始骂他："你干吗啊，我现在满头都是汗，那么丑！你说什么啊！"

"……"江源不禁冲她翻了个白眼。

得，真是佩服这位姑娘的脑回路。

他们还在争辩，亭子里的林赴年已经等得不耐烦了。

冲着台阶上的两人喊着："欸，你们太慢了，我可不当电灯泡啊，我先上去了。"他头也不回地跑了。

这时候的谈礼和沈榆已经到达山顶了。

俞镇的这座山并不算高，也不陡，只是中间难爬了一点儿。两人踏进寺庙的大门，和其他人一样，跪在蒲团上，虔诚地许愿祈福。

谈礼闭上眼，一时不知道该祈求些什么。

像她这种人——家庭幸福、成绩优秀，今年刚考上了理想的舞蹈学院，没什么遗憾，好像连想求的东西都没有。

等两人祈福完毕，她悄悄戳了戳沈榆的胳膊，好奇地说："姐，你许了什么愿望啊？"

沈榆一听她喊自己姐姐，眼皮就直跳。

事出反常必有妖。

她们俩是双胞胎，传说这辈子的双胞胎，是上辈子一起许过愿，说要做家人的朋友。

于是，上天成全了她们，让她们一起出生，做最亲密的家人。

不过，她们虽然是双胞胎，长得并不相似，而是一个像妈妈，一个像爸爸。

沈榆和爸爸像些，谈礼则是和妈妈更像一点儿。

两人出生只隔了几分钟，因为沈榆是先出生的，所以是姐姐，对此，谈礼表示不服。

所以每次除非谈礼有求于她，否则从不喊她姐姐。

"你少一副八卦的眼神看着我，许的愿望怎么能说出来啊，说出来就不灵了。"她伸出手，一把推开谈礼靠在自己肩上的脑袋。

"欸，你这样就没意思了啊，我可以告诉你我许了什么愿望。"谈礼佯装沮丧的样子，撒着娇。

"你少来了，我才不相信你。"沈榆一看她那样，就知道她心里在想什么。于是毫不留情地戳穿了她。

谈礼死活缠着沈榆要知道答案。

她俩说着话，一齐迈出寺庙的大门。

外头正巧起了风，这时沈榆的手机上打进来了一个电话，是外婆。

"外婆说他们现在就在半山腰的小亭子里，我们下去找他们吧。"沈榆挂了电话，对谈礼说。

"哦，好。"谈礼见问不出沈榆的愿望，也只好作罢。

她前脚刚离开殿内，后脚林赴年就踏了进去。

他们隔着人群，看不见彼此。

冥冥之中，只有同一阵风拂过他们的脸。

一阵风的缘分，两人也注定要错过。

"两位施主请留步。"谈礼正要拉着沈榆下山，一旁的小和尚跑过来，伸手拦住了她们。

"怎么了？"她们脚步一停，问道。

小和尚似乎有些手足无措，拦住她们后又不知道说什么。他身旁的住持见他不说话，便替他开口："二位施主，那边有一些我们寺庙的纪念品，很有意义。要是感兴趣的话，可以去看一下。"

"啊？谢谢……不过不用了。"沈榆不明白这座寺庙里的人怎么还自己主动来推荐纪念品，她有些疑惑，开口礼貌地拒绝了。

谈礼却同她不一样:"什么纪念品?好看吗,我去看看!"

那小和尚和住持见沈榆拒绝,本来表情都有些沮丧,但一听谈礼要去,连忙为她指路:"就在那边,走几步路就能看见,是一个摊子。"

"好嘞,谢谢你们啊。"谈礼踮起脚,看见了不远处的小摊,笑着正要过去,就被沈榆拉住了手。

"你干吗啊,你别去当冤大头行不行。"沈榆拽住她,不放心地劝着她。

谈礼却不以为然:"这有什么,就过去看一下嘛,总不可能还强买强卖吧。好啦,好啦,你就在这儿等我,我马上就回来。"

她拍开沈榆的手,直奔着小摊走去。不管身后的沈榆说什么,她都没回头。

谈礼走到小摊边看了看,的确有很多纪念品,但都不大入得了她的眼。直到看到一个银色手镯,那个镯子设计精巧,像是有一两根竹子形状的银条连接在一起的。手镯在阳光下闪着光,她只觉得无比熟悉。

她伸出手,几乎和另一个人同时开口。

"老板,这个手镯怎么卖?"

"老板,这个手镯怎么卖?"

谈礼闻声回过头,阳光下,眼前的少年映入她的眼帘。他冲自己礼貌地笑着,露出嘴角边的梨涡:"好巧,你也喜欢这个手镯啊。"

面前的少年长相很硬朗,声音却无比温柔。

她好像在很多年前就听过这个声音似的。她的目光轻扫过他的脸,停在了他眉骨那道浅浅的疤痕上。

谈礼陡然发怔。

那道疤痕,她很熟悉。

可面前的人没有察觉到她的异样,他保持着绅士风度,说:"既然你也喜欢这个镯子,我就不夺人所爱了。"

他笑了笑,把这个手镯让给了谈礼。

谈礼这才回过神,连忙感激地对他笑了笑,说了声"谢谢",才付了钱。

付完钱,因为没有盒子装,她干脆直接把那个银镯子戴在手腕上。

镯子衬得她手腕又白又细。

"这个镯子很适合你。"一直待在旁边的人突然开口说话。

"谢谢。"谈礼看着自己手腕上的镯子,在阳光的映照下,闪闪发光,她满意地笑了笑。

她再次和身边的人道谢,沈榆已经在不远处催她了。

"那我先走了,谢谢你把这个镯子让给我。"她感激地冲他点点头,转身便要走。

少年眼神意味不明,在听到她要走的那一刹那,他顿时慌了。

他开口喊住了她。

恰好这时起风了,摊子边上几棵开得正盛的樱花树树枝摇曳,无数粉色花瓣在谈礼身后落下,像是下了一场樱花雨。

少女站在樱花树下,风吹动她耳边的头发,花瓣擦过她的脸颊,飘落到地上。

"既然我们这么有缘,能认识一下吗?"

"我叫林赴年。'愁与西风应有约,年年同赴清秋'里的赴年。"

"你呢?你叫什么名字?"他的声音很急切,又饱含期盼。

谈礼错愕地回过头,望着风里的少年,心跳的声音格外清晰。

"谈礼。我叫谈礼。"她笑,声音坚定地回答他。

这一年,她十九岁,家庭幸福,追逐着梦想,生活很美好。

这一年,他十九岁,身体健康,恣意张扬。

在风里,少年就在面前,他们好似认识了很多年。他盯着她,笑得明朗,一如当年。

谈礼抬头紧紧盯着他眉骨上的那道疤,也笑了起来,眼睛却突然湿润。

"找到你了。"

——完——

图书在版编目（CIP）数据

爱了很久的朋友 / 枝玖著. -- 南京：江苏凤凰文艺出版社，2025.7. -- ISBN 978-7-5594-9688-1

Ⅰ. I247.5

中国国家版本馆CIP数据核字第2025DL6547号

爱了很久的朋友

枝玖 著

出版统筹	曾英姿	
责任编辑	周颖若	
特约编辑	刘思月　罗李璇	
封面设计	黄　芸	
出版发行	江苏凤凰文艺出版社	
	南京市中央路165号，邮编：210009	
网　　址	http://www.jswenyi.com	
印　　刷	湖南天闻新华印务有限公司	
开　　本	880mm×1230mm　1/32	
印　　张	9.5	
字　　数	301千字	
版　　次	2025年7月第1版	
印　　次	2025年7月第1次印刷	
书　　号	ISBN 978-7-5594-9688-1	
定　　价	46.80元	

江苏凤凰文艺版图书凡印刷、装订错误，可向出版社调换，联系电话025-83280257